D1856402

DELPHINE BERTHOLON

Am Anfang war der Frost

Delphine Bertholon

Am Anfang war der Frost

Roman

Aus dem Französischen
von Doris Heinemann

LIMES

Die Originalausgabe erschien 2012 unter dem Titel
»Grâce« bei Editions Jean-Claude Lattès, Paris.

MIX
Papier aus verantwortungsvollen Quellen
FSC® C014496
FSC
www.fsc.org

Verlagsgruppe Random House FSC® N001967
Das für dieses Buch verwendete FSC®-zertifizierte Papier
EOS liefert Salzer Papier, St. Pölten, Austria.

Der Limes Verlag ist ein Unternehmen
der Verlagsgruppe Random House.

Erste Auflage
© der Originalausgabe 2012 by Editions JC Lattès
© der deutschsprachigen Ausgabe 2014 by Limes Verlag, München,
in der Verlagsgruppe Random House GmbH
Covergestaltung: © www.buerosued.de
Covermotiv: © Trevillion Images/Paul Knight; www.buerosued.de
Satz: Vornehm Mediengestaltung GmbH, München
Druck und Bindung: GGP Media GmbH, Pößneck
Printed in Germany

ISBN 978-3-8090-2627-3
www.limes-verlag.de

Moje Kochanie,

wann kommst Du zurück?

Ich schreibe Dir, aber es gibt keinen Ort, an den ich den Brief schicken kann in Deiner briefkastenlosen Welt; Deine Reisen, Deine Arbeit, ich weiß ja, aber heute Abend muss ich mit Dir sprechen. Eben habe ich im Bett gesprochen, ich habe mit Dir gesprochen, wie man mit Gott spricht, aber es ging nicht. Jedenfalls ist es gut für mich, wenn ich Dir in Deiner Sprache schreibe, bis wir richtig miteinander sprechen können. Ich schreibe auf der alten Remington, ich liebe das Geräusch, es passt gut zum honigfarbenen Stein des Hauses, es hallt darin wider, und ich komme mir vor wie ein Schriftsteller in einem amerikanischen Film.

Ich schreibe Dir, weil ich das Gefühl habe, dass etwas geschehen wird, ein schlechtes Gefühl. Ich spüre die Dinge immer kommen. Als Kind wusste ich, dass Großvater sterben würde. Bevor er starb, ganz kurz vorher, fast im selben Moment, spürte ich eine große Kälte, und mir war, als würde ich erwürgt, ich fühlte zwei Hände um meinem Hals, genauso deutlich, wie ich

Deine Hände auf meiner Haut fühle, wenn Du kommst und mir ganz nah bist; ich glaube, ich wusste es, weil Dziadek und ich wie zwei Finger einer Hand waren. Ich spüre die Kälte, und dieses Mal geht es um mich. Sie weiß es. Sie hat nichts gesagt, nichts gezeigt, aber ich bin sicher. Sie weiß es.

Werden wir es tun? Werden wir fortgehen? Werden wir?

Hier ist alles in Ordnung. Ich mag Deine Kleinen sehr, obwohl mir Lise, das habe ich Dir schon gesagt, manchmal Angst macht mit ihren großen Augen wie Silbermünzen.

Ich warte auf Weihnachten, weil Du dann da sein wirst, weil Du zurück sein wirst, und ich frage mich, ob all die Leute, die Du auf Deinen vielen Wegen triffst, all diese Dinge brauchen, die Du verkaufst. Mein Vater, bei mir zu Hause in Polen, war Schreiner. Die Sachen, die er verkaufte, dienten zu etwas. Wir alle brauchen Stühle für unseren Po, damit wir nicht die ganze Zeit stehen müssen, und Tische zum Essen und Fliegenschränke und Bänke und sogar Schaukelpferde. Er hat mir eins zu meinem sechsten Geburtstag gemacht, mit einer Bindfadenmähne. Er hatte graue Flecken auf das fuchsrote Fell gemalt, doch die Nüstern waren blau, als wollte er verhindern, dass ich es für ein echtes Pferd halte, als wäre ich ein kleiner Dummkopf gewesen. Eines Tages hat der Nachbarsjunge es kaputt gemacht, indem er sich daraufstellte, Jungs machen so etwas; Nathan macht auch Sachen von Lise kaputt, und Lise manchmal seine, nur dass Nathan es nie absichtlich tut, aber Lise immer.

Deine Tochter und Deine Frau ähneln sich, das Aschblond und der metallische Blick.

Wann kommst Du zurück? Du hast gestern angerufen, ich weiß, aber natürlich konnte ich nicht fragen. Wenn sie doch bloß nicht zu Hause gewesen wäre, wenn ich abgenommen hätte und nicht sie ... Seit die Telefonzelle kaputt ist, ist es, als würde ich jeden Abend vor Kummer schmelzen, in dem Moment, in dem ich sonst dorthin ging, um auf das Klingeln in den Glaswänden zu warten, und ich hörte Deine Stimme, und Du brachtest mich zum Lachen, und danach war alles möglich und fröhlich, bis Du wirklich wieder da warst. Als Ersatz schreibe ich nun. Wenn alles gut geht, wirst Du diesen Brief nicht lesen. Aber ich schreibe, weil ich die gleiche Kälte spüre wie damals bei Dziadek und weil ich mich krank fühle. Wenn ich nicht hier bin, wenn Du zurückkommst, dann hatte ich recht, und ich lasse diesen Brief in unserem Versteck zurück, Du weißt schon, wo, ganz sicher wirst Du daran denken, dort nachzusehen, ich hoffe es, und dann weißt Du, dass ich Dich nicht verlassen habe.

Vielleicht rede ich Unsinn, vielleicht entgleise ich wie ein Zug, denn Du fehlst mir zu sehr, es ist sehr kalt, und ich bekomme eine Krankheit, ich bin »ausgewrungen«, wie Du immer sagst, das bringt mich zum Lachen, ich stelle mir Dich als großes Laken vor, das ich mit meinen Händen auswringe, und weißt Du, es ist ja so dumm, aber ich denke daran, wenn wir es tun, wenn sich unser Schweiß vermischt, ich schließe die Augen, und Du wirst zu einem ganz weichen Laken in meinen Händen, und ich wringe es, immer stärker, ich packe es und wringe es, und Dein Schweiß ist eine Lauge in Form der Liebe.

Werden wir es tun? Fliehen?

Wenn Du nicht da bist, werden all die Dinge, deren ich sicher bin, wenn Du da bist, zu Zweifeln und Schatten, zu großen schwarzen Vögeln über meinem Bett, die mir ins Gesicht hacken.

Morgen rufst Du hoffentlich noch einmal an, und dann werde ich drangehen, denn sie wird beim Friseur sein, um sich für Deine Heimkehr schön zu machen.

Ich werde für Deine Heimkehr nichts Besonderes vorbereiten. Ich werde einfach hier sein und auf Dich warten.

Kocham cię

C.

Gleich als ich ins Haus trat, wusste ich, dass etwas nicht stimmte. Vielleicht lag es am Blick meiner Schwester, daran, dass sie nicht einmal vom Schaukelstuhl aufstand, um uns zu begrüßen, sodass die Kinder langsam auf sie zugehen mussten, mit dieser vagen Angst, die sie gegenüber ihrer Tante immer empfinden. Sie küssten sie mit spitzen Lippen und rannten dann hinaus in den Park, als brenne ihnen der rote Fliesenboden unter den Füßen.

Wahrscheinlich lag es eher an der linken Wohnzimmerecke, an dieser Ecke, die ich nur einmal im Jahr sah, aber immer gleich, nämlich mit einem Weihnachtsbaum, der zu groß für den Raum war und dessen Spitze sich unter der Decke grotesk bog, als habe meine Mutter nie so etwas wie Augenmaß besessen und auch keine Aussicht darauf – nach all den Jahren musste man sich wirklich fragen, ob sie es nicht absichtlich machte, *und mal nachmessen, Grâce, der Gedanke ist dir wohl nie gekommen?!*

Tatsächlich galt an jedem 24. Dezember mein erster, kampflustiger Gedanke meiner Mutter und diesem maßlosen Baum. Doch dieses Jahr dachte ich an den Blick meiner Schwester, weil es keinen Baum gab. Die linke Wohnzimmerecke war leer, empörend leer, und zog mich am Kragen zurück in eine Zeit, in der ich jeden Tag hier in diesem Haus lebte, und das ist lange her, sehr lange, eine Ewigkeit.

»Wo ist Maman?«

»In ihrem Zimmer. Sie schläft.«

Ich zog meinen Parka aus und warf ihn auf die Bank. Im Fernseher lief stumm ein Nachrichtensender. Der Bildschirm wurde vom Gesicht Laurent Gbagbos ausgefüllt, des ewigen Präsidenten der Elfenbeinküste, dann folgte der Eiffelturm mit elf Zentimetern Schnee, was seit 1987 nicht mehr vorgekommen war. Ich beugte mich zu Lise hinunter und küsste sie, mit genauso spitzen Lippen wie die Zwillinge, knallend oben auf die Wange, eine feste, fast harte Wange. Auch für mich geruhte sie nicht aufzustehen. Der Schaukelstuhl quietschte wie ein krankes Tier, im Ofen zerbarst ein Kohlestückchen. Meine Schwester stellte die Nachrichten ab und streckte schlaff die Hand nach ihrem Zigarettenpäckchen aus.

»Okay«, sagte ich. »Gibt es etwas, das ich wissen sollte?«

»Nein, wieso?«, gab sie zurück und riss ein Zündholz an, mit diesem Gehabe, das sie schon immer hatte, schon als kleines Mädchen, einem Gehabe, als hielte sie einen für einen völligen Idioten, wobei man nie wusste, ob dahinter Bosheit oder nur Neckerei steckte.

»Du fragst wieso?! Es ist siebzehn Uhr, heute ist Weihnachten, Maman schläft, es gibt keinen Baum, und du, du schaukelst da wie eine geistig Minderbemittelte, statt … Ich weiß auch nicht, statt zu tun, was du sonst tust, zum Beispiel eine Flasche zu öffnen, weil wir ›endlich‹ da sind, zum Beispiel.«

»Du kennst den Weg in den Keller, Brüderchen …«

Ich seufzte und sog gierig den Geruch nach blondem

Tabak ein, der ihrem Mund entwich. Fünf Schläge hallten durch den Raum, in der großen Standuhr hatte ich mich als Kind oft versteckt, vor meiner Mutter, vor meiner Schwester, vor der Traurigkeit. Nachdem mein Vater fortgegangen war, blieb nur noch das übrig: *Traurigkeit*. Einen Augenblick lang betrachtete ich Lise, ich hatte sie schon seit Monaten nicht mehr gesehen. Sie blieb sich selbst gleich, dunkelblaue Jeans, weit offene Bluse, hochhackige Stiefel, eine Junggesellin, die trotz ihrer vierzig Jahre und der vierzig Glimmstängel am Tag noch wirkte wie eine Jugendliche. Sie war weder hübsch noch hässlich, nur seltsam, wie ein unbeholfenes Fohlen, das schon den Charakter eines Hengstes hat.

Ich begann, eine Clementine zu schälen, die ich aus einem Korb auf der amerikanischen Küchentheke stibitzt hatte. Seit ich mit dem Rauchen aufgehört hatte, hatte ich tausend Ticks entwickelt, um meine Hände zu beschäftigen. Die Schalenstückchen legte ich auf dem Ofen ab, um diesen herben und säuerlichen Geruch, den Geruch der Kindheit, aufsteigen zu lassen. Ich dachte daran, wie Lise mir früher den Saft in die Augen spritzen ließ und spottete: »Sei nicht so ein Sensibelchen, das bringt die Augen zum Glänzen!« – Um es gleich zu sagen, es brachte mich vor allem zum Weinen. Meine Schwester lächelte ins Leere, als dächte sie an dasselbe wie ich. Ich zog mir einen Stuhl zu ihr hin und teilte die Clementine. Ich gab ihr eine Hälfte, und sie schlang sie mitsamt einer Rauchwolke komplett hinunter.

Sie schluckte, hustete und zeigte dann auf ihre Zigarette. »Hältst du noch durch?«

»Im Februar werden es drei Jahre.«

»Du bist ein Held. Aber es liegt an den Kindern. Wenn ich Kinder hätte, würde ich auch aufhören. Oder wenn ich Knete hätte. Oder beides, wenn wir schon mal dabei sind.«

»Rauchen kostet Geld, Lili. Einen Haufen Geld sogar.«

»Stimmt. Aber wenn man so betucht ist wie du, kann man sich einen Ausgleich gönnen. Man verreist, geht shoppen oder belädt sich die Hände mit Ringen.«

Ich sah auf meinen Ehering und drehte ihn mechanisch um meinen Finger. Ich dachte an dich, Cora, ich dachte an unsere Kinder draußen im dunklen Park; ich kam zu dem Schluss, dass Lise es nicht neckend meinte. Ich nehme an, das habe ich im Grunde immer gewusst. Im Ofen zerbarst ein weiteres Kohlestück und brach die Stille wie ein zerreißendes Laken.

»Soll ich einkaufen gehen? Habt ihr etwas vorgesehen, auch ohne Weihnachtsbaum?«

»Was hast du bloß dieses Jahr mit dem Scheiß-Weihnachtsbaum? Er war dir doch nie recht, dieser Baum, immer hattest du was auszusetzen, *er ist zu sehr dies oder zu sehr jenes*! Und ja, keine Sorge, es gibt was zu essen. *Poulet à la crème*, es braucht bloß aufgewärmt zu werden. Wir haben also alle Zeit der Welt.«

Die Kinder tauchten wieder auf, schlotternd und mit rosigen Nasen und Wangen unter ihren kleinen Polarforscher-Mützen. Im Kunstpelzbesatz glitzerten Frost-Pailletten. Wie immer, wenn sie aufgeregt sind, riefen sie im Chor: »Es schneit!«

»Und wie!«, ergänzte Soline.

»So dicke Flocken!« Colin breitete die Arme aus wie der Marseiller Prahlhans, der er nicht ist.

»Na prima, ihr zwei. Morgen machen wir eine Schneeballschlacht, und dann könnt ihr was erleben. Aber jetzt zieht erst mal diese Klamotten aus.«

Sie sahen sich an mit diesem verdammten Zwillingsblick, diesem fatalen, nicht zu entziffernden Einverständnis. Ich mag zwar ihr Vater sein, aber ich fühle mich immer ausgeschlossen.

»Können wir nicht noch ein bisschen spielen?«

»Coco, ihr seid nass bis auf die Knochen! Und es ist stockdunkel.«

»Und außerdem«, bemerkte Lise und wandte sich damit zum ersten Mal seit unserer Ankunft an sie, »glaube ich nicht, dass der Weihnachtsmann Kindern, die eine Lungenentzündung haben, Geschenke bringt.«

Die beiden musterten ihre Tante unschlüssig. Ich lächelte innerlich. Meine Schwester hatte den Dreh raus, Kinder aufzuziehen. Schließlich war ich ihr erstes Opfer gewesen.

»Im Ernst«, fuhr sie fort. »Was denkt ihr denn? Der Alte Rote Mann hat um diese Zeit ganz schön was zu tun. Da darf er keine Ansteckung riskieren.«

Die Zwillinge tauschten noch einen Blick, bevor sie das Zimmer verließen, Soline als Erste, Colin hinter ihr.

»Trockene Sachen sind in der blauen Tasche!«, rief ich ihnen hinterher.

Zehn Minuten später waren sie wieder da, umgezogen und durch und durch trocken, und verlangten nach Keksen und Cola.

Die Standuhr hatte gerade die halbe Stunde geschlagen. Ich glaube, in diesem Augenblick hatte das erste Ereignis schon stattgefunden; doch bislang hatte es außer den Kindern noch niemand bemerkt.

Grâce Marie Bataille,
7. März 1981, Sekretär im Schlafzimmer,
7 Uhr 22 auf dem Radiowecker

Heute Morgen bin ich vierunddreißig Jahre alt geworden.
Vierunddreißig, zwei Kinder.
Der Mann? Anderswo.
Du – anderswo.

Ich wollte mir das Haar aufstecken, und weißt du was, Thomas? Ich sah meinen Nacken in dem Klappspiegel. Ich sah meinen Nacken und, in der dichten Masse, eine graue Strähne. Nein, nicht grau. Weiß.

Du bist nicht da und kannst es daher nicht sehen. Wegen deiner verdammten Geschäftsreisen. Gesegnet seien deine Geschäftsreisen. Ich hungere, doch das weißt du nicht. Ich trage eklige Cremes auf, doch das weißt du nicht. Ich renne durchs Dorf und schnaufe dabei wie ein Ochse, doch das weißt du nicht.

Mit vierunddreißig Jahren sah meine Mutter aus wie eine Fünfzigjährige. Ihre Hände waren wie Stahlwolle. Wie Schmirgelpapier. Ihr Streicheln war wie ein Abschleifen.

Ich habe geschworen, geschworen, niemals zu werden wie sie. Ich weiß es noch, als Dreizehnjährige habe ich vor dem Spiegel in meinem Schlafzimmer einen Eid abgelegt.

Einen Meineid.

Ich bin zum Friseur gegangen und habe die Strähnchen auffrischen lassen. Die Friseurin sagte, man müsse bald ans Färben denken, mit den Strähnchen allein könne man das Phänomen nicht in Grenzen halten. So sagte sie es: *das Phänomen*. Diese Schlampe war noch keine zwanzig. Am liebsten hätte ich geschrien: »Ich war auch mal zwanzig!« Ich bin dir an einem Strand begegnet, o Gott, halb nackt – und so machte ich was her, nackt! Damals war mein Hintern das Beste an mir. Das sagtest du immer: »Mit diesem Schopf und diesem Arsch könntest du egal wen zu egal was bringen.«

Ich bringe niemanden mehr zu etwas; nicht mal die Kinder gehorchen mir noch. Nathan, der schon, aber der ist noch ein Baby. Doch Lise ist ein Miststück. Sie kommt nach ihrer Mutter, vermute ich. Trotzdem, sie ist mein Liebling. Ich würde es nie laut sagen, aber doch, sie ist mein Liebling.

Mein Hintern seit Nathans Geburt? Damit ist nichts mehr anzufangen. Und jetzt mein Haar? Sag, ist man mit vierunddreißig hinüber? Abgelaufen?

Grâce. Grasse wie fett.

Garstig.

Doch nicht ich bin die Garstige.

Warum mussten wir das tun? Warum mussten wir sie ins Haus holen? Ich hätte nie auf dich hören dürfen. Diese weiße Strähne, die kommt von ihr. Ganz sicher, es liegt an ihr. In sechs Monaten haben sich meine Falten tief eingegraben, sind meine Wangen verblüht, ist mein Hals eingefallen. Dieses Mädchen ist ein Fluch.

Ich beginne dieses Tagebuch, weil ich einen »Therapeuten« nicht will, Chéri. Ich bin keine Großbürgerin. Ich war nie eine

Bourgeoise, die jammernd ihren Nabel beschaute. Dabei hätte ich einigen Grund.

Ich schreibe an dich, »liebes Tagebuch«, weil es mir dann so vorkommt, als wäre ich noch zehn.

Krepier doch. Nie wirst du diese Zeilen lesen. Niemand wird diese Zeilen je lesen. Noch bin ich fähig, etwas für mich zu behalten.

Wenigstens ein bisschen.

Ich möchte sie heimschicken, aber ich habe Angst vor dir. Es ist dumm, Thomas, aber ich habe Angst vor dir. Ich will auch meinen Job nicht aufgeben, nicht jetzt; es war zu schwierig, wieder ins Rennen zurückzukehren – Geld zu verdienen, wieder eine Frau zu werden, wieder jemand zu werden. In dem Punkt wenigstens werde ich nicht so sein wie meine Mutter, ihr ganzes Leben lang zu Hause und jeden Sou zählend, weil der Kauf dieses Hauses ihr Vermögen derart aufgezehrt hatte.

Ich brenne darauf, dass du heimkommst, brenne darauf, dass du mit mir schläfst, brenne darauf, dass du mich belügst – dass du so tust, als ob.

Brenne darauf, dass du sagst: *Du bist schön.*

Ich werde nie wissen, was du wirklich denkst, ob du diesem Mädel, das du geheiratet hast, nachtrauerst, dieser überschlanken, großen, hoch aufgeschossenen Blondine, dieser Blondine mit dem perfekten Hintern, die keine Farbe brauchte, keinen Wasserstoff oder sonstige künstliche Hilfsmittel, dieser Blondine, die ich auf dem Foto sehe und die mir, jetzt schon, jemand anders zu sein scheint.

Wenn ich vierzig werde, sag, was dann? Fünfzig?

Nathan weint – schon wieder. Dieser Junge ist der reinste Wasserfall.

Ich schau mal nach ihm.

Maman erschien in der Tür, in einem sehr eleganten schwarzen Hosenanzug, einem Anzug à la Saint-Laurent, während wir anderen alle nach einem Ausflug aufs Land aussahen. Auf ihrer Haut war noch der Abdruck des Kopfkissens zu sehen, ein rötliches Mal quer über die Wange. Seit dem Sommer, als ich sie das letzte Mal gesehen hatte, war sie gealtert; etwas in ihrem Blick war gealtert. Im Augenblick wusste ich es nicht genau zu benennen. Ich hatte nur das Gefühl, ein Teil von ihr habe gelitten.

»Nathan!«

Sie schloss mich stürmisch in die Arme. Ein bei ihr überaus seltener Gefühlsüberschwang; es war sogar das erste Mal, dass sie sich so verhielt, was die Situation noch seltsamer machte.

»Wo sind die Babys?« Sie sah sich um und entdeckte die Zwillinge auf der Bank, in das Kartenspiel »Die Sieben Familien« vertieft. *Ich möchte die Mutter von Familie Martin. Bedaure, hab ich nicht.*

Maman nannte sie immer noch »die Babys«. Sie waren fast sechs, sie konnten lesen und schreiben, doch sie blieben auf ewig »die Babys«. Bei ihrer Geburt waren sie so winzig, Cora, wenn du sie hättest sehen können … so winzig. Niemand hätte geglaubt, dass aus zwei so winzigen Wesen das werden könnte: diese Kinder, zwar noch ziemlich klein, aber so vollendet, so schön und so intelligent, dass es schon fast beunruhigte.

Unvermittelt riefen sie: »Weißt du was, Omi? Wir überspringen eine Klasse!«

»Ach ja? Tatsächlich?«

Sie warf mir einen Blick zu, ich nickte. Lise in ihrem Schaukelstuhl zündete sich noch eine Zigarette an.

»Ich bin sehr stolz auf euch«, murmelte sie und drängte sich zwischen sie, was die beiden, das weiß ich, nervte.

Trotzdem rückten sie auf der apfelgrünen Bank auseinander, um ihr Platz zu machen.

»Mit dem Kindergarten sind wir fertig«, erklärte Colin und legte seine Karten ab, aufs Gesicht, damit seine Schwester sie nicht sehen konnte. »Nach den Ferien gehen wir in die erste Klasse.«

»Was denn, mitten im Schuljahr?«

Soline zuckte die Achseln. »Man darf keine Zeit verlieren, weil das Leben zu schnell vergeht. Das hat jedenfalls die Lehrerin gesagt.«

Grâce lachte nervös auf und kniff das linke Auge zusammen, wie immer, wenn sie etwas störte. Sie begann, Solines Haar zu streicheln, ganz sanft, als fürchtete sie, es könne aus Zuckerguss sein. »Die Lehrerin hat recht«, pflichtete sie bei.

»*Fan-tas-tisch*«, sagte Lise, seufzte und stand – endlich! – aus dem Schaukelstuhl auf, um ihre Kippe in den Ofen zu werfen. »Und jetzt ist es Zeit für den Apéro.«

Ich hatte den üblichen Champagner mitgebracht, also gab ich ihr ein Zeichen und sagte: »Ich geh schon.«

Als ich draußen in den Kühltaschen wühlte, die ich praktischerweise den jahreszeitlich bedingten Minusgraden überlassen hatte, stand plötzlich Soline vor mir; ihr Miniatur-Schatten fiel auf die Bodenplatten. Unwillkürlich runzelte ich die Stirn. Sie hatte nicht einmal den Blouson angezogen; und es schneite tatsächlich. Und wie.

»Paps, wer ist Tina?«

»Tina? Keine Ahnung … Warum fragst du? Woher hast du diesen Namen?«

Sie zog ein Gesicht und legte den Kopf schief. In dieser Haltung erinnert mich unsere Tochter immer an die italienischen Madonnen: das Gesicht in einem rätselhaften Lächeln erstrahlend und fast weißes Haar, das auf die zarten Schultern fällt. Sie schniefte heftig, um einen Tropfen loszuwerden, der an der Nasenspitze zitterte.

»Zou, Kleines. Es ist zu kalt.«

Ich griff nach einer Flasche Champagner und schob Soline ins Haus, die Handfläche zwischen ihren Schulterblättern. Sie leistete Widerstand, das ist so ein kleines Spiel zwischen uns, ihre Absätze rubbelten über den Fliesenboden der Diele. Ich lachte, doch sie wäre fast gefallen, sie ließ sich schlapp hängen, dann ging sie weiter. Bei jedem ihrer Schritte blinkten hinten an ihren Basketballstiefeln zwei rote Lämpchen, es sah aus wie eine Weihnachtsgirlande.

Sie sieht dir ähnlich, Cora. Sie ist dir wie aus dem Gesicht geschnitten, wirklich, es ist unglaublich. Du in der Platin-Ausgabe. Euer Haar ist der einzige Unterschied. Je mehr sie heranwächst, desto schlimmer wird diese Ähnlichkeit. Ich stelle sie mir vor, wenn sie fünfzehn sein wird, zwanzig, dreißig. Ich stelle sie mir vor, wenn sie so alt sein wird wie du, als du starbst. Sicher, ein makabrer Gedanke, aber ich kann ihn nicht unterdrücken. Auch Lise gleicht ihrer Mutter. Wenn ich sie ansehe, dann sehe ich Grâce, Grâce im Alter von vierzig; nur sind da diese roten Strähnen, die sie sich hartnäckig färbt, Jahr um Jahr, und die ihr so schlecht stehen. Blond gefiel sie mir besser.

Du mochtest meine Schwester nicht besonders. Du wolltest nett zu ihr sein, aber es gelang dir nicht, genauso wenig wie bei unserem Nachbarn, den du den »Alten« nanntest und dessen schrecklicher Chow-Chow mit der schwarzen Zunge ins Treppenhaus kackte, dieser Alte, der die Polizei rief, sobald wir ein Fest feierten. Gegenüber Lise verhieltest du dich genauso: gezwungenes Lächeln, schlechte Scherze, angeknabberter Daumennagel. Die Zwillinge sind wie du.

Wir sind umgezogen, weißt du. Vor vier Jahren. Es blieb uns nichts anderes übrig, er war zu eng, der Adlerhorst auf dem Montmartre. Kinder wachsen schnell, sie brauchen Platz … Es fiel mir schwer, unseren »Palast« zu verlassen, all die glücklichen Bilder, die sich in die Wände geprägt hatten: du, wie du in die Hände klatschtest, *Champagner her, noch mehr Champagner*, beschwipst und mit einer Zigarette im Mund standst du mitten im Wohnzimmer, deine Brille mit den halbkreisförmigen Gläsern war dir auf die Nase gerutscht; du, mit glänzenden Augen, als du ein seltenes Möbelstück für die Galerie entdeckt hattest; du, ernst und schmollend, *was bist du wieder nervig, bist du nur auf der Welt, um mir auf die Nerven zu gehen, oder was?*, du, zehn Minuten später, wie du mir das Gesicht abküsstest, damit ich dir verzieh; du, viel zu brav auf dem Arne-Jacobsen-Sofa, wie ein Bild aus den Fünfzigern, deine winzigen Hände auf dem riesigen Bauch – ja, deine winzigen Hände auf diesem Bauch, das letzte Bild von dir, das Bild, das ich behalten möchte, deine Hände mit den roten Fingernägeln auf dem weißen T-Shirt.

Heute leben wir in der Nähe der Place de la Nation, immer noch im Dachgeschoss, eine Maisonettewohnung. Das obere Geschoss habe ich für die Kleinen eingerichtet, dort schlafen sie in ihrem »Luftschloss«, wie sie es nennen. Eines Abends waren Tim und Sarah zum Essen bei uns, und sie gebrauchte diesen Ausdruck, *Luftschloss*. Ich nehme an, er hat die Fantasie der Zwillinge angeregt. Und tatsächlich hat das Schlafzimmer der beiden etwas Heimeliges, so ganz auf ihre Größe abgestimmt und mit all den Dachbalken. Wenn es schneit, wird es zu ihrem »Iglu«, denn dann verschwindet der Himmel hinter ihren Velux-Fenstern wie unter einem dicken Federbett.

Also kein griesgrämiger Alter mehr. Die Hunde kacken hier nicht ins Treppenhaus, und es gibt sogar einen Aufzug. Was das Übrige angeht, das weiß ich nicht so genau. Ich veranstalte kaum noch Feste.

Grâce Marie Bataille,
16. März 1981, Wohnzimmertisch,
21 Uhr 35 auf der großen Standuhr

Morgen streiche ich unser Schlafzimmer neu, das soll die Überraschung für dich sein, wenn du heimkommst. Ich ertrage die Tapete nicht mehr. Als wir sie an die Wand klebten, fand ich sie »modern«, diese riesigen violetten Blüten, so »poppig«, all diese silbernen Tupfen mitten im Purpur. Zehn Jahre später ist sie düster, hässlich und geschmacklos. Das Silber ist verblasst, es ist nur noch Grau übrig, ein fades, gespenstisches Grau, das mich täglich daran erinnert, wie sehr ich altere, und zwar immer schneller, scheint es. Jedenfalls habe ich Lust, alles zu verändern. Ich will Neues, Fröhliches, Glänzendes, noch nicht Dagewesenes. Die einzigen Neuheiten sind diese blöden kulinarischen Werkzeuge, die du mit nach Hause bringst, diese »Spitzenprodukte«, wie du sie nennst, als könnte ihr Dasein darüber hinwegtäuschen, dass du immer weg bist, um sie zu verkaufen. Joghurtmaschine, Eismaschine, Nudelmaschine, Pommesmaschine – ich hasse Kochen, und seit du diesen Job hast, noch mehr. Mir war die Zeit lieber, als du Bürsten verkauftest, da bliebst du wenigstens in der Gegend.

Ich spare auf einem persönlichen Konto, von dem ich dir nichts sage. Du würdest es blödsinnig finden, die Einrichtung zu ändern. Aber ich habe immer schon in diesem Haus gelebt. Ich bin damit verbunden, gewiss, es ist ein Teil von mir, ein Teil von meiner Mutter, meinem Vater. Dennoch, ich habe das *Recht*, es zu verändern. Man verändert sich. Ich verändere mich. Die Zeiten ändern sich, die Moden, sogar der Raum scheint sich mit dem Licht, den Jahreszeiten und den Menschen, die ihn bewohnen, zu verändern. Das Haus hat sich durch dich, durch Lise, durch Nathan verändert. Es verändert sich auch durch *sie*, auch von *ihr* geht eine Veränderung aus – von dem Mädchen.

Ich sehe also Sachen in Wohnzeitschriften wie *Art et décoration* – Möbel, Gestaltungsideen, Einrichtungsvorschläge – und schneide sie aus. Ich sortiere sie und räume sie unter unser Bett, ich bastle am Traum eines idealen Kokons. Dieses Haus ist zu groß, wenn du nicht da bist, ein armseliger, aufgeblähter Hohlraum, in dem dein Gespenst widerhallt wie eine Explosion.

Witzig, auch Nathan liebt Einrichtungszeitschriften. Ich brauche bloß eine herumliegen zu lassen, und schon sehe ich ihn auf dem Sofa sitzen, ernsthaft wie ein kleiner Mann, und mit glückstrahlenden Augen eine *Beilage Küche* studieren. Dabei ist er gerade erst vier geworden, findest du das normal? Neulich fragte ich ihn, was ihm daran so gut gefalle. Und er antwortete: »Das Licht. Das Licht in den Räumen, die Stellen, an denen es kein Licht gibt, und warum es Schatten gibt.« Ich weiß nicht, ob das bedeutet, dass er einmal Wissenschaftler wird, oder ob es ein erstes Anzeichen für Homosexualität ist. Dieser Junge ist so sanft … Man könnte meinen, bei unseren Kindern sei das Geschlecht vertauscht. Lise ist ein echter verhinderter Junge, du hättest sie neulich Holz hacken sehen sollen. Sie sah aus wie ein fünfundzwanzig Kilo schwerer Holzfäller. Ed hat es ihr beigebracht. Ich mag es nicht besonders, dass sie mit der Axt umgeht, das Ding ist größer als sie! Nun ja … Ich muss allmählich daran denken, dir doch davon zu erzählen – von Nathan.

Grâce Marie Bataille,
17. März 1981, Café de la Poste,
9 Uhr 12 auf der Wanduhr
(eine Kuckucksuhr aus Holzimitat,
einfach scheußlich)

Letzte Nacht habe ich die Tapete abgerissen. Es war so einfach, sie fiel von ganz allein in riesigen Stücken ab, als hätten die Wände nur darauf gewartet – auf ihre Befreiung.

Diese großen leprösen Wandflächen deprimieren mich. Ich habe Lise und Nathan vor der Schule abgesetzt und Farbe gekauft, ein seltsames Blau mit dem poetischen Namen *Unwetterstreif*. Ich werde meinen freien Tag dazu nutzen. Du kommst am Samstag, dann muss die Farbe trocken sein. Die kleine Polin wird mir helfen; ihre Hände werden darunter leiden, aber das macht nichts. Polen sind gute Arbeiter, heißt es.

Ich bin gemein. Im Grunde ist sie nett und hilfsbereit, außerdem hängen die Kinder sehr an ihr. Ich glaube, Letzteres ärgert mich mehr als alles andere. Ich bin gemein, Thomas, und auch noch als Mutter gemein. Eine richtige Mutter würde sich freuen, wenn ihre Kinder das Au-pair-Mädchen lieben. Eine gute Mutter wäre froh und dankbar. Doch seit sie da ist, fühle ich mich anders. Nein, nicht anders – gespalten. Ihre Jugend weckt etwas in mir, etwas Dunkles. Wir alle sind in unserem Innern mehrere. Der menschliche Geist besteht nicht aus einem Stück, er ist eher eine Gruppe, eine Mannschaft mit guten und schlechten Spielern, mit Gewinnern und Verlierern.

Oder der Hauptmann und seine Schergen, wenn du so willst. Das Ganze funktioniert nur dank einem Konsens, einem wackeligen Konsens, welcher der Güte ihren strategischen Platz zuweist. Mein Hauptmann ist eine wackere Frau, fröhlich und großzügig. Ihre Schergen sind neidisch, besitzergreifend, aggressiv, ich stelle sie mir als Sperlingsschwarm vor, der wie ein Brautschleier an meinem Hinterkopf hängt – ein düsterer Brautschleier. Ihre Jugend weckt meine Schergen, und mein Schädel gleicht dem, was ich an dem gelben Resopaltischchen des Café de la Poste trinke: eine Tasse schwarzen Kaffee, auf dem bitter und geheimnisvoll bräunliche Schaumschlieren liegen.

Wie in dem Partisanenlied: *Freund, hörst du den schwarzen Flug der Raben über unseren Ebenen …*

Das Anstreichen wird mir guttun. Tätig sein hindert am Nachdenken, nicht wahr? Das sagst du immer, um deine Arbeit, deine vielen Reisen zu entschuldigen: »Das Unterwegssein hindert mich am Nachdenken. Und du, Grâce, denkst zu viel nach.« Mein Vater, Friede seiner Seele, sagte dasselbe.

Es muss etwas typisch Männliches sein, nicht nachdenken zu wollen.

Beim Abendessen wirkten alle, sogar die Kinder, aus irgendeinem Grund angespannt. Ich war eher fröhlich, nicht zuletzt aufgrund des Champagners, doch diese unausgesprochene Unruhe begann auch mir zu schaffen zu machen. Ich fragte Lise nach ihrer Arbeit in den Galeries Lafayette, und das war keine gute Idee – *Sklavenarbeit, verdammte Profiteure, diese Sch...-Drecks-Kapitalisten ...* Ich vermied es also, von meinem laufenden Projekt zu sprechen, der Renovierung eines alten Kinos im Pariser Umland, eine wirklich außergewöhnliche Baustelle, die mich sehr begeisterte. Nach dem Schnee, dem schönen Wetter und der Größe der Garnelen, lauter Themen zur Überbrückung des Schweigens, nahm das Ticken der Uhr mitten im schon erwähnten *Poulet à la crème* so viel Raum ein, dass Maman aufstand, um den CD-Spieler einzuschalten. Sie nahm einen Titel von Eddy Louiss, *Bohemia after Dark,* ein angenehmer Jazz, festlich, aber nicht übertrieben, die Musik passte perfekt zum Anlass. Aber sie schaffte es nicht, die Atmosphäre zu entspannen; bei jedem Knacken im Ofen, jedem Ächzen eines Balkens, jedem leisen Pfeifen des Windes an den Fensterrahmen fuhr Maman zusammen – dabei kannte sie diese Geräusche in- und auswendig nach den sechzig Jahren, die sie in diesem Haus verbracht hatte, in ihrem Haus, dem Haus ihrer Eltern, ihrem *Erbe*. Ich hatte sie selten so nervös erlebt, und Lise schien ebenso überrascht wie ich und musterte sie unauffällig, wenn ihr Körper wieder diese Unruhe verriet. Aber ich stellte keine Fragen, noch nicht; ich tat, als wäre nichts, damit wenigstens die Zwillinge unbesorgt waren.

Vorspeise, Hauptgericht, Käse – und du, Cora, die mir fehlte, von der man nie spricht, um mich zu schonen, um unsere Kinder zu schonen, die dich nicht gekannt haben. Aber ich erzähle ihnen von dir, keine Sorge. Sie lernen dich auswendig, sonntagmorgens veranstalten wir ein kleines Quiz, ein Ritual: Ihre Lieblingsfarbe? *Rot!* Ihre Lieblings-Jahreszeit? *Sommer!* Ihr Lieblingsgericht? *Gambas!* So stellen wir, seit sie im verständigen Alter sind, Woche um Woche die Liste dessen auf, was du warst, *Maman*. Zu Weihnachten bekommst du eine Karte, zu deinem Geburtstag bekommst du eine Karte, zum Muttertag bekommst du eine Karte, zu ihrem Geburtstag, also zu deinem Todestag, bekommst du eine Karte. Auf den ersten Blick ein düsteres Ritual, aber es macht sie nicht traurig, weißt du, sie finden es schön, wenigstens hin und wieder so zu sein wie alle anderen auch. Sie kleben Pailletten, Herzen und bunte Bänder darauf, sie haben viel Spaß dabei. Für sie bist du ein wenig eine Märchengestalt, eine Disney-Prinzessin. Ich wünschte, das würde ewig so bleiben. Ich wünschte, ihre Kindheit würde nie enden – sie bräuchten es nie zu *realisieren*. Doch jeden Sonntag beim Quiz warte ich auf mein Scheitern; eine kniffelige Frage, eine, auf die ich nicht antworten kann. Früher oder später wird es so weit sein, ich bereite mich darauf vor. Man kann nicht binnen vier Erdumdrehungen jemanden ganz erfassen, schon gar nicht jemanden wie dich. Doch am Tag meines Scheiterns wird es für mich sein, als verlöre ich dich noch einmal. Dann werde ich Antworten erfinden. Ich werde dich erfinden.

Auf Nachfragen ergab sich, dass die Zwillinge sich, ganz die Kinder ihres Vaters, Gedanken wegen des fehlenden Baums machten: Wo sollten jetzt die Schuhe hin? Nachdem dieser Punkt geklärt war: »Neben den Ofen?« – »Meinst du wirklich, das funktioniert?« – »Warum sollte es nicht funktionieren?!«, waren sie wieder sie selbst und zankten sich um die Kuchenstücke auf ihren Tellern. Colin hat die Theorie, dass ihm als dem – »sieben Minuten!« – Älteren und natürlich sowieso als Mann »ein bisschen mehr« zusteht als seiner Schwester. Das ist seine Art, sich zu behaupten, denn Soline ist unbestreitbar die Dominante. Sie entscheidet, was wann gespielt wird, was es zum Nachmittagsimbiss gibt – als eine Art Pfadfinderführerin in ihrem Reich: *Wir tun dies, wir tun das.* Ihr Bruder folgt ihr ohne Widerworte oder mosert allenfalls der Form halber ein wenig herum. Ein bisschen wie bei einem Ehepaar. Wie bei dir und mir, o Du-Frau-der-man-nicht-Nein-sagen-konnte … Aber dein Sohn ist sich dessen bewusst, deshalb hat er zum Ausgleich die Theorie des »ein bisschen mehr« erfunden. Seine Schwester geht auf dieses Spielchen ein, durchaus bewusst, und das ist recht niedlich anzusehen.

Lise kümmerte sich um den Kaffee, und unsere Kinder stellten ihre Basketballschuhe, ordentlicher denn je, vor dem Ofen auf und gingen, ohne dass ich ein Wort zu sagen brauchte, hinauf, um ihren Schlafanzug anzuziehen.

Ich wusste, dass sie kein Auge zutun würden, wie immer in der Weihnachtsnacht. Ich bezweifle, dass sie noch an den Roten Alten Mann glauben, aber es ist schön, immer noch so zu tun, als ob, und die Kindheit und ihre hübschen Lügen ein wenig in die Länge zu ziehen; ich war ihnen also insgeheim dankbar dafür.

Ich ließ ihnen Zeit, sich bettfertig zu machen, dann ging ich nach oben, um die Sache zu beaufsichtigen. Das Erste, was mir oben auffiel, war der große Wäscheschrank. Normalerweise stand er, vollgestopft mit den teuren, schicken und gut geschnittenen Kleidungsstücken meiner Mutter – eine absurde Marotte in diesem Siebenhundert-Seelen-Dorf mitten auf dem platten Land, wo niemand die Muße hatte, ihre Eleganz zu bewundern – in meinem ehemaligen Zimmer, doch jetzt war er an eine Wand des engen Korridors gerückt, wo er den Durchgang erschwerte und die Bodenklappe zum Speicher versperrte.

Na ja, dachte ich, *Maman und ihre verrückten Ideen …*

Ich hörte die Kinder am anderen Ende des Gangs zwitschern. Ich trat in das Zimmer, in dem sie bei jedem unserer Besuche schliefen, es ist ein wenig abgelegen und war vor sehr langer Zeit das Zimmer der Babysitter. Ich war fest entschlossen »durchzugreifen«, wie mein Vater immer sagte – *Vorsicht, gleich greife ich durch!* –, was Lise und mir dann jedes Mal eine Heidenangst einjagte. Er war selten da, daher hatte seine Autorität für uns etwas Legendäres. Die Zwillinge standen am Fenster und betrachteten den dunklen Park, mit anderen Worten: nichts.

»Okay, Kumpels. Ich weiß, es ist Weihnachten und so. Aber ihr kennt die Regeln …«

»Ja«, flüsterte Soline und drehte sich um. »Keine Äuglein zu, keine Geschenke.«

»Genau. Also ab in die Falle.«

»Wir sind nicht müde!«

Auch wenn sie verärgert sind, sprechen sie im Chor. Unsere Kinder sprechen im Chor, wenn sie aufgeregt, verärgert oder erschrocken sind. In solchen Augenblicken werden sie, so verschieden sie auch sind, eins, ein und dieselbe Person. Ich fand diese Manie immer beängstigend, diese beiden so ähnlichen Stimmen, die sich wie Radiowellen oder extraterrestrische Frequenzen überlagern.

»Na schön, dann lest. Ihr wolltet ja unbedingt den halben Inhalt des Bücherregals mitnehmen, nun macht auch was damit!«

Auch Colin wandte jetzt den Blick vom Fenster ab und sah seine Schwester an. Schweigend einigten sie sich und wühlten dann in ihrer Tasche, um sich ein Comicheft auszusuchen, was erfahrungsgemäß Stunden dauern konnte.

Ich trat ans Fenster, weil ich verstehen wollte, was sie an diesem großen, undurchsichtigen Schwarz so interessieren mochte. Der Park war kaum zu erkennen: der struppige Umriss der Blauzeder und darunter die Weinstöcke, die sich vor dem dunkelvioletten Hintergrund krümmten wie die Gliedmaßen versteinerter Greise. Vielleicht fürchteten sie sich vor diesen Rebstöcken, vor diesen krallenbewehrten Reihen, die sich endlos in der Dunkelheit verloren. Auch ich hatte mich als Kind davor gefürchtet, vor allem bei Vollmond. Sie mutierten dann zu Schattenrissen, finsteren, bedrohlichen Gestalten, und erinnerten mich an die Stiche Gustave Dorés, die ich in einem von meinem Vater hinterlassenen Buch gesehen hatte und die mir Angst einjagten.

Dabei bin ich hier geboren. Die kleinen Städter hingegen sind nicht daran gewöhnt, denn Dunkelheit, echte Finsternis gibt es in der Stadt nicht. Oder aber es lag am Wind, der durch die Äste wehte und die Bäume in einer unbekannten Sprache sprechen ließ.

Schließlich legten sie sich doch zusammen in das breite Bett, schüttelten die Kopfkissen zurecht und schlugen ihre Comics auf, als wollten sie sagen: Siehst du, Paps, wir sind brav und gehorsam und verdienen einen ganzen Sattelschlepper voller Geschenke. Ich küsste sie auf die Stirn. Wie jeden Abend war sie glatt, weich und frisch. Kinderhaut ist etwas Unglaubliches, Cora.

»Ihr bleibt aber nicht zu lange wach, abgemacht?«

Sie nickten, und Colin, dieses Pyjama-Teufelchen, erklärte feixend: »Abgemacht!«

Coco, für wie blöd hältst du mich?, dachte ich, aber ich lächelte und schloss die Tür.

Grâce Marie Bataille,
19. März 1981, Wohnzimmertisch,
19 Uhr 45 auf der großen Standuhr

Heute habe ich einen Patienten verloren. Er war sehr alt, fast neunzig Jahre. Er ist einfach so gestorben, weißt du, ganz ruhig … Und doch.

Monsieur Vannier war sein Name. Georges Vannier. Er hatte den Ersten Weltkrieg als Soldat mitgemacht; während des Zweiten war er in der Résistance, als Zivilist, denn wegen einer schweren Beinverwundung, die er am Chemin des Dames davongetragen hatte, war er vom Militärdienst befreit worden. 1939 betrieb er eine Drogerie in der Rue de la Charité und nutzte deren Lager, um jüdische Freunde zu verstecken. Er hat sie gerettet, eine ganze Familie, Vater, Mutter und drei Kinder. Kurzum, er war ein echter Held. In seiner Jugend war er mit dem *Croix de guerre* ausgezeichnet worden. »Bronzener Palmwedel, ein Vermeil- und ein Silberstern«, erklärte er mit stolzgeschwellter Brust, um dann in einem ganz anderen Tonfall hinzuzufügen, man habe damals »sogar die Tauben mit Orden behängt«, man brauche keinen Wind darum zu machen. Dennoch trug er dieses Verdienstkreuz am Revers seines Schlafanzugs, sodass ihn schließlich alle den »Kommandanten« nannten. Er behauptete, ich sei zu hübsch, um *Bataille*, Schlacht, zu heißen, überhaupt müsse man das Wort aus dem Wörterbuch streichen, aus dem Leben und aus dem ganzen Universum, und dann müsse man mich wiedertaufen, das sei wie bei einer Wiedergeburt und eine feine Sache. Deshalb nannte er mich Miss Grace. Er sagte es nicht so, dass es wie *grasse*, fett, klang, er sprach es amerikanisch aus. Er bewunderte die Amerikaner und alles, was von nah oder fern mit Amerika zu tun hatte, Ketchup, Gospel, Ronald Reagan, Ronald McDonald, die NBA, die Stars and Stripes, Marlboros, Cowboys, Indianer, Thelonious Monk, Ford Mustangs und sogar *Dallas*, diese neue Fernsehserie, über die alle spotten, die aber alle sehen. Alles, außer Vietnam, seine große Enttäuschung, »meine Große Depression«, wie er immer scherzte. Weißt du, gestern, als er spürte, dass es mit ihm zu Ende ging, sagte er zu mir: »Das zwanzigste Jahrhundert war ein wahres Gemetzel, Miss Grace. Ich verlasse es ohne Bedauern.« Ein Gemeinplatz, gewiss. Aber da er ihn mit so viel Recht aussprach, bekam er Gewicht.

Ich bin traurig, denn ich mochte ihn sehr. Normalerweise arrangiere ich mich mit dem Tod, eine Krankenschwester verbringt ihre Zeit zwischen den Welten, das gehört zu ihrem Job. Nur bei Kindern und bei alten Menschen macht es mir etwas aus. Sicher, weil die einen wie die anderen so zerbrechlich sind.

Monsieur Vannier war zwar sehr nett, aber er war völlig auf dem Holzweg. Mein Name passt sehr gut zu mir. Dein Name, genauer gesagt.

Ich bin ein Schlachtfeld.

Grâce Marie Bataille,
19. März 1981, Küche,
23 Uhr 45 auf der großen Standuhr

Eben beim Essen habe ich der Kleinen von Georges erzählt. Sie hatte ein Gericht aus ihrer Heimat gekocht, wie hieß es noch … *Klopsiki*, glaube ich. Für mich allerdings war es nichts anderes als Fleischklopse mit Tomatensoße.

Kurzum.

Ich habe ihr also von Georges erzählt, ich konnte es mir nicht verkneifen. Ich rede möglichst wenig mit ihr, doch das musste irgendwie raus. Sie erzählte mir daraufhin, dass ihr Vater Ende der Dreißigerjahre zwanzig Jahre alt gewesen sei. Er studierte in Frankreich, in Paris, Jura. Schon 1937 spürte er das Nahen des Krieges. Danzig, woher er stammte, war durch den Versailler Vertrag Deutschland abgenommen und Polen zugeteilt worden, doch Hitlers Machtergreifung verschärfte die nationalistischen Tendenzen der deutschsprachigen Gemeinschaft, die in der Stadt die große Mehrheit stellte. Ihr Vater verließ also die Stadt und dann das Land und versuchte, auch seine Verwandten und Freunde dazu zu bringen; er warnte sie vor einer möglicherweise unmittelbar bevorstehenden Tragödie. Niemand glaubte ihm, niemand ging fort.

Im September 1939 ist er also in Paris. Er tritt in die Fremdenlegion ein, doch Ende 1940 wird er von der Gestapo verhaftet. Man bringt ihn in ein Stalag, in ein Kriegsgefangenenlager in Deutschland, aus dem er sechs Monate später mit drei weiteren Gefangenen fliehen kann. Er kehrt über die Grenze nach Frankreich zurück, nach Lyon, dort hat er sich angeblich einer Untergrundbewegung angeschlossen, die aus den Gastarbeitern der Gegend bestand und in der sich alle Kulturen begegneten – Italiener, Rumänen, Russen, Spanier und natürlich Franzosen. Sein Deckname war »Pierrot«. Er hieß Joseph Raziewicz, aber hier war er Pierrot. Ich frage mich, ob er meinen Vater kannte. Auch er war damals zwanzig, zwanzig und ein bisschen. Nach seiner Demobilisierung 1940 trat er dem militärischen Zweig der Résistance bei, den Franctireurs und Partisanen, und kämpfte in den Reihen der Compagnie Carmagnole. Anfangs baute Papa Gleise ab, um den Eisenbahnverkehr zu behindern, dann spezialisierte er sich auf das Fälschen von Ausweispapieren, und 1944 war er an der Sabotage der Aciéries du Rhône beteiligt, einer Gießerei, die für die Deutschen arbeitete.

Vielleicht sind sich Joseph Raziewicz und Eugène Bresson begegnet? Vielleicht hat mein Vater ihrem Vater eine falsche Identität verschafft, wer weiß? Dieses Gör vom anderen Ende Europas, dieses Gör, das ich verabscheue – hier kann ich es ja zugeben, was macht es schon? –, hat einen Vater, der vielleicht mit meinem gemeinsame Sache gemacht hat, vielleicht haben sie sich gegenseitig das Leben gerettet ... Es lief mir kalt den Rücken hinunter. Wenn mein Vater noch lebte, würde ich ihn fragen: »Pierrot, sagt dir der Name was? Ein Pole, den man Pierrot nannte, in den FTP-MOI in Lyon, zweiundvierzig, dreiundvierzig?« Nur ist er eben nicht mehr da; wir Bressons haben ein schwaches Herz – es wäre übrigens nett, wenn du das hin und wieder bedenken würdest ... Aber bei ihm wusste man ohnehin nie genau, woran man war. Er weigerte sich, über diesen Krieg zu sprechen. Als Jugendliche war ich neugierig und stellte ihm Fragen. Und immer antwortete er: »Es gibt nichts zu sagen.« Natürlich gab es viel zu sagen. Nur sagte er es eben nicht. Meine dürftigen Informationen stammen von meiner Großmutter, sie erzählte sie mir im Geheimen und unter ständigem Bekreuzigen. Am Ende eines Krieges geboren werden, mit einem Vater, der massakriert wurde, als man noch im Mutterleib war, um dann am Ende der Kindheit in einem – falls sich dergleichen überhaupt steigern lässt – noch schrecklicheren Krieg zu versinken, das hinterlässt Spuren. Ich denke mir, dass auch Eugène, als sein Herz auf einem schlammigen Weg im Parc de la Tête d'Or zu schlagen aufhörte, dachte: »Das zwanzigste Jahrhundert war ein Gemetzel.« Das war Ende Dezember 1979, just als die Sowjetarmee in Afghanistan einmarschierte.

Der Vater der Kleinen starb fast zur selben Zeit wie mein Vater, sechs Wochen später, voriges Jahr im Februar. An Komplikationen bei einer Lungenentzündung, wenn ich richtig verstanden habe. Sie ist gerade erst volljährig, aber Männer können das: spät Kinder bekommen. Denn die Geschichte, diese verrückte Geschichte, ist noch nicht zu Ende, Chéri. Es fehlt noch das Sahnehäubchen. Ich will jetzt nicht von unserer Vergangenheit sprechen, von unserer so wenig glorreichen Großen Vergangenheit. Der verrückteste Teil der Geschichte beginnt mit der Befreiung. Statt hierzubleiben, mit uns aufzubauen, sich selbst neu zu erschaffen, kehrte Joseph trotz all der chaotischen Verhältnisse nach Polen zurück. Er hatte dort ein Mädchen zurückgelassen, das er 1937 nicht hatte mitnehmen können, weil sie zu jung war, sie hätte ihm folgen sollen, wenn Europa nicht in Flammen aufgegangen wäre, er wollte sie heiraten, das hatte er ihr *versprochen*. Fast acht Jahre waren vergangen, er hatte ewig nichts mehr von ihr gehört. Und dennoch: In der Hoffnung, sie zu finden, kehrte er zurück, sogar mit einem Ring in der Tasche – als mir die Kleine diese Sache »mit einem Ring in der Tasche« erzählte, sah sie aus, als würde sie gleich zu heulen anfangen. Nach einer wahren Odyssee kam Joseph in Danzig an, zu Fuß und mit übervollem Herzen.

Da oben war alles weg. Die Verlobte tot, wahrscheinlich schon 1939 nach Stutthof deportiert. Ihre Familie gehörte zur polnischen Intelligenzija, und da Hitler diesen Teil der Bevölkerung für sehr gefährlich hielt, löschte er ihn umgehend aus. Von dem, was seine Schwiegerfamilie hätte werden sollen, war nichts mehr übrig. Von seiner eigenen Familie auch nicht viel mehr.

Machst du dir das klar, Thomas? Diese Liebe? Diesen Anstand? Sich einem Mädchen auf immer versprechen, ins Ausland gehen, einen Krieg – und was für einen! – mitmachen, x-mal knapp mit dem Leben davonkommen, um schließlich unter Lebensgefahr Wort zu halten? Welcher Mann ist dazu in der Lage? Sag mir, welcher Mann?

Du sicher nicht, du hast es ja nicht einmal fertiggebracht, deine Pürierstäbe um meines Geburtstags willen im Stich zu lassen!

Die Kleine glaubt, ihr Vater sei in Polen geblieben, um sich zu bestrafen. Vermutlich ist es ihre Auslegung der Geschichte, denn Joseph war offensichtlich auch nicht sehr gesprächig, was dieses Thema anging. Sie glaubt, er sei geblieben, um sich dafür zu bestrafen, dass er dieses Mädchen bei Kriegsausbruch nicht geholt hat, dass er sie nicht gerettet hat, dafür, dass er anderswo, fern von ihr, kämpfte und sein Versprechen in den

Wogen des Getümmels untergehen ließ. Er hätte nach Frankreich zurückkehren oder, wie so viele andere, in ein anderes Land in Europa oder Amerika emigrieren können, in ein freies Land. Doch nein. Er blieb da, in diesem verwüsteten und nun kommunistischen Polen, er gab jegliches Kämpfen auf und wurde Schreiner; ein Jahrzehnt später begegnete er einer anderen Frau, machte ihr ein Kind, und so kommt es, dass man hier in der Küche einem *Topmodel* gegenübersitzt.

Über ihrem Bett hat sie ein Foto von Lech Wałesa an die Wand gepinnt. Sicher betet sie davor, wie meine Mutter vor dem gekreuzigten Jesus betete. Man hat die Götter, die man findet, nehme ich an …

Auch in meiner Familie sind die Männer Helden. Immer schon. Unser Familienname steht auf vielen Denkmälern, 14 – 18, 39 – 45, Algerien, Buchstaben, die man der Nachwelt zum Fraß vorwirft.

Niemand im Irak, niemand im Libanon, weil es niemanden mehr gibt. Es gibt keine Männer mehr bei den Bressons, die sind alle liquidiert. Unvermeidliche Gebärmutterentfernung bei meiner Mutter, gleich nach meiner Geburt. In dem Jahr, in dem sie das Haus kauften, bekam sie Gebärmutterhalskrebs – ich glaube fast, das wusstest du noch nicht, sie spricht nie darüber. Vielleicht hätte sie auch nur Mädchen bekommen … Aber trotzdem.

Du bist kein Held, Thomas Bataille. Die Batailles sind ganz allgemein keine Helden, soweit ich weiß.

Trotzdem, ich schinde mich aus Liebe zu dir, im wörtlichen wie im übertragenen Sinn.

Die Liebe kennt kein Gesetz.

Das habe ich im Radio gehört, in einem alten, banalen Lied. Doch was macht das schon. Es ist traurig, aber wahr.

Jedenfalls ist das der Grund, warum die kleine Polin Frankreich so sehr liebt, Französisch lernt und bei uns, bei *mir* im Haus ist. Joseph/Pierrot, der Gott, der Krieger, ist der Grund. Ihr Vater war ein tapferer Mann, daran kann kein Zweifel bestehen. Ein Heiliger. Sogar eine Legende, wenn die Geschichte stimmt. Doch er und seine Heldenabenteuer, oder auch seine Liebesabenteuer, sind der Grund dafür, dass dieses Mädchen hier ist mit seinem riesigen rosa Mund, seiner Schneewittchenhaut und seinen Titten, vor allem *die*, diese Atomsprengköpfe von Titten, auch wenn sie sie unter den weiten Pullis des »ganz einfachen Mädchens« zu verstecken versucht – diese verdammten osteuropäischen Weltraumeroberungs-Titten. Zum Glück ist sie nicht groß, sonst wäre sie schon auf den Hochglanzseiten der Magazine.

Ich hatte noch nie zuvor so lange mit ihr gesprochen; es hat mich ziemlich aufgewühlt. Bislang hatte ich darauf geachtet, sie als Fremde zu behandeln … Von nun an kann ich es nicht mehr.

Wahrscheinlich bilde ich mir das alles nur ein. Du siehst sie nicht auf besondere Weise an, wenn du da bist, schließlich ist sie noch ein Kind, nur ein Kind, du bist doppelt so alt wie sie. Ich glaube, es ist ein Problem, das ich mit mir selbst habe. Ich möchte anders sein, ich möchte mich den Dingen stellen, doch ich ertrage sie nicht, diese Jahre, die vergehen. Das ist nicht normal, ich weiß. Vierunddreißig Jahre … Ich bin noch jung, ich bin noch hübsch, und ich habe die am besten ausgestattete Küche der ganzen Gegend – andauernd kommt Julie und leiht sich den Joghurtbereiter aus, als wäre er die Erfindung des Jahrhunderts. Ehrlich, Thomas, wozu soll man seine Joghurts selbst machen, wenn es doch die aus dem Geschäft auch sehr gut tun? Das verstehe ich nicht. Das verstehe ich wirklich nicht. Auch darin bin ich meiner Mutter völlig unähnlich. Ich weiß noch, wie sie zu Weihnachten ihren ersten Schnellkochtopf bekam, ich war etwa zehn. Drei Monate lang erklärte sie pausenlos, damit sei »jeder Tag ein Festtag«.

Weißt du was, Thomas? Du hättest meine Mutter heiraten sollen.

Ich möchte eine amerikanische Küche, zu Ehren des Kommandanten. Vielleicht könnte ich mich mit deinem ganzen modernen Kram anfreunden, wenn ich endlich eine *amerikanische* Küche hätte.

Ich ging ins Wohnzimmer zurück und stellte die Musik ab. Es gab keine Einwände, nur Schweigen. Ich setzte mich an den Tisch, schenkte mir Burgunder nach und ließ meinen Blick in dem Granatrot ertrinken, das wie eine Blutpfütze in meinem Glas stand.

»Also, was ist los?«

Meine Mutter und meine Schwester wechselten einen Blick. Lise zündete sich die x-te Zigarette an und blies einen perfekten Rauchring in die Luft. Das ist mir nie gelungen, wahrscheinlich sind unsere Zungen unterschiedlich.

»Papa ist zurückgekommen.«

Lise sprach diesen Satz aus, und dann gab es in der Stille der Nacht plötzlich ein Geräusch, ein leises Knacken wie von einem zertretenen Insekt. Maman zuckte zusammen, und ich wandte mich um: Eine der Scheiben in der verglasten Tür war gesprungen. Ausgehend von oben rechts. Ein sehr deutlicher Spalt teilte die Scheibe diagonal in zwei gleiche Dreiecke.

»Scheiße«, murmelte Lise mit zusammengebissenen Zähnen.

Der Temperaturunterschied – dachte ich zumindest –, dieser Riesenunterschied zwischen der Temperatur im übrigen Haus und der Höllenhitze im Wohnzimmer. Das ist das Problem mit den Öfen: Stundenlang friert man, und dann fängt der Kamin an zu ziehen, und man geht ein vor Hitze.

»Wie meint ihr das, Papa ist zurückgekommen? Wann?«

»Er ist letztes Wochenende vorbeigekommen«, erklärte Lise. »Ich habe Sonntag Maman angerufen, und sie steckte mitten in einem hysterischen Anfall.«

»Übertreib nicht«, sagte Maman und öffnete dabei zwei Knöpfe an ihrer Bluse, als fände auch sie es mit einem Mal viel zu heiß.

»Von wegen, Maman. Du hättest dich hören sollen!«

Mein Vater. Als er fortging, war ich noch keine fünf. Der Haushaltsgerätehersteller, bei dem er arbeitete, hatte seine Geschäfte ins Ausland ausgedehnt, und er war in ein Tochterunternehmen in Asien versetzt worden. Nach Schanghai. Ans andere Ende der Welt. Inzwischen glaube ich, er hat darum nachgesucht: Er wollte weg, meine Mutter verlassen, uns verlassen. Anderthalb Jahre danach ließen sie sich offiziell scheiden. Ich kann mich nicht mehr gut an diese Zeit erinnern. Eigentlich gar nicht mehr. Ich erinnere mich noch an seine Stimme, die warm und fest war wie eine Luxusmatratze, eine Stimme, die die Frauen sicher *sanft* fanden. In meinen verschwommenen Erinnerungen war die Stimme eine der einprägsamsten Eigenschaften meines Vaters. Auch seine hohe Gestalt, die gestreiften Handelsvertreter-Anzüge, der weiche Flanell seiner Jacken, wenn er uns bei der Heimkehr von seinen Reisen in die Arme nahm und mit uns schmuste. Doch diese ausgefransten Erinnerungen sind älter, sie stammen aus einer Zeit, als es im Wohnzimmer noch einen Kamin gab, als Maman die Wand noch nicht entfernt hatte, um die Küche neu zu gestalten. Thomas erscheint mir nur noch am Rande der roten Flammen, ich sehe seinen großen Schatten auf dem dunklen Parkett. Übrigens erinnere ich mich ausschließlich an seinen Schatten, nicht an seine Gesichtszüge. Er ging 1982 fort, im Februar, und wir haben ihn nie wiedergesehen. Anfangs schickte er noch Karten, dann immer seltener, und schließlich gar nicht mehr. Als Lise in den Zwanzigern war, hatte sie versucht, ihn zu finden … Vergeblich. Offenbar hatte er das Unternehmen gewechselt, vielleicht sogar das Land. Thomas Bataille war verschwunden, wie eine Fata Morgana von der weiten Welt verschluckt. Ich, nein, ich hatte nie nach ihm gesucht. Ich kannte ihn nicht. Wollte ihn nicht kennenlernen. Jedenfalls hatte er nie wieder einen Fuß in dieses Haus gesetzt.

»Und … was wollte er?«

Ich wusste nicht, was ich fragen sollte; alle Fragen erschienen mir lächerlich. Wie geht es ihm, wie sieht er aus, ist er mit Schlitzaugen zurückgekommen? Dieser Mann war für mich nur ein Phantom. Wenn ich die Atmosphäre richtig deutete, war ich nicht der Einzige, der die Dinge so sah.

Grâce zuckte mit gespielter Gelassenheit die Achseln und sagte: »Euch wiedersehen. Das Haus wiedersehen?«

»Einfach so? Nach dreißig Jahren?«

Lise drückte ihre Zigarette in dem froschförmigen Aschenbecher aus und quetschte lange an der Kippe, damit sie zu rauchen aufhörte. Ich wusste nicht, warum, aber darauf achtete ich, ich sah auf diese Kippe, den orangefarbenen Filter, der auf dem Steingut platt gedrückt wurde, das Markenzeichen, das langsam verschwand.

»Also, ich denke, er wird bald sterben«, erklärte meine Schwester. »Anders kann ich es mir nicht erklären.«

»Aber was hat er gesagt? Und wo ist er jetzt?«

Meine Mutter stieß ein seltsames langes Röcheln aus, als würde eine Käsereibe durch ihre Lunge gezogen. Eigentlich machte ich mir mehr Sorgen um ihre Gesundheit als um seine.

»Nicht viel«, murmelte sie. »Er wollte nicht einmal hereinkommen. Er blieb draußen, oben auf dem Treppenabsatz vor der Haustür. Ich habe ihn natürlich auf den ersten Blick wiedererkannt. Er hat sich nicht sehr verändert. Er nicht … Sein Haar ist jetzt grau, das ist alles.« Sie bekam kaum mehr Luft und trank einen Schluck Wasser. »Er will sich übermorgen mit euch treffen. Sonntag. Um achtzehn Uhr im Grand Café des Négociants.«

»Und was ist mit dir, Maman?«

»Mit mir? Mit mir ist nichts. Mir hat er nichts zu sagen. Er ist von einem Tag auf den anderen fortgegangen, aber nein … Mir hat er nichts zu sagen.«

Ihre Stimme war zu einem Flüstern geworden, kaum noch zu hören. Aus diesem brüchigen Timbre sprach weniger Traurigkeit als Zorn. Ich spürte ihn geradezu organisch – einen brennenden, unerträglichen Zorn, der ihre Fingerknöchel weiß werden ließ.

»Und dann?«

Lise antwortete für sie, unsere Mutter konnte nicht mehr sprechen.

»Dann machte er kehrt. Aber er hat sich noch mindestens eine halbe Stunde im Park herumgetrieben und dabei die Fenster angestarrt wie … ich weiß auch nicht, wie ein Einbrecher, der alles erkundet. So hast du es mir doch erzählt, Maman, oder?«

»Nein, ich habe nicht *Einbrecher* gesagt. Ich sagte *Raubvogel.* Wie ein Raubvogel.«

»Ja, stimmt, aber das sind Haarspaltereien. Er blieb da, stand neben der großen Zeder und starrte das Haus an. Und als es dunkel wurde, ging er endlich.«

Eine schleimige Stille kroch in die Atmosphäre, eines dieser widerwärtigen Schweigen, die an den Wänden herunterrinnen, voller Geheimnisse, Groll und abgetriebener Erinnerungen. Nur die Uhr bewegte sich, oder vielmehr ihr Pendel, es schlug wie ein mechanisches Herz, während unsere Herzen sämtlich stehen geblieben schienen. Maman stand vom Tisch auf und erlöste uns aus dem Standbild.

»Nathan, bitte wechsel morgen die Scheibe aus.«

Nach diesem Satz verließ sie den Raum. Lise und ich blieben zurück und fixierten uns über den riesigen Steingutfrosch hinweg, dessen grüner Rücken prallvoll war von den Kippen meiner Schwester.

Nach einem Augenblick schenkte sie uns beiden Wein nach, zwei ziemlich volle Gläser, und rutschte dann auf ihrem Stuhl nach hinten wie ein Baustellenleiter nach der Frühstückspause. Sie hob ihr Glas, nahm einen langen Schluck, der Flecken auf ihren Lippen hinterließ, und sagte dann, als wäre nichts gewesen: »Noch einen auf den Weg, und dann spielen wir Weihnachtsmann.«

Weihnachten.

Das hatte ich völlig vergessen, wir hatten Weihnachten. Und das seltsamste Geschenk hatten wir gerade bekommen. Ganz sicher war es ein vergiftetes Geschenk. Selbst der Burgunder schmeckte nach Benzin.

Ein Kreischen, ein doppeltes schrilles Kreischen riss mich aus dem Schlaf. Ich drückte auf den Knopf auf meiner Armbanduhr, sie leuchtete auf, ein grünes Licht in der Nacht.

Ein Uhr dreiundzwanzig. Ich stürzte aus dem Schlafzimmer und drückte auf den Lichtschalter im Flur. Ein kurzes Funzeln an der Decke, dann nichts mehr, der Glühfaden in der Birne unter dem strohumwickelten Lampenschirm war durchgeglüht. Ich stieß mich an dem Schrank, der mitten im Weg stand, meine Stirn knallte genau auf die Kante. Die Schreie kamen immer noch stoßweise, schlecht aufeinander abgestimmt, dissonant. *Die Zwillinge hatten sicher einen Albtraum*, dachte ich; trotzdem, so hatte ich sie noch nie schreien hören. Unten gingen Türen auf – meine Mutter und meine Schwester, ebenfalls aus dem Schlaf geschreckt –, dann hörte ich hastige Schritte auf der Treppe, Stimmen, Satzfetzen. Von unten schien ein blasses Licht auf, hinter mir fielen mit lautem, dumpfem Krachen Gegenstände um.

Die Zwillinge saßen schreckensstarr in ihrem Bett, alle Lampen brannten, die beiden drängten sich so eng aneinander, als wollten sie möglichst wenig Raum einnehmen. Auf der weißen Daunendecke waren breite schwarze Spuren, es war eiskalt im Zimmer, Schnee wehte durch die von mehreren Einschlägen zerbrochenen Fensterscheiben, sie sahen aus wie mit einem Katapult beschossen. Rings um das Bett glitzerten scharfe Glasscherben. Ich befahl den Zwillingen, sich nicht zu rühren. Wirklich, es war, als hätten Belagerer versucht, das Haus zu stürmen. Lise kam hinter mir an – *Was ist das denn für eine Sauerei?* –, gefolgt von Grâce, die an der Schwelle erstarrte, eine bleiche Statue in ihrem Seidenpyjama. Ihre abgeschminkten Augen waren wie dunkle Löcher in ihrem Gesicht, einen Augenblick lang dachte ich, sie würde ohnmächtig werden.

»Was ist passiert?«

»Wir haben nichts gemacht …«, flüsterte Soline, als wäre

ich imstande gewesen, ihnen die Urheberschaft für ein solches Chaos zuzutrauen.

Vorsichtig bewegte ich mich mit meinen nackten Füßen in das Zimmer hinein. Auf dem Boden lagen Eierkohlen verstreut, die offensichtlich durchs Fenster geworfen worden waren. Sechs Steinkohleneier, die wie Baseball-Bälle die Fenster durchschlagen hatten. Die schweren roten Vorhänge, die zum Glück vorgezogen waren, hatten ihren Flug abgebremst.

»Das ist unglaublich …!«, sagte ich zu den Kindern, im Nachhinein furchtbar erschrocken. »Die hätten euch erschlagen können!«

»Die haben uns nicht berührt, Paps.«

»Nee, die sind nur über die Decken gehüpft.«

»Aber wir hatten Angst.«

»Wir dachten, man würde auf uns schießen wie in dem Krieg im Fernsehen.«

Das Fernsehen. Cora, du sagtest immer, du würdest ihnen das Fernsehen erst erlauben, wenn sie im verständigen Alter wären. Verzeih mir. Ich hab sie nicht hindern können.

»Welcher Vollidiot kann denn so was machen?!«, rief Lise, die – ebenfalls barfuß, was sie aber souverän ignorierte – weiter in den Raum vordrang, um den Schaden zu begutachten. »Scheiße! Ich weiß zwar, dass an den Feiertagen alle mehr als einen über den Durst trinken, aber das geht zu weit … Na, ich hol erst mal einen Besen.«

Maman war aus dem Türrahmen verschwunden. Auch Lise ging. Ich hörte sie mit ihren wenig weiblichen schweren Schritten – dabei wiegt sie nur fünfzig Kilo – die Treppe hinunterlaufen. Ich grub in den Taschen und zog Pullis und Pantoffeln für die Zwillinge heraus.

»Ihr kommt mit und schlaft bei mir.«

»Wir kriegen bestimmt eine Lungenentzündung!«

»Aber nein, ihr kriegt keine Lungenentzündung. Zieht die Pantoffeln an. Hier, Soline, zieh das über.«

Ich hielt ihr ihren Pulli hin, und sie griff entschlossen danach. Colin hingegen schlotterte, und nicht etwa vor Kälte.

»Es war nichts Schlimmes.« Ich rieb ihm über den Kopf. »Da haben sich wahrscheinlich ein paar Dummköpfe einen Streich erlaubt.«

»Das war aber kein lustiger Streich.«

»Nein, Coco. Er war wirklich nicht sehr lustig.«

Unter dem Vordach über der Haustür war gerade die schmiedeeiserne Lampe angegangen, sie schwankte im Wind wie eine Sturmlaterne. Ich ging zum Fenster und öffnete es, die letzten Glassplitter zersprangen am Boden. Die Kinder schrien auf. Ich wandte mich zu ihnen um, lachte – es war ein etwas gezwungenes Lachen.

»Tiefer kann es nicht mehr fallen!«

Ich beugte mich vor und entdeckte Lise, die, in Stiefeln und eine Decke um die Schultern gewickelt, vorsichtig das Licht einer Taschenlampe hin und her wandern ließ. Ich brauchte einen Augenblick, bis ich begriff, was sie da trieb. Und dann glaubte ich zu verstehen: Sie suchte nach etwas – oder jemandem. Sie suchte nach Fußspuren. Doch der weiße Mantel aus Schnee, der wie ein Reflektor beim Fotografen aus der dunklen Nacht leuchtete, war noch intakt. Im verschneiten Park gab es an der Stelle, an die man hätte gehen müssen, um das Fenster der Zwillinge zu treffen, nichts zu sehen. Nicht die geringste Spur.

Grâce Marie Bataille,
21. März 1981, Keller,
Punkt 18 Uhr auf der Armbanduhr meines Vaters

Du bist heimgekommen, über der Schulter ein Waffeleisen zu meinem Geburtstag. Ich hätte dich am liebsten geohrfeigt, doch die Kinder sind hin und weg; die kleine Polin rührt schon den Teig in der Küche, ihr türkisblauer Nagellack blitzt über dem Schneebesen.

Saturday Night Fever.

Im Augenblick bist du bei ihnen. Und ich bin hier, zusammengesunken inmitten der Weinflaschen und des Salpetergeruchs.

Du bist heimgekommen. Wie jedes Mal bist du in unser Schlafzimmer gegangen, um deine Sachen abzustellen. Und da sagtest du bloß: »Ach, du hast neu gestrichen?« und gingst wieder hinunter, um Waffeln zu backen. Meinen neuen Haarschnitt hast du nicht einmal bemerkt.

Ich höre euer Lachen über mir und ihre Stiefel auf dem Parkett, *tac-tac, tactactac, tac-tac*, dieses infernalische, nervenzerfetzende Stakkato ihrer kleinen Tänzerinnen-Schritte.

Lise kreischt, ein freudiges Kreischen, das nur sie hinbekommt, es geht durch Mark und Bein.

Deine erstickte Stimme, dann wieder Lachen.

Wir haben Frühling. Dennoch lag heute Morgen Reif auf dem Gras im Park.

Ich starre auf den Stromzähler. Ich möchte alles in die Luft jagen, dieses verdammte Küchengerät da oben kaputt machen.

Euch in die Nacht schießen.

Das Gelächter hat aufgehört. Die Waffeln backen, vermute ich. Ganz sicher redet ihr über Politik. Die kleine Polin liebt die Politik. Ich hasse die Politik und noch mehr die kleine Polin.

Giscard, Chirac, Mitterrand?

Mitterrand, Giscard, Chirac?

Das ist das aktuelle Spielchen, an den Theken sämtlicher Bars der Gegend wird darüber gerätselt. Wir beide sind für Mitterrand. Das ist die einzige Gemeinsamkeit, die uns noch bleibt, *stranger*. Das und unsere beiden Kinder.

Thomas, ich habe dich zwei Wochen lang nicht mehr gesehen. Noch vor Kurzem hast du nach einer so langen Abwesenheit natürlich zuerst die Kinder geküsst; aber gleich danach hast du mich aufs Kreuz gelegt. Heute erscheinst du mir wie eine Gestalt an Bord einer Schaluppe, die sich unaufhaltsam im Dunst entfernt, obwohl ich an ihrem Tau ziehe, ziehe und ziehe und mir dabei die Handflächen aufreiße.

Wir haben im Juli 69 geheiratet – in einem erotischen Jahr. Ein paar Tage nach der Hochzeit machte der Mensch die ersten Schritte auf dem Mond. Der Rest der Welt erinnert sich an Armstrong, Aldrin und Collins. Wir erinnern uns aus ganz anderen Gründen an dieses Jahr.

Im Bett hast du es lange genossen.

Du setztest dein geiles Gesicht auf, das mich ebenso sehr zum Lachen brachte, wie es mich erregte – »Komm, Puppe, lass uns 69 heiraten«, »Dreh dich um, Puppe, damit ich deinen Mond sehe.« Ich dachte, die Erotik zwischen uns sei so stark, dass sie die Zeit zerstören und die böse Weisheit vom verflixten siebten Jahr Lügen strafen würde. Wir haben sie Lügen gestraft, ja, zumindest ein bisschen; zwei oder drei Jahre haben wir dem Countdown abgetrotzt. Nach Nathans Geburt waren die Dinge weniger leicht, weniger natürlich. Aber wir haben es neu gelernt, und es war gar nicht so schlecht … Oder, Chéri? Gewiss, du nanntest mich schon lange nicht mehr »Puppe«. Aber dennoch, es war nicht schlecht.

Dann kam sie. Nach und nach, ohne dass es uns bewusst wurde, änderte sich alles. Ihre Gegenwart hat alles kontaminiert, mit einem schleichend wirkenden Gift, einer Schwermetallvergiftung. O ja. Ich weiß. Du könntest einwenden, dass es auch an mir liegt. Ich wollte wieder arbeiten, obwohl wir das Geld nicht brauchten, wo wir doch ein Verkaufsgenie wie dich als Sippenoberhaupt und deine von Jahr zu Jahr immer eindrucksvolleren Prämien hatten.

Ich werde dafür bestraft, dass ich etwas anderes sein wollte als nur Mutter. Und der Erfolg: Meinem Gefühl nach bin ich weniger als eine Frau.

Ich will nicht mehr schreiben. Hier ist es zu unbequem zum Schreiben. Das Heft wird schmutzig.

Ich werde schmutzig.

Ich bin eine Spinne unter Spinnen.

Maman hatte sich unten eingeschlossen. Ich klopfte an ihre Tür, doch vergeblich; ich vermutete, dass sie eine Schlaftablette genommen hatte, und gab auf. Die Zwillinge hatten sich in mein Bett gelegt und waren umgehend in Morpheus' Armen gelandet – glückliche Kindheit, in der jeder Zwischenfall, auch der erschreckendste, die Textur eines Traums annimmt, der einen aus dem Schlaf reißt, dem man sich aber auch durch den Schlaf wieder entziehen kann. Sie hatten einen diskreten Ausfall Richtung »Weihnachtsofen« unternommen, waren jedoch so müde, dass sie mit einem einfachen »Na, na, na!« wieder auf den morgens um zwei einzuschlagenden rechten Weg gebracht werden konnten.

Lise und ich kehrten die Scherben auf dem Parkett zusammen, klebten Plastikplanen vor die kaputten Scheiben und waren uns im Übrigen darüber im Klaren, dass an einem 25. Dezember genauso wenig auf einen arbeitswilligen Glaser zu hoffen war wie auf den Roten Alten Mann.

»Weißt du noch, wie du mit deinen verrückten Kumpels Steinschleudern gebastelt und dann das große Fenster der Bar erlegt hast«, fragte sie mich und betrachtete die vor und zurück schlagenden Plastikstücke, die sich bei jedem Stoß wölbten wie durchsichtige Bäuche.

»Chapelle und Fargeot.« Ich nickte. »Mit den beiden

habe ich einiges angestellt! Aber das mit der Bar war ein Missgeschick, wir hatten auf den Briefkasten gezielt … Und du wirst dich erinnern, dass die Bar geschlossen war. Das jetzt ist anders. Morgen rufe ich bei der Polizei an.«

Lise zuckte fatalistisch die Achseln und setzte sich auf das Bett. Sie zog einen ihrer Stiefel aus, den rechten, und dann die Socke. Eine Glasscherbe war tief in ihre Fußsohle eingedrungen, wie ein Diamant funkelte sie auf ihrer rosigen Haut. Sie nahm die Nachttischlampe und stellte sie auf die geschwärzte Bettdecke, um ihren Fuß zu beleuchten. Ihr Gesicht drückte nicht den mindesten Schmerz aus, nicht die Spur von Ekel oder auch nur Sorge.

»Warte, Lili, mach das nicht einfach so … Ich hol was zum Desinfizieren.«

»Lass doch, meine Tetanus-Impfung tut's noch.«

Ich wollte ihr sagen, darum gehe es nicht, aber sie begann bereits, während ihr die unecht roten Strähnen vor die Augen fielen, das Glasstück mit den Fingernägeln von Daumen und Zeigefinger herauszuziehen. Verkrampft wandte ich mich ab, ich stellte mir das rötliche, Übelkeit erregende rohe Fleisch vor, ein quälendes Bild, das, wie es bei Vorstellungen meistens ist, sicher schrecklicher war als die Wirklichkeit. Ich konzentrierte meine Aufmerksamkeit auf den Spiegel über dem Kamin, einen großen, von vergoldeten Schnörkeln umrahmten Spiegel, der, soweit ich mich erinnern konnte, immer schon hier gehangen hatte. Lise fluchte hinter mir. Plötzlich erblickte ich einen kleinen Moment lang ihr Spiegelbild, das rote Leuchten im Rahmen, den oberen Teil ihres Kopfs, dann beugte sie sich wohl tiefer, jedenfalls verschwand das Leuchten.

»Na endlich, verdammt noch mal!«, rief sie, halb wütend,

halb erleichtert. »Huhu, Sensibelchen, du kannst dich umdrehen, es ist nichts mehr zu sehen.«

Als ich mich umwandte, zog sie bereits die Socke an.

Sie feixte. »Ich stelle mir gerade vor, wie du dir Blut abnehmen lässt.« Sie machte mich nach, machte nach, wie ich mich ihrer Vorstellung nach bei einer Blutabnahme anstellte, den Kopf so zur Seite gedreht, dass ich mir fast die Schlüsselbeine ausrenkte, und einen Ausdruck übertrieben panischer Angst auf dem Gesicht. Eine Karikatur von mir – nur eine Karikatur, doch es liegt Wahrheit in der Übertreibung, und du weißt es, Cora: Ich kann kein Blut sehen. Und mir ist klar, dass dein letztes Bild von mir, bevor du das Bewusstsein verlorst, eben das war, wie ich das Bewusstsein verlor, eine lächerliche Marionette auf dem blutigen Kachelboden des Kreißsaals. Ich hätte mir gewünscht, dass du mit einem beruhigenden, männlichen Bild von mir gegangen wärst, mit einem Bild, auf das ich hätte stolz sein können, doch nein. Als du starbst, sahst du von mir nur eine Karikatur, genauso grotesk wie dieses Porträt, das meine Schwester in einer Weihnachtsnacht in einem eisigen Schlafzimmer von mir zeichnete.

Ich hasse diesen Gedanken. Ich vertreibe ihn. Er kommt zurück. Ich vertreibe ihn wieder. Ich vertreibe ihn unablässig, aber ich vertreibe etwas, das sich nicht töten lässt. Ich vertreibe die Scham, eine irrationale und einen dennoch verrückt machende Scham, die unendliche Scham darüber, dass ich dich nicht retten konnte.

In derselben Nacht hatte ich den ersten einer ganzen Reihe von Träumen. Ich war in unserem Haus, aber die Räume waren aufgeteilt und eingerichtet wie zur Zeit meines

Vaters, die Küche getrennt vom Wohnzimmer, wo noch der große Kamin war, der die dunklen Riemen des Parketts beleuchtete. Aber es gab kein Obergeschoss; wenn ich den Blick hob, sah ich den Himmel, einen ebenfalls dunklen Himmel. Dabei war es nicht Nacht, das wusste ich. Diese Dunkelheit war nicht die Nacht, und das Schwarz kam nicht vom Himmel, es war *etwas anderes*; eigentlich war es, als ginge ich durch das Innere eines Modells in Menschengröße, wobei dieses unvollendete Modell jedoch seinerseits in einer größeren Kiste stand wie in einem riesigen Bunker. Die Möbel waren hufeisenförmig in der Mitte des Wohnzimmers zusammengeschoben, als solle es ein Treffen geben, die vier Sessel, in der Mitte das Sofa, ganz rechts außen der niedrige Tisch, ganz links außen das Büfett, alles völlig unlogisch. Lise saß reglos mitten auf dem Sofa, während Maman, die Zwillinge und du, Cora, euch auf einem einzigen Sessel drängtet, dem mit rotem Samt bezogenen Louis-seize-Lehnsessel, und das absolut bequem zu finden schient. Ich konnte mich in dieser Szene nicht genau lokalisieren, aber ich war da, voller Angst, weil ich davon überzeugt war, dass etwas Schreckliches unmittelbar bevorstand. Lise begann, den Kopf zu bewegen, in sehr langsamen Bewegungen, die sie überall zum Knacken brachten, als wären ihre Knochen aus Reisig, aber aus lebendigem Reisig. Mit einem Mal veränderte sich ihr Kopf, ich sage *ihr Kopf*, und nicht *ihr Gesicht*, denn es hatte nichts mehr von einem Gesicht, es war eine gelbe Fleischmasse, verunstaltet von Geschwülsten, die sich autonom unter ihrer Haut, das heißt unter dem Panzer, der ihr als Haut diente, zu bewegen schienen. Und obwohl sie keinen Millimeter von ihrem Platz wegrückte, obwohl sie nicht die geringste

Angriffsgeste in eure Richtung machte, wusste ich, dass der Teufel in sie gefahren war, dass die Möbel zu irgendwelchen dunklen Verhandlungen zusammengerückt worden waren, dass Satan hier bei uns Rat halten wollte. Doch ihr, in euren einzigen Lehnsessel gekuschelt, reagiertet nicht, ich glaube sogar, ihr trankt Wein, einen dunklen, zähflüssigen Wein, du lachtest, Cora, und die Kinder wollten den Wein auch probieren, ich versuchte, euch daran zu hindern, dich und Maman daran zu hindern, ihnen dieses böse Gebräu zu trinken zu geben, aber ich war nicht wirklich da, ich hatte keinerlei Einfluss, ich war genauso ohnmächtig wie an dem Tag, als die Zwillinge zur Welt kamen.

Und dann gab es eine Art Zeitsprung, eine Folge schlecht zusammengeschnittener Bilder.

Das Modell war immer noch da, doch nun sah es so aus, als sei die Tür des großen Bunkers geöffnet worden: Das Wohnzimmer wurde von einem orangefarben getönten, sonnigen Licht überflutet, das jedoch nicht die mindeste Wärme ausstrahlte. Die Möbel standen in ihrer üblichen Anordnung – in der damals, zur Zeit meines Vaters, üblichen Anordnung –, das Sofa an der Wand, die Sessel um den niedrigen Rauchglastisch gruppiert, das Büfett neben der Tür zur Küche. Die sieben Möbelstücke standen an ihrem Platz, und ich stolperte über diese Zahl: *sieben* Möbel in einem Haus mit *sieben* Zimmern. Maman saß, wo vorher Lise gesessen hatte, mitten auf dem Sofa, umrahmt von den Zwillingen, Soline zu ihrer Rechten, Colin zu ihrer Linken. Meine Schwester stand neben dem Geschirrschrank und rauchte eine Zigarette, die unglaublich schnell abbrannte, eine Art Aschestäbchen, das in die Luft ragte. Und du, Cora, warst verschwunden; niemand sorgte sich um dich, es war, als hätte es dich nie gegeben. Ich hatte Lust zu schreien: *Wo ist Cora? Wo ist Cora, verdammt noch mal?* Aber ich wusste, es würde nichts nützen, sie würden nicht einmal verstehen, was ich meinte. Ich saß in einem Sessel, jetzt nämlich saß ich in dem mit dem roten Samt bezogenen Louis-seize-Sessel und murmelte Dinge wie *Er ist gekommen, Satan ist gekommen, Lise, du warst der Teufel*, doch das kümmerte niemanden, ich hatte den Eindruck, von einem zu dunkel gebackenen Kuchen zu sprechen, von einem bedeutungslosen Zwischenfall. Sie hörten mich, sie waren sich dessen bewusst, was geschehen war; was den Wahrheitsgehalt des gerade Geschehenen anging, gab es keinerlei Problem, doch sie schienen es alle lächerlich zu finden. Lise schalt mich, wie in der Wirklichkeit, ein »Sensibelchen« und blies perfekte Rauchkringel in den offenen Raum mit dem mandarinenfarbenen Licht, während die Zwillinge immer noch seelenruhig »Die Sieben Familien« spielten – *sieben*, schon wieder *sieben*, sagte ich immer wieder, ich konnte nicht damit aufhören …

Dann wachte ich auf, atemlos, mit jagendem Herzen, und stieß mir heftig den Kopf am Bettgestell. Ich glaube, ich habe geschrien, ich war ganz benommen, mit einem Bein noch in dem Traum, der mich mit dem Erwachen nicht loslassen wollte.

Einen solchen Albtraum hatte ich noch nie gehabt, derart *echt*. Ich knipste die Nachttischlampe an, um die Wirklichkeit zurückzugewinnen, mein Schlafzimmer, die Realität meines Schlafzimmers, die mit violetten geometrischen Motiven, die an die Halbleiter in einem Chip erinnerten, tapezierten Wände, unsere Kinder, die sich aufgesetzt hatten und mich aus großen Augen ansahen, Soline zu meiner Rechten, Colin zu meiner Linken. Die Stille brummte betäubend wie das Düsentriebwerk einer Boeing. Ich betrachtete die Umrisse des Wäscheschranks an der Wand gegenüber; wo er gestanden hatte, waren die Farben der Tapete leuchtender: Das Gespenst des Wäscheschranks zeichnete sich an der Wand ab.

»Eine komische Nacht, nicht wahr, Paps?«, flüsterte es zu meiner Rechten.

Ich brachte keine Antwort heraus. Meine Kehle war ausgedörrt wie nach einer Wüsten-Durchquerung; das Wort »Gehenna« schoss mir durch den Kopf. Ich griff über Soline hinweg nach der Wasserflasche und leerte sie in einem Zug, einen halben Liter in einem Zug. Danach begann ich, meine Geisteskräfte wieder zu sammeln. Ich sah auf die Armbanduhr – fünf Uhr sieben – ein Zufall, natürlich, aber diese Zahl war mir derart ins Mark gebrannt, ich, geboren im Jahr 1977, Maman am 7. März 1947, Lise am 17. Juli 1970, die Zwillinge im Jahr 2005, 2 + 5 = 7, am 7. Februar im Abstand von sieben Minuten, du, gestorben am selben Tag um 17 Uhr 30 im Alter von 34 Jahren, 3 + 4 = 7.

»Himmel noch mal …«

»Weißt du, Paps«, flüsterte Colin und rieb mir beruhigend über den Kopf, genauso, wie ich ihm einige Stunden zuvor über den Kopf gerieben hatte, »Albträume sind nur Bilder im Kopf. Und wenn man aufwacht, gehen sie weg, als würde man den Fernseher ausschalten. Sie existieren dann weiter, nur kann man sie nicht mehr sehen.«

»Glaubst du? Glaubst du, sie existieren dann weiter?«, fragte ich gepresst – und das war keine rhetorische Frage.

Er antwortete nicht. Stattdessen sah er seine Schwester an und versuchte, in ihren Augen zu lesen, was er mir sagen sollte, die Wahrheit oder eine Lüge, ob man mich beruhigen müsse oder mich wie den Erwachsenen behandeln sollte, der ich schließlich war.

»Ja, Papa, sie existieren weiter«, erklärte Soline mit einem Ernst, der mir das Blut in den Adern stocken ließ. »Wenn sie sich erst im Innern gebildet haben, können sie sich jederzeit wieder einschalten. Aber man kann nicht fürs ganze Leben mit dem Schlafen aufhören.«

Dennoch verwandte ich diese Nacht – oder wenigstens das, was von ihr noch übrig war – genau darauf: *mit dem Schlafen aufzuhören*. Um jeden Preis wach zu bleiben; denn sonst wäre ich unweigerlich wieder in das Modell zurückgefallen. Das war gewiss. Absolut. Mathematisch. Und diese Gewissheit war mir unerträglich.

Grâce Marie Bataille,
5. April 1981, Sekretär im Schlafzimmer,
22 Uhr 34 auf dem Radiowecker

Die kleine Polin wollte die Schreibmaschine haben, die alte Remington, die ihren Dornröschenschlaf auf dem Speicher schlief. Ich musste ganz Villefranche abklappern, um ein passendes Farbband für diese Antiquität aufzutreiben. Sie sagt, sie bräuchte sie, um ihrer Mutter zu schreiben, weil das Telefonieren zu teuer sei – allerdings, ich habe ja die Rechnungen gesehen! Übrigens nervte es mich, jedes Mal ihre Kosten zu berechnen, deshalb habe ich sie gebeten, die öffentliche Telefonzelle zu benutzen. Sie wird jetzt Kleingeld dafür sammeln müssen, aber das ist ihr Problem. Als Nathan uns darüber sprechen hörte, gab er ihr seine Sparbüchse, du weißt schon, die aussieht wie ein Roboter, du hast sie aus Tokio mitgebracht. Das ist nett von ihm, es hat mich genervt, aber es ist nett von ihm. Unser Sohn ist ein Engel. Weil er spürte, dass mich diese Sparbüchsen-Geschichte geärgert hatte, malte er mir ein Bild, und zwar von besagter Sparbüchse auf dem kleinen Tisch in der Diele. Dieses Kind hat wirklich Talent, man möchte meinen, er erfasst sogar schon das Perspektivische. Ich habe die Bilder herausgesucht, die Lise im selben Alter gemalt hat, ein himmelweiter Unterschied. Sie malte Strichmännchen, einen Kreis als Kopf, zwei für die Hände und zwei für die Füße. Nathan hat den Roboter mit allen Einzelheiten gemalt, und das Tischchen hat Fluchtlinien, die den Schatten andeuten, den es zu der Tageszeit, als er das Bild malte, auf das Parkett wirft. Es ist, als könnte sich Nathan den Raum schon in drei Dimensionen vorstellen, mitsamt seinen Verzerrungen und toten Winkeln. Neugierig geworden, habe ich mir seine sämtlichen Bilder aus der letzten Zeit angesehen – du weißt ja, wie viel er malt, die reinste Dampfmaschine, glaub mir, es ist beeindruckend. Sogar erschreckend, wenn man es recht bedenkt. Mich wundert, dass seine Lehrerin nicht mit mir darüber gesprochen hat. Da sonst niemand da war, redete ich mit der Kleinen darüber, und sie sagte mit ihrem verdammten Polacken-Akzent: »O ja! Wirklich toll!« Dann zeigte sie mir ein Porträt, das er letzte Woche von ihr gemalt hat: Ich sage dir, Thomas, es ist alles drin. Er hat sie tanzend gemalt. Das Gesicht ist zwar noch rudimentär, aber man spürt den Wind in ihrem Haar, er hat sogar die Herbstlaubfarbe des Haars getroffen, indem er Braun und Orange gemischt hat; und die Bewegung des Rocks hat er schon geradezu wissenschaftlich erfasst. Chéri: Wir haben ein Ungeheuer in die Welt gesetzt. Wegen dieses blöden Waffeleisens habe ich mit dir über nichts geredet, du bist wieder abgereist, wir haben miteinander geschlafen, ein Mal in zehn Tagen, vielen Dank auch, dann bist du wieder abgereist, und ich habe vergessen, mit dir darüber zu sprechen – über Nathan, die Einrichtung des Hauses und jetzt diese verrückten Bilder. Du wirst mir sagen, dass man sich eher Sorgen machen müsste, wenn er nicht malen würde. Aber wer weiß, vielleicht ist unser Sohn der Picasso des einundzwanzigsten Jahrhunderts. Ich frage mich, ob der andere auch so gewesen wäre wie er … du weißt schon, der andere … sein Bruder. Ich frage mich, ob der andere genauso oder genau entgegengesetzt gewesen wäre, ein Spiegel oder eine Kopie. Ich will mir solche Fragen nicht stellen, aber manchmal stelle ich sie mir trotzdem.

Bei dieser Schreibmaschinen-Aktion fanden die Kinder auch das große Puppenhaus wieder, die vollkommene Nachbildung des echten Hauses mit all seinen Zimmern, Küche, Wohnzimmer, Elternschlafzimmer – unserem Zimmer – und dem Zimmer von Lise; im Obergeschoss dann Nathans Zimmer, das der kleinen Polin und schließlich der Speicher, diese von Dachbalken durchkreuzte kleine Pyramide. Ich hatte es vollkommen vergessen, zwanzig Jahre hat es da oben unter einer Plane gestanden. Mein Vater hat es mir einmal zu Weihnachten gebaut. Meine Mutter erzählte, dass er, im Gartenhäuschen versteckt, Monate daran gearbeitet hat, in jeder freien Stunde. – Damals gab es an der Straße, in der Nähe der Blauzeder, einen Werkzeugschuppen. Eines Tages wurde er bei einem Hagelschauer so stark beschädigt, dass er abgerissen werden musste. Es machte mich ganz krank, dabei war ich schon groß, fast volljährig. Ich vermute, dass er für meine Kindheit stand und meine Kindheit mit ihm ein Ende fand. Manchmal denke ich, wir sollten ihn für die Kinder wieder aufbauen. In diesem Schuppen bekam ich meinen ersten Zungenkuss! Vom alten Fargeot … Natürlich, heute ist er »der alte Fargeot«, aber vor fünfzehn Jahren redete ich ihn mit Frédéric an und fand, er habe etwas von James Dean. Übrigens sieht sein ältester Sohn ihm ähnlich.

Mit viel Ajax reinigten wir also das Puppenhaus. Nathan flennte wegen des vielen Ungeziefers darin, Lise zertrat die Tiere mit dem Absatz und machte sich über ihn lustig. Ich versuchte natürlich, ihr klarzumachen, dass es nicht nett ist, seinen Bruder »Sensibelchen« zu nennen, aber er ist nun mal eins, was soll man machen.

Die kleine Polin war hingerissen: Ihr Vater hätte dieses Haus dufte gefunden. Dieses Wort hat sie benutzt: »dufte …« Ausländer verwenden immer die abstrusesten Begriffe ... Joseph habe ihr einmal ein Schaukelpferd gebastelt, aber nie etwas so Schönes, so fein Ausgearbeitetes, dabei sei es Josephs Beruf gewesen, während mein Vater doch nur ein einfacher Immobilienmakler gewesen sei. Offenbar deprimierte es sie, sie verschwand und schloss sich in ihre Gemächer ein. »Großes Baby«, dachte ich. Trotz ihrer Titten ist sie nur ein großes Baby, genau wie das, das einst wegen der vom Himmel gesandten Zerstörung einer Bretterbude heulte.

Aber die Möbel waren nicht mehr aufzutreiben. Jetzt fällt es mir wieder ein: Ich hatte eine ganze Sammlung kleiner Möbel, die ich sonntags nach der Messe gemeinsam mit meiner Mutter aus Eisstielen gebastelt hatte. Nur deshalb ertrug ich die Predigt, wenn ich ihr auch nicht zuhörte. Denn ich dachte an das, was wir bauen würden – Sessel, Wiege oder Wohnzimmertisch? Im Kopf stellte ich sie mir bis in die letzte Einzelheit vor, ich entwarf Pläne und überlegte, wie viele Stiele für ihren Bau notwendig sein würden ... Wahrscheinlich sind sie inzwischen alle längst zerbrochen. Lise und Nathan lassen ihre Playmobil-Männchen samt Ausstattung in dem Haus wohnen, das geht genauso gut. Dieses einen Quadratmeter große Haus hat sie den ganzen Nachmittag über beschäftigt. Es war ein verregneter Sonntagnachmittag, ein verregneter Sonntag ohne dich, noch einer.

Unten schlägt die Standuhr. Lange. Elf Mal. Also zünde ich mir meine Zigarette an. Ich habe wieder damit angefangen. Du weißt es nicht, aber schon seit mehreren Monaten zünde ich mir jeden Abend um Punkt elf Uhr eine Zigarette an, nur eine, selbst wenn du hier bist; ich gehe in den Park, und du siehst nichts, riechst nichts, Mentholpastillen, Hände mit Seife gewaschen – ich rauche und frage mich, wie es Reagans Lunge geht. Zum Glück musste Georges es nicht mehr erleben, das Attentat am letzten Montag, die Gewalt der Menschen, diese unablässig aktualisierte Gewalt im Fernsehen. Ich rauche und denke an Nathans Gesichtsausdruck, als er sah, wie seine Schwester Spinnen mit der Sohle ihrer schwarzen Lackballerinas zermalmte. Ein Puppengemetzel … Ich rauche und denke an unsere Tochter, diese Killerin im Kleinformat, an ihre giftige Ekstase bei der systematischen Ausrottung eines achtbeinigen Abschaums.

Ich rauche, *Lise ist mein Liebling*, aber das sage ich nicht laut.

Beim Frühstück hatten wir allesamt mehr Ähnlichkeit mit einem anästhesierten Zombie als mit einem fröhlichen Wichtel. Mamans Augenringe waren wie mit dem Kohlestift gezeichnet, ich gähnte und trug mitten auf der Stirn eine dicke Beule zur Schau, Lise konsumierte einen Kaffee nach dem anderen und eine Kippe nach der anderen. Jetzt sah ich auch, was mich zu meinem Traum angeregt haben könnte: ihre vom Rauchen gelbliche, wie erstickte Haut. Einmal mehr freute ich mich, damit aufgehört zu haben, obwohl ich an diesem Morgen meilenweit für einen einzigen Zug gelaufen wäre. Ich hielt mich, so gut es eben ging, unter Kontrolle, um nicht dem Charme des appetitlichen weiß-goldenen Päckchens zu erliegen, das mir zuzuzwinkern schien wie eine Striptänzerin im Lamékostüm. Das Bild des früheren Wohnzimmers verfolgte mich, es überlagerte ständig das des neuen, aber nicht ganz, wie durch den Sucher eines Fotoapparats, den man nicht richtig scharf stellen kann. Der schwarze Eichenboden war durch roten Stein ersetzt worden, der Kamin durch den gusseisernen Ofen, Sofa und Sessel waren nicht mehr dieselben, der Couchtisch war nicht mehr aus Glas, sondern aus Metall, der Louis-seize-Lehnsessel stand jetzt im Schlafzimmer meiner Mutter, die Trennwand war entfernt worden, um die Küche zum Wohnzimmer hin zu öffnen, als Grenze diente jetzt ein Bartresen aus gewachstem Beton, dessen frühere Nussbaumplatte auf meinen Rat hin durch eine rot lackierte MDF-Platte ersetzt worden war. Wie auch immer, dieser Raum war schon seit drei Jahrzehnten so eingerichtet. Die Einrichtung, von der ich geträumt hatte, hätte tief unten in meinen Erinnerungen, in meinen Erinnerungen eines Vierjährigen, begraben bleiben müssen. Wahrscheinlich hatte die Rückkehr meines Vaters diese Reminiszenzen ausgelöst; das wäre logisch, schließlich war es ein Schock. Dennoch vermochte mich diese Erklärung nicht ganz zu beruhigen, und ich spielte nervös mit dem Reißverschluss meiner Jacke – ein weiterer meiner zahllosen Ticks, um die Hände zu beschäftigen.

Nachdem ich vor lauter Angst, wieder in die Klauen des Albtraums zu geraten, die ganze übrige Nacht kein Auge zugetan hatte, zerrten mich die Zwillinge gegen acht Uhr aus dem Bett. Ich kam kaum dazu, ihnen noch hinterherzurufen: »Zieht die Pantoffeln an, zieht doch die Pantoffeln an!«, schon sausten sie wie zwei geölte Blitze die Treppe hinunter, eine Kavalkade *en miniature*. Dann, wie immer, Freudenschreie, Stille, Freudenschreie, Flüstern, Stille. Ich wusste, sie warteten auf das Startsignal, um sich auf die Päckchen zu stürzen, also zog ich meine Hausschuhe an und folgte ihnen. Ich war zittrig, und mir war ein bisschen übel. Die zwei Stunden erzwungener Schlaflosigkeit hatte ich damit zugebracht, die nächtlichen Ereignisse immer wieder durchzugehen, die Eierkohlen, das rot aufleuchtende Haar meiner Schwester, die Glasscherbe in ihrem Fuß – und diesen Traum, diesen grässlichen Traum, der schlimmste, an den ich mich, selbst aus der Kindheit, erinnern konnte. Das doppelte Atmen der Zwillinge hatte mich ein bisschen beruhigt, aber ich wartete ungeduldig auf den Tag, so sehr, dass ich glaubte, ich würde ihn dadurch früher anbrechen lassen, als könne es meine Ungeduld mit den Naturgesetzen aufnehmen. Als die Kleinen aufstanden, war kaum das erste Tageslicht zu erkennen. Ihr aufgeregtes Flüstern erlöste mich aus meiner Angst, es war, als nähme das Leben wieder seinen Platz ein, den ihm zustehenden zentralen und geräuschvollen Platz, den Platz, den es nie hätte verlassen dürfen.

Als ich an der Tür von Lise vorbeiging, hörte ich Wasser spritzen und die charakteristischen Geräusche einer sorgfältig und energisch gehandhabten Zahnbürste. Auch Maman war schon auf und in der Küche, völlig unelegant in grauer Hose und Irlandpullover. Sie ermunterte die Kinder, ihre Weihnachtspflichten zu erfüllen. *Wir warten auf Papa* … Ich lächelte innerlich. Als ich auftauchte, drehten sie sich absolut synchron und mit leuchtenden Augen zu mir um; die Wirklichkeit ergab wieder Sinn, die Freude, die Geschenke, die Lise und ich, trotz der Neuigkeit von Thomas Batailles Rückkehr, mit Liebe und Genauigkeit arrangiert hatten. Mit einem Nicken gab ich den Startschuss, und *piff, paff, ritsch, ratsch*, reißendes Papier, *aaah, oh, oooh* und noch mehr *ah*, Pop-ups, Püppchen, Miniaturflügel, Skateboard, Monopoly und echte Knallbonbons – die waren ihnen wichtig und sind heutzutage gar nicht mehr so leicht aufzutreiben.

»Hab ich alles verpasst?« Lise war aufgetaucht, in einem seltsamen Kleid, das gar nicht zu ihr passte und dessen Rot sich mit dem ihres Haars biss.

»Hier sind auch Geschenke für dich!«, schrie Colin. »Und für Paps! Und für Omi!«

»Fein, fein, wir kommen …«

Unter den neugierigen Blicken der Zwillinge wickelten wir die Geschenke aus. Lise, die in der Parfümerie-Abteilung arbeitete, hatte mir wie jedes Jahr ein Eau de Toilette geschenkt, *Bleu de Chanel*; von Maman bekam ich ein sehr schönes Buch über das skandinavische Design der Fünfzigerjahre. Auch meine Schwester wickelte ihre Geschenke aus, einen Kaschmirschal einer angesagten Marke von mir, und, wie sie es sich immer wünschte, einen Scheck von meiner Mutter. Diese schnupperte gerade an einem Geschenk von Lise, einer Körpermilch mit Feigenextrakt, und warf mir einen überraschten Blick zu. Davon aufgescheucht, sah ich mich um und entdeckte, dass die Kette, die ich für sie gekauft hatte, nicht unter den Geschenken war.

»Ein kleines schwarzes Lederetui … Hast du es nicht gefunden?«

Sie schüttelte den Kopf.

Soline und Colin begannen, in dem zerknitterten bunten Papiermeer auf den Fliesen zu wühlen. Gemeinsam drehten wir jedes Blatt dreimal um und warfen es dann in den Abfall. Danach war der Boden völlig frei und immer noch kein kleines schwarzes Etui in Sicht. Nirgends. Dabei hatte ich es sorgsam auf das Päckchen von Lise gelegt und damit die Logos ihres Kaufhauses zum Teil verdeckt.

»Seltsam«, sagte ich verwundert. »Wir finden es schon noch …«

»Ja, sicher. Macht doch nichts, Chéri. Wollen wir nicht frühstücken, was meint ihr? Es spielt sich so schlecht mit leerem Magen.«

Unsere Kinder, die in aller Eile gefrühstückt hatten, spielten jetzt also mit vollem Magen in meinem Zimmer oben, weil ihr Zimmer nicht benutzbar war. Eine Sekunde lang starrte ich auf die Zigaretten von Lise, RAUCHEN KANN TÖDLICH SEIN, dann vertiefte ich mich wieder in meinen Tee; weißt du, ich habe aufgehört mit dieser Junkie-Gewohnheit, morgens Kaffee zu trinken. Ich fragte mich, wo zum Teufel diese Kette stecken mochte. Obwohl ich Shoppen hasse, hatte ich Stunden damit zugebracht, sie auszusuchen, weil es so schwer war, Grâce eine Freude zu machen.

25. Dezember, 2 + 5 = 7, ich schüttelte den Kopf, *lächerlich*, die sieben Todsünden, die sieben Schöpfungstage, die sieben Bewusstseinsebenen der Buddhisten, die sieben Wohnungen in der Seelenburg nach Theresa von Ávila, die sieben Zimmer im Haus … Ich stockte. *Nein, sechs Zimmer, eine Wand wurde entfernt. Jetzt sind es sechs Zimmer.* Aber als Experte weiß ich, dass die Küche bei Immobilienbeschreibungen nicht mitgezählt wird, ich fing also wieder an. Dieses Haus hatte anfangs sechs Zimmer: Wohnzimmer, die vier Schlafzimmer und das ausgebaute Dachgeschoss. Nicht sieben, sondern sechs, dieses Haus hatte *nie* mehr als sechs Zimmer gehabt. Unwillkürlich fing mein verwirrter Geist nun eine neue Zahlenreihe an. Meine Eltern hatten 69 geheiratet, Maman war dreiundsechzig, die Zwillinge bald sechs, 666, sechs Eierkohlen hatten die Scheiben durchschlagen, ein Haus mit sechs Zimmern, eine Verabredung mit einem Gespenst am 26. Dezember, ich war dreiunddreißig, 3 + 3 = 6 …

Mein Hirn war derart heiß gelaufen, dass ich unbewusst ganz laut sagte: »So ein Quatsch.«

»Wie? Welcher Quatsch?«, fragte Lise und runzelte die Stirn. »Was ist los mit dir?«

Ich zuckte die Achseln. »Nichts, ich hatte nur einen seltsamen Traum ... Kennst du das, diese Albträume, die man Stunden nach dem Aufwachen nicht richtig loswird, selbst wenn es heller Tag ist?«

»O ja.« Sie grinste. »Das nennt man Job.«

Ich seufzte. Lise hasste ihre Arbeit, versuchte aber trotzdem nicht, eine andere zu finden. Im Grunde gab es nicht viel, das sie mochte. Übrigens war es das, was du an ihr auszusetzen hattest, dass sie sich für nichts interessierte. Du warst leidenschaftlich, Cora. Für dich grenzte ein Leben in solcher Fadheit, in solcher Trägheit, mit so wenig Neugier und Enthusiasmus zwangsläufig an eine Art Dummheit. Deprimierend. Das war es, was du sagtest: »Nathan, manchmal ist deine Schwester deprimierend.« So hart habe ich sie nie beurteilt. Sie hatte keine Begabung für die Schule und nicht das Glück, etwas wirklich zu lieben, leidenschaftlich zu lieben, wie ich die Architektur und du das Design. Und außerdem wurde sie nie von jemandem geliebt, ich meine, so wie ich dich geliebt habe. Meine große Schwester, Spezialistin für chaotische Beziehungen zu allen möglichen Idioten, Hotdog-Verkäufern, Vertretern für Klimaanlagen oder schwer alkoholabhängigen gescheiterten Schauspielern. Die Leidenschaft ist eine Gabe; einige haben sie, andere nicht. Lise tut mir in dieser Hinsicht vor allem leid.

»Übrigens, Maman«, fragte ich, um das Gespräch von der Fron in den Galeries Lafayette abzulenken, »darf man erfahren, warum du den großen Schrank umgeräumt hast? Sieh dir mal meine Stirn an! Außerdem sieht man die Spur auf der Tapete.«

Sie wurde bleich und erstarrte in ihrer Bewegung, das Messer, mit dem sie ihr Brot bestrich, hing in der Luft. Sie sah Lise und mich einen Augenblick lang an, dann senkte sie den Blick.

»Es war nicht das erste Mal«, sagte sie.

Ich verstand nicht, was sie meinte.

»Was letzte Nacht passiert ist … Es war nicht das erste Mal. Seit einer Woche passieren alle möglichen seltsamen Dinge. Ich hatte Angst, dass jemand über das Dach eindringen würde, das ist der einzig mögliche Zugang … Deshalb habe ich die Bodentreppe blockiert.«

Ich war wie betäubt. Meine Schwester griff in ihr Päckchen Marlboro Lights, und ich hätte es ihr nachgetan, wenn ich es gewagt hätte. Maman war zwar bleich, doch ihre Stimme klang ruhig und resigniert.

»Hast du die Polizei gerufen?«

»Natürlich, Lili, Chérie. Sie sind zweimal gekommen, um den Schaden aufzunehmen. Ich habe sogar Ed angerufen … Wisst ihr, wen ich meine? Édouard Francannet, unseren früheren Nachbarn, er arbeitet jetzt in Lyon.«

Lise nickte. Ich jedoch konnte mich absolut nicht an einen Édouard Francannet erinnern. Hingegen konnte ich mich sehr gut daran erinnern, dass irgendein Idiot fast unsere Kinder erschlagen hätte, weil er um ein Uhr morgens »Brick Breaker« gespielt hatte, und das durfte sich auf keinen Fall wiederholen.

»Maman, ich verstehe das nicht. Was genau ist passiert?«

Daraufhin stürzte sie sich in einen seltsamen Bericht, der mich leider keineswegs beruhigte.

Grâce Marie Bataille,
14. April 1981, Sekretär im Schlafzimmer,
9 Uhr 34 auf dem Radiowecker

Mein freier Tag, Dienstag, der herrliche Dienstag, der Tag ohne Spritzen, Kittel, Weinen oder Bettpfanne.

Ich gehe mit Julie in Lyon essen, und danach bummeln wir durch die Geschäfte. In Wahrheit werde ich vor allem durch die Geschäfte bummeln. Seit du wieder unterwegs bist, habe ich drei Kilo abgenommen. Wenn du morgen Abend zurückkommst, wirst du es sehen. Ich hoffe jedenfalls, dass du es siehst. Nach dem Einkaufen schaue ich bei Maman vorbei. Sie wirkt in letzter Zeit nicht sehr fit; und seit dem Jahrestag seines Todes ist es schlimmer geworden.

Ich frage mich, wie es mir erginge, wenn du stürbest.

Ich bin daran gewöhnt, dass du nicht da bist, aber das ist nicht dasselbe.

Heute ist Präsident Reagan, völlig wiederhergestellt, ins Weiße Haus zurückgekehrt. Das hat mich wieder an Georges erinnert. Ich weiß auch nicht, warum ich immer noch an Georges denke, in dieser Woche sind vier Patienten gestorben, und das hat mich ziemlich kaltgelassen. Das ist natürlich übertrieben gesagt, aber du weißt schon, wie ich es meine. Ich nehme an, er erinnerte mich an meinen Vater … Väter und ihre Töchter.

Meinen konnte ich um den kleinen Finger wickeln, das stimmt, aber bei Lise kommt es einem manchmal so vor, als würde sie dich *anbaggern*. Bevor du nach Hause kommst, macht sie sich schön, und dann ist sie mit ihren zehn Jahren noch koketter als die kleine Polin. Morgen wird sie mich bitten, ihr mit dem Lockenstab Locken zu machen, sie wird fragen, ob ihr »Paillettenkleid« bereit sei, und dann wird sie den ganzen Nachmittag vor dem Spiegel stehen und ihr Lächeln üben. Thomas, glaub mir, du kennst deine Tochter nicht. Die ganze Zeit trägt sie Jeans, abgewetzte Pullover und Turnschuhe, die ganz dreckig sind vom Rennen im Park – und selbst mit Engelszungen kann man sie nicht zu einem Bad bewegen. Doch wenn du nach Hause kommst, ist sie Prinzessin, Madame la Princesse ... Was für ein Parfüm nehme ich, ist mein Kleid gebügelt, glänzen meine Schuhe? Ein Luder, ich sag's dir. Ein hinreißendes Luder. Aber trotzdem.

Im Grunde bin ich wie sie. Heute suche ich: etwas Schlichtes, Elegantes, das nicht gleich ins Auge fällt, verstehst du, nichts Auffallendes, eine Kleidung, die meinen Körper zur Geltung bringt, ohne dass es den anderen bewusst wird, eine Kleidung, die das Begehren *unterschwellig* weckt, wie bei Jane Birkin letzte Woche auf der Titelseite von *Elle*, rot gestreifter Marinepulli, Diamanten-Ohrstecker. Ich will mich abheben von der Kleinen mit ihren zu weiten Röcken, den zu großen Pullis und dem zu langen Pony. Eine Frau sein, eine echte. Nicht dieses ungeschickte, eigensinnige Mädchen, dem immer die Haare im Gesicht hängen.

Ja, ich weiß, in einigen Jahren wird dieses Mädchen wunderschön sein. Aber bis dahin bin ich sie los. Ich suche einen Ersatz für sie, damit du es weißt. Ich bastele noch am idealen Profil, alt, hässlich, verklemmt und möglichst Engländerin. Du willst die Öffnung hin zu anderen Kulturen? Sehr gut! Dann, Chéri, ist Englisch nun wirklich weit wichtiger als Polnisch. Das finde jedenfalls ich, und es ist für ihre Zukunft – für die Zukunft unserer Kinder.

Es ist warm und sonnig, fast schon wie im Sommer. Die Kinder haben Ferien, sie sind die ganze Zeit draußen. Die Kleine veranstaltet »Schatzsuchen«, die beiden lieben es, auch wenn Lise ihren Bruder damit wahnsinnig macht, dass sie ihn nie etwas finden lässt. Sie ist nicht immer fair. Wie ihre Mutter.

Sie verliert nicht gern.

Ich ziehe ein fließendes Kleid über und bewundere meinen Bauch – drei Kilo weniger. Ich wünschte, du könntest mich so sehen, in diesem hübschen roten Kleid, das an den Klatschmohn erinnert, der seit einiger Zeit, seltsam früh, überall blüht. Ich mache mich schön, auch wenn du nicht da bist. Ich trainiere für deine Rückkehr; an jedem Tag, den Gott uns schenkt, trainiere ich. Vielleicht vergeblich, aber ich weigere mich aufzugeben.

Der Hauptmann lässt seine Schergen von nun an gewähren. Die Schergen lassen eine Kapitulation nicht zu.

Lastender Himmel, schneidende Luft, scharf wie ein Peitschenhieb. Der weiße Park und dahinter der im Eis gefangene Wein, die Rebstöcke ragten aus dem Schnee wie Hände, die verzweifelt nach etwas haschten – *nach was*, fragte ich mich, *was kann man sich hier fangen außer dem Tod?*

In den Baustellenstiefeln, die meine Füße schön trocken hielten, marschierte ich munter voran, den leichten Hang zur Straße hinunter, die an unser Grundstück grenzt. Dort, an diesem *point of no return*, angelangt, an dem Gatter und den vom Winter verkohlten Resten der Pappeln, blieb ich stehen. Ich wandte mich zum Haus um, diesem Gebäude aus dem für unsere Gegend typischen gelblichen Stein, das meine Kindheit behütet hat, eine etwas banale, etwas langweilige Kindheit, vor allem, nachdem Lise nach Lyon gezogen war – sie hat sich mit achtzehn, sobald sie gesetzlich das Recht dazu hatte, aus dem Staub gemacht. Damals war ich elf, und obwohl sie mich im Wesentlichen gequält hatte, fehlte sie mir fast auf Anhieb. Ich starrte auf das Haus und fragte mich, ob mein Vater es vielleicht von genau diesem Punkt aus angestarrt hatte, als er einige Tage zuvor da gewesen war, als er, von Gott weiß woher und aus Gott weiß welchem Grund zurückgekehrt, »wie ein Raubvogel« das Haus umkreist hatte. Ich senkte den Blick und bohrte die Stiefelspitze in den Schnee, als gebe es da etwas auszugraben, einen Schatz, eine Spur, doch wenn man an dem schönen bläulichen Lack kratzte, förderte man nur gefrorene, knirschende, stellenweise auch schlammige Erde zutage oder die Überreste bräunlichen Grases, von dem man sich kaum vorstellen konnte, dass es eines Tages wieder ergrünen würde.

Ich hatte Lust zu schreien.

Ich musste schreien, um meiner geistigen Gesundheit willen. Ich versuchte es, aber es gelang mir nicht. Es war ein leiser, heiserer, schwächlicher Schrei, der unter dem Brustbein stecken gebliebene Schrei eines Sensibelchens, der nicht auszubrechen wagte, denn dazu war er zu gut erzogen, zu zivilisiert, dieser groteske Schrei eines Städters. Im Grunde erschien es mir nicht anständig zu schreien, so als riskierte ich es damit, zum Tier zu werden. Schreien war *unpassend*. Dabei wohnten die einzigen Nachbarn weit hinter unserem Haus, und es gab hier außer der Landstraße und den Reben, die Winterschlaf hielten, niemanden, der mich hören konnte. In Sachen Überleben war das kein guter Schrei. Ich sammelte mich innerlich als kompaktes Nervenbündel, ich dachte an dich, Cora, an all die Schreie, die ich nicht hatte ausstoßen können, an die stummen Schreie, die sich seit so Langem in mir aufgehäuft hatten; und dann schrie ich, ohne dass ich mir dessen anfangs ganz bewusst war, ich heulte die blasse Sonne an wie ein Wolf den Mond. Ich schrie lange, ohne Unterbrechung und immer heftiger, in einer Lautstärke, die mich selbst erstaunte; mein ganzer Körper zitterte vor Anstrengung. Eine Reihe Raben flog von einer Hochspannungsleitung auf, abgehacktes Krächzen und das Rauschen der schwarzen, metallisch glänzenden Flügel mischten sich mit meiner Stimme, einer gutturalen Stimme, die ich nicht an mir kannte. In der Ferne sah ich auf der Straße etwas Rotes, Glänzendes aufleuchten, das sofort wieder verschwand, genau wie der Schopf von Lise im vergoldeten Spiegel, einige Sekunden später tauchte es wieder auf – die Kurven von Bayère. Ich verstummte abrupt, wie früher, wenn die Lehrerin die Hand zur Faust schloss, damit wir alle zugleich zu singen aufhörten.

Stille.

Nur der Wind, der Eispailletten hochwirbelte.

Der rote Wagen röhrte vorbei. Ich folgte ihm mit dem Blick, bis er in einer weiteren Kurve verschwand.

»Alles hat letzten Sonntag angefangen, am 19. Es war gegen sechzehn Uhr, ich machte noch meinen Mittagsschlaf. Ich hatte nachts schlecht geschlafen – seit ich Thomas wiedergesehen habe, leide ich oft an Schlaflosigkeit. Ich war von einem Geräusch geweckt worden, von einem Schaben oder Schleifen genau über mir, als wäre jemand im Zimmer der Babys. Ich bin an Geräusche gewöhnt, wisst ihr. Hier sind wir an Geräusche gewöhnt. Knarren, klappernde Fenster … Aber dieses Geräusch war so einzigartig … Ich dachte gleich, dass es ein *lebendiges* Geräusch war, und das jagte mir kalte Schauer über den Rücken. Ich stand auf und ging nachsehen. Oben schien alles normal und ruhig, nur die Vorhänge waren weit offen …«

»Die Vorhänge waren offen«, wiederholte ich ratlos.

»Nathan, jetzt im Winter sind die Vorhänge der unbenutzten Zimmer immer zugezogen. Das isoliert gegen die Kälte, verstehst du?«

»Vielleicht hast du sie aufgezogen, um zu lüften, und sie dann vergessen …«

»Ich bin noch nicht trottelig, Chéri. Und es hat mich niemand besucht. Niemand seit Mona, die am Mittwoch zum Putzen hier war, wie jeden Mittwoch seit zehn Jahren. Und wie jeden Mittwoch seit zehn Jahren hat Mona die Vorhänge zugezogen, weil sie inzwischen weiß, dass man es im Winter tun muss.«

»Okay«, bemerkte Lise, »die Vorhänge waren offen. Und weiter?«

»Und weiter nichts. Ich habe sie zugezogen. Aber trotzdem war es seltsam. Wenn man genauer darüber nachdachte, war das Geräusch so ähnlich gewesen wie das der Ringe auf der Vorhangstange. Kurzum, es verfolgte mich, aber ich ging der Sache nicht weiter nach. Am selben Abend war ich bei den Fargeots zum Essen eingeladen. Wir tranken viel, wie immer bei den Fargeots. Ich bin sehr vorsichtig nach Hause gegangen, ich war beschwipst, und es wurde glatt auf dem Weg. Ich gehe unter die Dusche und dann ins Bett. Die Nacht vergeht, ich schlafe gut, das ist der Vorteil, wenn man beschwipst ist …«

»Maman«, flüsterte Lise, »wir müssen nicht jedes Detail erfahren.«

»Na schön. Morgens stehe ich auf und mache mir Kaffee. Und da höre ich oben einen lauten Knall. Ich renne hoch, reiße die Tür auf, die vom Babyzimmer: Eine Fensterscheibe ist kaputt. Das heißt, nicht ganz, nur ein Einschlag mit Blutspuren. Es war ein Vogel. Ein Vogel war gegen die Scheibe geflogen. Ich machte das Fenster auf und sah ihn unten liegen, steif und schwarz auf dem Schnee. Eine Krähe … Krähen machen so was normalerweise nicht.

Sie muss von etwas angezogen worden sein, einer Spiegelung oder so, ich weiß auch nicht … Vielleicht war sie auch krank, das jedenfalls sagte ich mir, das war sicher ein kranker Vogel. Ich rief Sagnier an, und er wechselte mir die Scheibe. Als ich es ihm erzählte, meinte auch er, dass die Krähe sicher krank war und nicht mehr gut sah, das arme Tier. Es schien zwar alles unbedeutend zu sein, aber es fing an, mich zu verfolgen, weil es wieder im selben Zimmer gewesen war, dem Schlafzimmer, das am seltensten benutzt wird, weil ihr ja nie kommt …«

Ich nahm den Vorwurf ohne zu zucken hin. Es stimmte, die Kinder und ich kamen selten. Zu Weihnachten und ein paar Tage im Sommer. Ich arbeitete viel, die Kleinen mussten zur Schule, unser Leben spielte sich in Paris ab. Und dann gab es noch den wirklichen Grund: Ich hasste dieses Haus. Hatte es immer gehasst. Dabei war es eher schön, mit diesem unverhältnismäßig großen Garten, zwei Hektar für zweihundert Quadratmeter Wohnfläche. Übrigens war es ebendieser Park, der meine Großeltern zum Kauf bewogen hatte, ein außergewöhnliches Gelände, von Weinbergen umgeben und mit einem fantastischen Blick auf die Täler des Beaujolais. Eugène, den ich kaum kannte, war Immobilienmakler; er wusste, dass solche Anwesen immer seltener wurden. Wie auch immer, ich habe mich darin nie wohlgefühlt, und das lag nicht nur daran, dass mein Vater so häufig abwesend war. Es gibt solche Orte: Sobald man in sie eindringt, dreht sich einem ohne erkennbaren Grund der Magen um vor Angst. Dieser Eindruck ist nicht bei jedem gleich stark, einige sind dafür weniger empfänglich als andere, Gott sei Dank. Sonst nämlich hätten einige Wohnungen, die ich kenne, nie Bewohner gefunden. Vor allem eine, am Faubourg Saint-Denis; ich hatte die Renovierungsarbeiten überwacht und damit drei der schlimmsten Monate meines bisherigen Berufslebens verbracht. Ihr objektiver Makel bestand im Mangel an Tageslicht – sie lag im zweiten Stock zum Hof hin –, doch das war nicht das Problem. Ich versuchte gar nicht erst, etwas darüber herauszufinden, ich war davon überzeugt, dass sich darin irgendetwas Barbarisches zugetragen hatte, wovon ich lieber nichts wissen wollte. Die Eigentümer hingegen fanden die Wohnung »entzückend«. Ich für meinen Teil geriet in Angst und Schrecken, sobald ich über die Schwelle trat; es war völlig irrational, instinktiv, wie eine Allergie, ein plötzlicher Nesselausschlag. In gewisser Weise übte das Haus meiner Familie dieselbe Wirkung auf mich aus.

»Und in der Nacht darauf, von Montag auf Dienstag, fing es wieder an, so gegen zwei Uhr morgens. Dieses Mal waren es Steine … Ein Durcheinander wie letzte Nacht, nur waren es statt der Kohlen Steine, ockergelbe Steinstücke, wie die Steine von unserem Haus. Dann habe ich Sagnier angerufen, aber auch die Polizei.«

»Was haben die gesagt?«

»Was man sich denken kann. Dass ein paar dumme Jungs mit Steinschleudern gespielt haben … Es wäre ja auch nicht das erste Mal gewesen.«

Meine Mutter warf mir einen spöttischen Blick zu, ich antwortete mit einer mörderischen Grimasse; die Tracht Prügel, die sie mir nach dieser Geschichte verabreicht hatte, werde ich nie vergessen – diese Schande, der Schandfleck des Dorfes, *mein Sohn ist ein Rowdy!*

»Trotzdem haben sie meine Aussage aufgenommen und mich gefragt, ob ich Probleme mit den Nachbarn hätte …

Seht mich nicht so an, ich habe natürlich keine Probleme mit den Nachbarn, nie gehabt! Außerdem kenne ich hier doch praktisch jeden …«

»Und dann?«, fragte Lise und sprang auf, wie aus einem plötzlichen Bedürfnis heraus, sich die Beine zu vertreten. »Denn bis jetzt gibt das doch alles nichts her … Ich meine es nicht bös, Maman.«

Meine Aufmerksamkeit blieb noch einmal an ihrem zarten, eleganten karminroten Kleid hängen, in dem sie sicher fröstelte. Wirklich eine seltsame Idee, dieses Abendkleid an einem Samstagmorgen anzuziehen. Sie fing übrigens an, mit dem Schüreisen in der Kohle zu stochern, um das Feuer wieder in Gang zu bringen, wobei sie fachmännisch mit dem Zeigefinger den Deckel anhob. Grâce schien meine Meinung über dieses Kleid zu teilen, war jedoch zu sehr auf ihre Geschichte konzentriert, um sich dazu zu äußern. Dieses Mal schenkte ich mir einen Kaffee ein. Auch mir war kalt.

»Aber in der Nacht darauf passierte etwas, das … das ich mir überhaupt nicht erklären kann. Etwas, das mir wirklich Angst eingejagt hat, kann ich euch sagen, etwas … etwas …«

Ihre Stimme versagte. Ich goss ihr Tee nach, sie dankte mir mit einem schwachen Lächeln. Das Schüreisen kratzte über die Ofenwände; ein unangenehmes, quälendes Geräusch wie von Fingernägeln auf einer Schiefertafel.

»Ich schlief. Ich gebe zu, dass ich Schlaftabletten genommen hatte, ich dachte ständig an diese Vorkommnisse, an die Rechnungen des Glasers, an die Möglichkeit, die Schlösser auszutauschen, obwohl sie sehr gut funktionieren. Kurzum. Ich schlief meinen Tablettenrausch aus, aber als ich die Augen aufschlug, da war da … in der Decke … In der Decke in meinem Schlafzimmer, über meinem Bett, genau über mir, steckte ein Messer.«

Das Geräusch des Schüreisens, das über das Gusseisen kratzte, verstummte für einen Augenblick, dann setzte es wieder ein.

»Ein Messer? Wie meinst du das, ein Messer?«

»Ein Messer, Nathan, in der Decke. Kennst du das große Messer, mit dem wir immer die Hammelkeule tranchieren? Genau, und das hing in der Decke. Ganz senkrecht. Als hätte es jemand reingerammt, verstehst du? Guter Gott, die Decke ist fast drei Meter hoch! Selbst mit einem Stuhl wüsste ich nicht, wie zum Teufel …«

Ich legte ihr eine Hand auf den Arm, es sollte beruhigend sein, aber ich glaube, das war es wohl kaum. Auch ich fand diese Sache allmählich sehr beängstigend. Ich dachte an den Albtraum, den ich nicht aus meinem Gedächtnis tilgen konnte. Der herbe Geruch der herumgestoßenen Kohle mischte sich mit dem bitteren Duft von Lises kalten Kippen.

»Und das war der Moment, in dem du Ed angerufen hast?«, fragte ich sanft. »War es so?«

»Ja. Ich rief Ed an, ich wusste nicht, an wen ich mich sonst wenden sollte. Wir hatten uns eine Zeit lang nicht gesehen, aber als er noch hier wohnte, waren wir befreundet … Er ist jetzt bei der regionalen Kripo, und die ist immer noch besser als die Idioten hier. Er ist gekommen, hat sich alles angesehen und die Türen überprüft. Er ist auf eine Trittleiter geklettert und hat das Messer rausgezogen, es war nicht leicht. Er hat es mitgenommen, angeblich um es auf Fingerabdrücke untersuchen zu lassen. Und zum Schluss riet er mir, eine Alarmanlage installieren zu lassen … Das werde ich auch tun, aber ich hatte noch nicht die Zeit, mich darum zu kümmern.«

»Das ist alles?«

»Ja, das ist alles. Was sollte ich denn tun? Ich wurde nicht verletzt, es wurde nichts gestohlen, nirgends eine Spur von Eindringlingen … Wegen der Fensterscheiben hatte ich schon Anzeige erstattet, also was noch? Ich glaube, er hielt mich für verrückt. Wahrscheinlich dachte er: ›Bei der alten Bresson ist eine Sicherung durchgebrannt.‹ Ganz sicher glaubt er, ich hätte das Messer selbst dahingesteckt, dieses Messer … Es sollte mich wundern, wenn er es untersuchen lassen würde.«

»Maman?«

Die Stimme meiner Schwester war ungewöhnlich dünn. Ich wandte mich zu ihr um, während unsere Mutter vom Tisch aufstand, um zu sehen, was Lise in der Hand hielt.

In ihrer Hand lag die Kette. Eine feine Rotgoldkette mit einem Anhänger, der wie ein Schmetterlingsflügel geformt war. Die Kette, die ich ihr geschenkt hatte und die verschwunden war.

»Wo hast du sie gefunden?«, fragte ich und stand ebenfalls auf.

»Im Ofen. Sie war da im Ofen.«

Maman nahm Lise die Kette aus der Hand, aus dieser von Kohlen geschwärzten Hand.

»Sie ist wunderschön, Chéri«, sagte sie und hob sie gegen das Fenster, um das Licht darin spielen zu lassen. »So zart. Man braucht sie bloß ein wenig zu reinigen …«

Was sie sogleich mit einem Lappen tat, als sei dieser Vorfall nicht im Geringsten ungewöhnlich. Ich bückte mich und sah in den Ofen, doch da waren nur noch glühende Kohlen.

»Vielleicht war es nur Talmi.« Lise lachte. »Und jetzt hat es sich in echtes Gold verwandelt.«

»Ja, Lili, lach nur. Alchemisten-Witze sind jetzt genau das Richtige.«

»Vielleicht gibt es ihn doch, den Roten Alten Mann …«

Sie stand auf, wusch sich die Hände und steckte sich eine Zigarette an. Maman hatte sich die Kette umgehängt und betrachtete sich im Flurspiegel, sie wandte den Kopf nach rechts, sie wandte den Kopf nach links und hob ihr aschblond getöntes und wie immer perfekt geföhntes Haar mit den Händen an.

»Sehr hübsch, Chéri. Wirklich sehr hübsch.«

Ich hatte das Gefühl, wieder in meinem Traum zu sein: *Der Teufel, der Teufel ist hier.* Die beiden taten, als wäre nichts geschehen, als hätte das alles keine Bedeutung.

Ich zog meinen Parka an und ging nach draußen, um zu schreien.

Grâce Marie Bataille,
14. April 1981, Küche,
22 Uhr 44 auf der Standuhr

Alles ist ruhig, alles schläft, Stein auf Stein.

Ich schreibe ein wenig, um mir die Zeit bis zur Zigarette zu vertreiben – ich habe solche Lust darauf heute Abend, so ungeheure Lust.

Ich trage die Bluse, die ich am Nachmittag gekauft habe, puderfarben mit lebhaft blauen Einsprengseln, mit Borten am Kragen und an den Handgelenken. Hinreißend. Kostspielig, sinnlich – und, ja, hinreißend. Auch zart. Die Art Kleidungsstück, die du liebst; und die das Pisslieschen nicht trägt.

Julie sagte noch im Laden, ich sähe aus wie eine Fee. Lise sagte es auch. Nathan sagte: »Wie ein Engel.« Und die Kleine lachte nur, ein neidisches Lachen.

Ich habe die Wohnung meiner Mutter geputzt. Himmel, ich weiß nicht, wie sie dieses Haus zwanzig Jahre in Ordnung halten konnte – in *untadeliger* Ordnung, immer so völlig *untadelig* – und es jetzt fertigbringt, in einem solchen Chaos zu leben. Als würde sie seit dem Tod meines Vaters versuchen, die Leere zu füllen, indem sie wahllos Gegenstände anhäuft. Sie möbliert die Stille regelrecht. Es war eine so hübsche, adrette Wohnung, weißt du noch? Als sie sie kauften, um uns das Haus zu überlassen, war alles neu, das Gebäude und alles Übrige, *Les Terrasses Lumière*. Maman hatte hier so viel geschuftet, dass sie nur noch Städtisches, Praktisches, Modernes wollte, Geschäfte um die Ecke und einen Aufzug, »siebzig Quadratmeter sind reichlich genug«, Fliesen, abwaschbare Wände, Elektroherd, Zentralheizung. Manchmal verstehe ich sie ... Ich muss zugeben, dass mich die Kleine in dieser Hinsicht entlastet. Sie räumt oft auf und macht viel sauber; sie tut es, ohne dass ich sie darum bitte, ich glaube, es macht ihr Spaß, so seltsam das auch erscheinen mag. Sie sagt, es sei ein Geschenk, ein so schönes Haus zu haben, und man müsse sich darum kümmern wie um ein kostbares Schmuckstück, es zum Funkeln und Glänzen bringen. Darüber habe ich mich nun wirklich nicht zu beklagen, zumal ich von nun an Dienstmädchen bei Louise Bresson spielen muss!

Meine Mutter ist nicht dabei, verrückt zu werden, das nicht, glaube ich. Doch ihre Depression nimmt eben diese Form an, das Horten, vor allem das Horten von »Chlorophyll«, wenn ich so sagen darf. In den letzten Monaten hat sie derart viele Grünpflanzen angeschafft, dass man sich vorkommt wie in einem Gewächshaus. Ich habe natürlich versucht, ihr zu erklären, dass das nicht gut ist, so viele Pflanzen auf so engem Raum, dass Pflanzen atmen, genau wie Menschen, dass ihr diese Urwald-Karikatur den ganzen Sauerstoff wegatmen würde. »Maman, Chérie, willst du dich etwa hier von deinen Pflanzen ersticken lassen, nachdem du auf zwei Hektar gelebt hast? Das wäre doch wohl der Gipfel, findest du nicht?« Das war natürlich ein Scherz, aber im selben Moment kam mir der Gedanke, dass ich vielleicht den Finger auf die Wunde gelegt hatte, dass ihr das Haus vielleicht fehlte oder dass ihr die Stadt jetzt, wo Eugène nicht mehr da war, auf die

Nerven ging. Die Anonymität, der Lärm, die schlechte Luft – wer weiß? Ich fragte sie danach, und ihre Antwort war mehr als klar und erschreckend spontan: »Gütiger Himmel, Grâce! Ich falle lieber auf der Stelle tot um, als dorthin zurückzukehren!«

Ich dachte immer, sie liebt dieses Haus, verstehst du? Sie habe es geliebt, wie ich es liebe, auch wenn das Leben auf dem Land natürlich nicht immer leicht ist. Immerhin haben wir heutzutage einen anständigen Komfort – danke, Chéri, danke für die Zitrusfruchtpressen, die Mikrowellenöfen und all die Sachen, die du uns bringst, heißen Dank, Chéri! Aber ich weiß noch, wie sehr meine Mutter schuften musste, als sie es damals kauften, ich war ja noch klein. Trotzdem, diese Reaktion hat mich ganz schön durcheinandergebracht. Mit so etwas hatte ich einfach nicht gerechnet.

Ding-Dong.

Warte, ich rauche – es ist Punkt dreiundzwanzig Uhr.

Die Zeit ist nur eine Orientierung, aber ich brauche Orientierungspunkte, so sehr erscheint mir unser vergangenes Leben wie eine winzige dunkle Spur auf einem Radiergummi. Wahrscheinlich habe ich deshalb wieder zu rauchen angefangen, um wieder einen Ritus in dieses Leben einzuführen, das mit jedem Augenblick ein wenig mehr zerbröckelt und zerfällt, jede Nacht ist dunkler als die vorangegangene in diesem Leben, das sinnlos geworden ist, seit …

»Seit die kleine Polin«, wollte ich schreiben, aber ich denke etwas anderes. Ich denke: »Seit du mich nicht mehr liebst.«

Jetzt ist es heraus. Thomas, ich glaube, dass du mich nicht mehr liebst.

Und ich frage mich jedes Mal, wenn du auf Reisen gehst, ob du zurückkehren wirst. Ich versuche, mit dir darüber zu sprechen, aber ich schaffe es nie.

Ich habe Angst, dass du sagen könntest, was ich nicht hören kann.

Psst.

Ich rauche.

Lass mich in Ruhe.

Als ich vom Schreien zurückkam, begegnete ich Lise, sie trug ihren kakigrünen Parka, das rote Haar quoll unter der pelzverbrämten Kapuze hervor, ihr schwingender Rock war wie ein blutrotes Leuchten unter der militärisch wirkenden Jacke. Sie trug den Schal, den ich ihr geschenkt hatte, das freute mich.

»Na, Brüderchen, geht's besser?«

Ich fragte mich, ob sie wohl mein Werwolf-Gebrüll gehört hatte, aber dann sagte ich mir, dass es unmöglich war.

»Frische Luft ist gesund.«

Sie feixte. »Von wegen! Du magst die Hütte doch genauso wenig wie ich. Unsere Kindheit auf dem Lande hat Städter aus uns gemacht, auf Leben und Tod.« Sie wies mit dem Kinn auf das Haus und fügte hinzu: »Zu ihrem großen Kummer …«

Sie meinte natürlich unsere Mutter. Lise schlug ihr schon seit Jahren vor, das Haus zu verkaufen; doch Grâce weigerte sich hartnäckig, und wir wussten beide, dass sie in ihren vier Wänden sterben würde.

»Andererseits: Wenn man hier neuerdings Gold in den Kohleöfen findet, ändere ich vielleicht meine Meinung.«

Meine Schwester knetete an ihrer Jackentasche herum, ihre Fingerspitzen lugten aus Halbfinger-Handschuhen.

Auch das eine Raucher-Gewohnheit, mit Handschuhen kann man nicht rauchen. Ich überlegte, ob ich die Sache mit der Halskette ansprechen sollte, ließ es aber dann, als könnte man die jüngsten Ereignisse zum Verschwinden bringen, indem man nicht von ihnen sprach.

»Wo willst du hin?«

»Kippen kaufen und Lotto spielen. Les Pierres macht um zwölf zu. Kommst du mit?«

»Nein, ich schaue nach den Kindern.«

»Die letzte Nacht scheint sie nicht sehr traumatisiert zu haben, wenn es das ist, was dir Sorgen macht. Sie babbeln und lachen, und Colin haut auf sein Klavier, als wäre es eine Kirchenorgel. Maman ist schon halb verrückt.«

Daraufhin warf sie mir eins ihrer seltsamen Lächeln zu und machte kehrt. Ich sah ihr zu, wie sie, langsam und lässig, die Straße entlangging. Der Himmel war aschefarben. Auf der Treppe rutschte sie auf einem Eisfleck aus, schwankte in ihren Stiefeln und klammerte sich ans Geländer. Ich unterdrückte einen Lachanfall. Lise drehte sich um und streckte mir die Zunge heraus. Dann setzte sie, in würdiger Haltung, ihren Weg fort.

Als ich zurückkam, war der Tisch gedeckt, stattliche weiße Tischdecke mit den eingestickten Initialen der Familie – E.L.B., Eugène und Louise Bresson –, vergoldete Kerzen in den Kerzenhaltern, weißt du noch, die aus Zinn, die dir so gut gefielen? Es gab hier nicht viel, was du gern gehabt hättest, aber diese Jugendstilleuchter gefielen dir so sehr, dass ich mir dachte, Maman würde sie dir früher oder später schenken. Vielleicht hatte sie vor, sie dir zur Geburt zu schenken … Zwei Leuchter, für zwei Babys. Ich weiß es nicht, ich will es nicht wissen. Ich fand sie immer eher erschreckend mit ihren krebsförmigen Krallenfüßen und dem hochrankenden Laub, das die Kerzen eher zu verschlingen als zu halten schien.

Die Zwillinge saßen schon am Tisch, an den beiden Enden, wie König und Königin. Die Teller hatten sie weggeschoben, um zu malen – der Rote Alte Mann hatte eine wunderbare Kiste mit Pastellkreiden gebracht, immer vorausgesetzt, du kannst dir mich als Roten Alten Mann vorstellen. Maman war am Herd und legte gerade letzte Hand an gratinierte Meeresfrüchte.

»Ah, Nathan! Wo hast du bloß gesteckt?«

»Paps«, mischte sich Soline ein und blickte von ihrem Bild auf, »können wir nicht einen Schneemann bauen?«

»Wir essen gleich.«

»Aber bis dahin …?«

Das Flehen in den Augen unserer Tochter gehört nicht zu den Dingen, denen ich widerstehen kann. Das ist nicht gut, ich weiß. Doch die Augen unserer Tochter sind genau die gleichen wie deine, grün mit braunen Goldkörnchen in der Iris, Augen zum Vernaschen. Colins Augen sind dunkler, ebenfalls grün, aber ins Braune spielend, eher wie meine.

»Zieht euch warm an, es sind tausend Grad minus.«

Colin lachte. »Vorsichtig ausgedrückt!«

Seit unser Sohn sprechen kann, verwendet er manchmal Erwachsenen-Ausdrücke. Jedes Mal bin ich überrascht, so auch dieses Mal.

»Ich meine es ernst, Coco. Handschuhe, Mütze, Daunenjacke, Schal.«

Soline rannte als Erste los, Colin ihr auf den Fersen. Maman bat mich, die Austern zu öffnen, und ich, wenigstens einmal im Jahr ein guter Sohn, erfüllte ihr den Wunsch. Lappen, Messer und Alufolie, die über die mit springenden Forellen verzierten großen Fischteller schabte. Seit Lise ihn geschürt hatte, heizte der Ofen mit voller Kraft, der Raum war von einer bestialischen Hitze erfüllt. Nach vier Austern troff ich vor Schweiß.

»Maman«, fragte ich und zog meine Weste aus, »wer war das deiner Meinung nach? Ich meine, all das, all diese Belästigungen?«

Sie hob den Kopf. Ihr Blick war von Dunst verschleiert, wie verräuchert.

»Es ist nicht das, was du denkst, Chéri.«

»Und woher willst du wissen, was ich denke? Nur ich weiß, was ich denke. Ich, in meinem Innern.«

Grâce seufzte und stellte ihr Gratin auf den mittleren Rost. Sie klappte die Backofentür zu und drehte an den Knöpfen, Stufe sieben, dreißig Minuten. Ich starrte auf ihre Halskette, den winzigen Schmetterlingsflügel. Ich starrte auch auf ihre Falten, die kleinen bräunlichen Flecken auf ihrem Dekolleté, den milchigen Puder, der sich an dem feinen Flaum auf ihren Kieferknochen verfangen hatte. Meine Mutter hatte immer so viel Angst gehabt zu altern … Ich bin in einer Welt voller Spiegel aufgewachsen, die meine Einsamkeit vervielfachten.

Die Uhr schlug zwölf Uhr mittags.

Wir lauschten den zwölf Schlägen, ohne etwas zu sagen, wir warteten einfach nur, bis die Uhr fertig war.

»Es ist nicht dein Vater«, flüsterte sie, als die Stille zurückkehrte, lauter als die Schläge der Uhr. »Ich will nicht, dass du das auch nur eine Sekunde lang glaubst.«

»Findest du das Zusammentreffen nicht seltsam? Nach

drei Jahrzehnten steht er da wie aus dem Boden gewachsen, und das Haus wird von Vandalen angegriffen.«

»Er ist es nicht, Nathan. Basta. Schlag dir das aus dem Kopf. Hast du verstanden?«

Ich sagte nichts, meine Hand umklammerte das Austernmesser, dessen Griff mich immer an den Degen eines Musketiers erinnert hatte und mit dem ich nie hatte spielen dürfen.

»Hast du verstanden?«, wiederholte sie, plötzlich hart, der Dunst in ihren Augen hatte sich aufgelöst, jetzt glänzten sie in ihrem gewöhnlichen metallischen, kalten Grau.

Ein großes Getöse, und die Tür flog auf.

»So ein Sauwetter. Bei dem bleiben wirklich nur die Knirpse draußen und spielen in diesem verdammten Schnee! Maman, wusstest du, dass der alte Pignon sich umgebracht hat? Vorgestern! Verrückt, was man alles erfährt, wenn man einen Pastis trinkt …«

Lise zog ihren Parka und dann die Stiefel aus. An dem kleinen Gestell über dem Ofen hängte sie ihre Strümpfe zum Trocknen auf. Wie zwei abgelegte Schlangenhäute schwebten sie durch die Luft.

»Was macht ihr denn für Gesichter? Ihr seht aus, als hättet ihr ein Gespenst gesehen.«

»Du trinkst an einem 25. Dezember Pastis?«

»Die trinken doch hier nichts anderes, was kann ich dafür? Ich habe Sagnier getroffen, er wollte mir unbedingt ein Glas spendieren. Aber in Anbetracht der Dosis war es wirklich kein Sommer-Drink, das kannst du mir glauben.«

Barfuß kam meine Schwester über den roten Fliesenboden zu uns herüber, um das zu tun, was sie in jedem Jahr machte, nämlich mit einer Messerspitze den Rand der Austern zu berühren, damit sie zurückzuckten.

»Ich hab ihm von der Sache heute Nacht erzählt. Montag kommt er und kümmert sich um die Fensterscheiben. Er meint, bei uns käme jetzt Murphys Gesetz voll zum Zuge.«

Murphys Gesetz, oder in der Umschreibung meiner Schwester: »Das Gesetz der Maxi-Pechsträhne.«

»Mit Glück und Pech hat das nichts zu tun, Lili. Ich nehme an, da sind üble Absichten am Werk.«

»Wenn du's sagst, Brüderchen. Aber trotzdem hat die Krähe von ganz allein die Scheibe gerammt.«

»Und Mamans Halskette? Ist die auch von ganz allein in den Ofen gekommen? Und das Messer in der Decke? Auch von ganz allein?«

»Hast du schon mal *Poltergeist* gesehen?«

»Hört auf! Bitte, hört auf!«

Maman war bleich wie ein Laken und hatte eine Hand auf die Brust gelegt. Etwas schwankend ging sie zur Bank.

»Bist du in Ordnung?«

Besorgt gingen Lise und ich zu ihr. Kurz zuvor hatte sie eine schwere Angina Pectoris gehabt, wir wussten, dass sie ein schwaches Herz hatte. Mein Großvater hatte einen tödlichen Infarkt erlitten, als er einfach nur gejoggt war.

»Chérie, könntest du mir meine Tabletten holen? In der Handtasche ...«

Lise wühlte gehorsam in der Handtasche unserer Mutter und schwenkte dann die Blisterpackung mit den Betablockern wie eine Sporttrophäe. Ich holte ihr ein Glas Wasser, und Grâce nahm ihre Pillen.

»Du machst dir zu viele Sorgen, Maman. Du solltest mal in die Ferien fahren.«

»Ich habe keine Lust, irgendwohin zu fahren. Ich bin hier zu Hause, und ich fühle mich hier sehr wohl. Hin und wieder überfällt es mich, und dann ist es schon vorbei. Aber ich wäre euch dankbar, wenn ihr aufhören würdet, von Poltergeistern zu reden.«

»Aber Maman, es war doch nur zum Spaß. Außerdem kann ich mir wirklich nicht vorstellen, wer außer dir in dieser verdammten Hütte spuken wollte!«

Ich warf meiner Schwester einen mörderischen Blick zu.

»Schon gut, schon gut, ich hör ja auf. Ich hol was zu trinken.«

»Bringst du die Kinder mit rein?«

Lise nickte und zog ihre Stiefel über die nackten Füße. Als sie hinausging, schlug sie die Tür ein wenig zu heftig hinter sich zu, sodass die gesprungene Scheibe vollends zerbrach.

Unsere Mutter saß gekrümmt auf der Bank, sie sah aus wie eine Hundertjährige. Jetzt verstand ich den Gesichtsausdruck, den ich bei meiner Ankunft am Abend zuvor gesehen, aber nicht zu definieren gewusst hatte. In gewisser Weise hatte Lise recht: Mamans Gesicht war voller Gespenster.

Grâce Marie Bataille,
15. April 1981, Schlafzimmer,
22 Uhr 07 auf dem Radiowecker

Die Columbia ist ohne Zwischenfälle zur Erde zurückgekehrt.

Du nicht.

Gerade hat man mich angerufen, ein Autounfall. Nichts Schlimmes, wurde mir versichert: »Nichts Schlimmes, Madame Bataille, er bleibt nur zur Beobachtung, morgen ruft er Sie an.« Du bist nicht im Grange-Blanche, du bist nicht in meinem Krankenhaus, sonst hätte ich den Ami 8 genommen und wäre zu dir gefahren. Du bist zu weit weg, wie immer; selbst im Bett und mit Gott weiß welchen Verletzungen bist du anderswo. Cannes – unser hiesiges Kalifornien.

Die Columbia hat *präzise und stolz* auf der Landebahn der Edwards Air Force Base aufgesetzt. »Das Außergewöhnliche ist Teil des Alltags geworden«, schreiben die Zeitungen. Und so empfinde ich es auch. Ich fragte am Telefon, wann sich der Unfall ereignet habe. Die Krankenschwester wusste nichts darüber, aber sie will nachfragen.

Ich warte. Schon seit einer Dreiviertelstunde.

Im Zusammenhang mit der Raumfähre sprachen die Journalisten von der Spannung, die eine Stunde gedauert habe, »die sechzig längsten und ruhmreichsten Minuten in der Geschichte der Luftfahrt«. Ich fühle mich wie ein Fluglotse der NASA, nur nicht so ruhmreich.

Ich mache mir Sorgen um dich, natürlich, doch mein Geist ist auf etwas anderes gerichtet – einen Beweis, den Beweis, auf den ich wartete, den Beweis, dass meine neuen Falten keine sind, dass meine chronische Traurigkeit nicht chronisch ist, dass meine dunklen Augenringe keine sind, sondern nur das Werk der kleinen Polin.

Man kann sagen, was man will, um es hübscher auszudrücken, herbstlaubfarben, pfefferkuchenfarben, aber dieses Mädchen ist rothaarig, voilà, rot wie das Feuer und die Hölle, das ist einfach das Erste, was einem ins Auge springt, wenn man sie ansieht, lange vor ihrer Schönheit bemerkt man dieses Haar, dem selbst die Sonne nicht gleichkommen kann, die Sonne des Südens im Hochsommer.

Hexe. Hexe. Hexe.

Ein lächerlicher Gedanke? Oh! Mir ist er auch lange lächerlich erschienen. Du kennst mich, Thomas, ich bin ein rationaler Mensch, auf meinem dürftigen Niveau sogar wissenschaftlich, Atheistin seit dem Kommunionsunterricht, bei dem ich die Bosheit meiner Mitmenschen am Werke sah. Ich saß immer ganz allein in einer Ecke, sie sprachen nicht mit mir wegen des Hauses, angeblich wegen seines schlechten Karmas. *Liebe deinen Nächsten wie dich selbst* – von all diesen schönen Worten habe ich nichts gesehen als eine Bande kleiner Gören, die mich auslachten und sitzen ließen, die Schikanen, die haltlosen Gerüchte und dann die Sünden, die ich mir für die Beichte ausdenken musste, ich, die ich doch so brav und eifrig war und immer gehorsam, um meine Mutter zu entlasten, ich musste Sünden erfinden, weil mich der Priester sonst eine Lügnerin schimpfte. Nach meiner Kommunion ließen mich meine Eltern mit solchen Sachen in Ruhe, und ich habe nie wieder gebetet, ich habe nie wieder an etwas anderes geglaubt als an mich selbst. Ich spielte »Satanistin«, indem ich das Kruzifix über dem Bett meiner Mutter herumdrehte, ich hängte es immer wieder richtig hin, bevor ich den Raum verließ, denn das hätte die arme Maman umgebracht. Aber mir tat es gut, verstehst du? Wenigstens einmal beging ich eine Sünde und musste sie nicht erst erfinden.

Dann wuchs ich heran und vergaß Gott völlig, ihn und alles Übrige, die Hölle und die Verdammnis.

Wart mal, es klingelt. Das Telefon klingelt.

Neunzehn Uhr dreißig. Dein Unfall war gegen neunzehn Uhr dreißig. Es zieht mir den Boden unter den Füßen weg.

Ich wusste es. Ich *wusste* es, Thomas, weil die Kleine um neunzehn Uhr dreißig, kurz vor dem Schlag der Uhr, in die Küche kam. Ihre Haut war noch blasser als gewöhnlich, man sah das Geäst ihrer Adern durchscheinen, überall, im Gesicht, im Ausschnitt ihres T-Shirts, am Brustansatz. Das Mädchen war nicht mehr weiß, sondern blau. So kam sie herein, als ich gerade die Post sortierte. Ich fragte sie, was sie wolle, ob es ein Problem mit den Kindern gebe. Sie schien kurz davor zu sein, etwas zu sagen, ihr Mund öffnete sich halb – sogar ihre Lippen hatten die Farbe verloren –, aber es kam nichts heraus. Ich sah sie fester an und fragte noch einmal: »Guter Gott, Christina, was ist los?«

Sie sah auf die Uhr, die genau in diesem Augenblick die halbe Stunde schlug. Und da sagte sie: »Bitte entschuldigen Sie, Grâce, aber ich habe ein ungutes Gefühl.«

Ich verstand sie nicht und fragte nach.

»Ein schlechtes Gefühl wegen Monsieur Thomas. Ich glaube, dass Monsieur Thomas etwas Schlimmes passiert.«

Ihre Art, »Monsieur Thomas« zu sagen, wie eine Kammerzofe in einem Erotikfilm.

Natürlich zuckte ich die Achseln. Ich sagte ihr, sie solle Nathan baden, und erklärte, dir gehe es sehr gut, du würdest in ein oder zwei Stunden nach Hause kommen, und dann wären die Kinder besser schon im Bett. Sie setzte zu einem vagen »Aber« an, aber dann kam nichts, sie machte kehrt und gehorchte mir.

Also, Monsieur Thomas, wage es jetzt.

Wage es, mir zu sagen, sie sei *nicht* das, was ich glaube, was sie ist.

Ich glaubte, ich wüsste, was Einsamkeit ist. Ich glaubte, sie zu verstehen, sie erkundet zu haben, tausend Mal, ich glaubte, sie zu beherrschen wie ein mit der Zeit gezähmtes wildes Pferd, das dann nur noch ein braver Esel wäre, über den ich lachen und vor dem ich unter keinen Umständen mehr Angst haben würde.

Ich bin mit einem Gefühl von Verlust, Verlassenheit und Ungerechtigkeit zur Welt gekommen. Lange Zeit hat mich der undeutliche, aber immer präsente paradoxe Eindruck erschreckt, ich sei unendlich allein und stünde zugleich unter ständiger Beobachtung. Dieses Gefühl verschwand mit dir, Cora, an einem Novemberabend im Jahr 2000 – für mich warst du der große Bug, der dieses Programm zum Absturz brachte. Der Eindruck verschwand für vier Jahre.

Heute weiß ich, dass du ihn nur mit einem Prinzessinnenkuss in einen tiefen Schlaf versetzt hast.

Mit dir habe ich alles verloren. Für einige Minuten hatte ich alles verloren, wirklich alles. In gewisser Weise bin ich gestorben, ja, ich habe den Tod kennengelernt. Ich habe alles verloren, und dann, fast gleichzeitig, habe ich zwei Kinder geschenkt bekommen. Man zwang mich, wieder ins Leben zurückzukehren, zuerst die Ärzte, *Wir haben alles versucht, aber es war zu spät, sie verlor zu viel Blut, die Säuglinge litten unter Sauerstoffnot, wir mussten sie herausholen, sonst wären auch sie gestorben*, und dann haben mich die Zwillinge zum Weiterleben gezwungen, Cora, zwei Winzlinge von je zweitausend Gramm – was sollte ich allein damit anfangen? Was in aller Welt sollte ich mit ihnen anfangen?

Als wir erfuhren, dass du Zwillinge erwartetest, hast du mir die Schuld daran zugeschoben. Du behauptetest, ich, der »junge Spund«, habe das mit meinen viel zu fitten Spermien angerichtet, die hätten sich wie Sportler bei den Olympischen Spielen aufgeführt und dergleichen Unsinn mehr. Es stimmt, wir waren fast fünf Jahre auseinander, damals warst du dreiunddreißig und ich achtundzwanzig, aber ich fühlte mich weit erwachsener, als du es warst, meine Liebste. Dreiunddreißig, vielleicht – alles in allem sahst du nach fünfundzwanzig aus, es war so leicht, noch das kleine Mädchen in dir zu erkennen, das du gewesen warst, man brauchte gar nicht erst die Fotos von dir zu sehen, das zarte brünette Kind, dem der Pony ins Gesicht fiel, viel zu große Augen, die das ganze Gesicht einnahmen, *zwei Augen, Nase und Mund*, so beschrieb ich dich, so beschreibe ich dich immer noch, als hätte der Rest deines Gesichts eigentlich nicht existiert, als hätte die Knochenstruktur nur die eine Aufgabe gehabt, das zu stützen, *zwei Augen, Nase und Mund*, rosa und grün, und sonst nichts.

Wenn du ihn heute sehen könntest, deinen »jungen Spund« … Ganz grau meliert, auch der Bart. Mehr grau als meliert, aber was soll's. Deine Freundin Sarah, die übrigens immer noch so niedlich ist, findet, mit all dem Grau sähe ich aus wie ein Hollywoodstar.

In unseren Familien gab es keine Zwillinge, soweit wir wussten. Wir gingen in unseren Stammbäumen weit zurück, doch nein, nirgends Mehrfaches – wir seien die »Pioniere«, sagtest du. *Nath, wir sind die Pioniere, unsere Liebe ist so groß, dass wir den Einsatz verdoppeln.*

Der Einsatz wurde verdoppelt, *Faites vos jeux*, grüner Filz und sabotierte Würfel, kein Hemd mehr, keine Haut, kein Herz, nur noch klebrige Leere, das Keuchen der Brutkästen und die Wunderpillen.

Ich habe mich lange wie die Hälfte meiner selbst gefühlt, mit einem unergründlichen Fehlen in den Knochen, einem immer neu gähnenden schwarzen Loch im Brustkasten, einer gestauchten Wirbelsäule.

Natürlich, mein Vater war fortgegangen. Ich lebte ohne meinen Vater, mein Vater war ein Schatten ohne Vorder- und Rückseite.

Das war das schwarze Loch, ganz sicher.

Dann traf ich dich, zwei Augen, Nase und Mund, du hast die Lücke nach und nach gefüllt, du warst so erfüllt, so voller Formen, so voller Leben, so voll von allem, dass für die Leere kein Platz mehr war, du hast meine Einsamkeit gekaut wie einen Kaugummi, du hast eine große Blase daraus gemacht, und die ist geplatzt.

Es ist selten, es wird immer seltener, aber es kann passieren. Es kann immer *passieren.*

Eine Ableitung von der Originalfassung von Murphys Gesetz – »Wenn es mehrere Möglichkeiten gibt, eine Aufgabe zu erledigen, und eine davon in einer Katastrophe endet oder sonst wie unerwünschte Konsequenzen nach sich zieht, dann wird es jemand genau so machen« –, die als Finagles Gesetz bezeichnet wird, wird häufig so zitiert: »Wenn etwas schiefgehen kann, dann wird es auch schiefgehen.«

Mit dir habe ich gelernt, Cora, dass tatsächlich alles immer schiefgehen kann. Und das gilt noch mehr, wenn man darauf gefasst ist.

Grâce Marie Bataille,
27. April 1981, Schlafzimmer,
1 Uhr 07 auf dem Radiowecker

Gestern sind wir zur Wahl gegangen.

Unsere beiden Stimmzettel in der Urne, Bataille, Grâce, geb. Bresson, und Bataille, Thomas haben gewählt.

François Mitterrand.

Unsere beiden Stimmzettel haben nicht gereicht. Gut achtundzwanzig Prozent für Giscard d'Estaing, knapp sechsundzwanzig Prozent für den Herausforderer. Aber wie du in Anlehnung an General de Gaulle so schön sagst: »Wir haben eine Schlacht verloren, aber nicht den Krieg.« Es ist ja erst der erste Wahlgang.

Ich sehe dich schlafen und denke ebenfalls genau das. Die Schergen denken dasselbe. NICHT DEN KRIEG. Es ist nur der erste Wahlgang. Die erste Runde.

Ach, Thomas ... Du fehlst mir sogar, wenn du hier bist, in irgendeinen Traum verloren, schrecklich abwesend. Ich möchte dir den Schlaf zerstören.

Ich wage es, meine Handfläche an deine Wange zu legen, deine Wange ist rau, schlecht rasiert, sie kitzelt mich – seit dem Unfall bist du krankgeschrieben, ich habe dich bei mir, ich pflege dich, dir ist nicht viel passiert, aber ich pflege dich, ein Schleudertrauma, du bist niedlich mit deiner Halskrause, die scheuert und dich stört. Unser schöner blauer Lancia ist auf dem Schrottplatz. Und ein Hund tot, irgendein blöder Deutscher Schäferhund mitten auf der Straße; wahrscheinlich hat dich dieser Tod am meisten verletzt. Du magst Hunde nicht, du findest sie dumm und abhängig, und noch weniger magst du die, die Hunde mögen. Lise hatte sich einen gewünscht, doch sie hat es bald begriffen. Trotzdem: Dass du getötet hast, macht dich krank.

Ich höre das Klappern der Schreibmaschine über uns. Ich frage mich, was sie um eine solche Uhrzeit ihrer Mutter zu erzählen haben mag. Ob sie über mich spricht? Schlechtes über mich sagt? Ein Kugelschreiber macht wenigstens keinen Lärm.

Ich hebe die Decke an, ich betrachte deinen Körper, geschmeidig, hager, muskulös – so männlich.

Ich begehre dich. Würde dich gern aufwecken.

Lust zu schreien: *Nimm mich!* Halte mich zurück. Selbstzensur. Berühre trotzdem dein Glied, diesen am Rande des Waldes eingeschlafenen Steinbock.

Du rührst dich nicht.

Mein Bedürfnis zu schreiben lässt nach, wenn du da bist, dann habe ich anderes zu tun, dir beim Leben zusehen zum Beispiel, dich mit unseren Kindern leben sehen – und deine Stimme hören, von der werde ich nie genug haben.

Dir durchs Küchenfenster beim Rasenmähen zusehen, schwitzend und mit nacktem Oberkörper. Das verstohlene Lächeln auf meinem Gesicht.

Ich möchte mich auch krankschreiben lassen. Ich hasse es, dich mit der kleinen Polin ganze Tage allein zu lassen, um alten Leuten Spritzen zu geben, Betten frisch zu beziehen, zu sehen, wie sich Kinder auf den weißen Gips an ihren gebrochenen Beinen übergeben. Ich frage mich, was ihr tut. Ob ihr sprecht. Worüber. Wage nicht, dich zu fragen, ich möchte nicht für eine eifersüchtige Hysterikerin gehalten werden. Ja, ich bin eifersüchtig. Es ist ein hässliches Gefühl, aber es lässt sich nicht unter Kontrolle halten. Ich habe nichts mehr unter Kontrolle. Ihretwegen streiten wir.

Auch heute haben wir uns wieder gestritten. Ich weiß sehr wohl, du bist wütend über die Wahlniederlage, aber das ist kein Grund. Wir haben uns wegen der Ferien gestritten. Im August hast du drei Wochen Urlaub. Du würdest gern ein Haus am Meer mieten, irgendwo in den Landes. *Ja. Das will ich.*

Aber du, du willst die Kleine mitnehmen.

Im Juli fährt sie nach Hause, und, ich gebe zu, mir wäre es lieber, wenn sie nie zurückkäme. Wenn sie wie ihr Vater dabliebe und dort krepierte.

Es gelingt mir nicht, eine alte englische Dame zu finden. Es ist viel schwieriger, als man denken sollte, weißt du. Wenn wir in der Stadt wohnen würden … Ja, wenn wir in der Stadt wohnen würden, wäre alles einfacher. Dann bräuchten wir kein Au-pair-Mädchen, dann würde ein Babysitter genügen, eine Studentin, die die Kinder von der Schule abholen, ihnen den Nachmittagsimbiss geben und die Hausaufgaben überwachen würde. Dann bräuchten wir kein Mädchen unter unserem Dach. Dann bräuchte ich auf dem Weg zur Toilette keinem postpubertären Hintern zu begegnen, keine Konversation zu machen, dann bräuchte ich es nicht zu vermeiden, mit ihr im selben Spiegel zu sehen zu sein. Aber ich hänge an diesem Haus wie der Efeu an seinem Stein. Dieses Haus besitzt mich mehr, als ich es besitze, so ist es eben. Ich bin hier groß geworden, ich werde hier sterben. Auch du liebst diesen Ort, ohne deinen Garten, ohne dein Heimwerken würdest du verrückt. Wie würdest du sonst den Gedanken verdrängen können, wie es wohl in der Stadt wäre? Übrigens hast du nie den Wunsch geäußert, in die Stadt zu ziehen. Du hast so etwas nicht einmal erwähnt. Wann immer es dir möglich ist, stellst du dich unter das Tor, die Hand schützend über den Augen, und siehst zu, wie die Sonne hinter den Weinstöcken untergeht, ein Anblick, der dich immer neu entzückt, dich, den Städter aus Lyon, dich, der du mehr als die Hälfte deiner Zeit damit verbringst, durch die Welt zu reisen, im Wagen, im Zug, im Bus, im Flugzeug, immer häufiger und immer weiter zu verreisen, in die größten Metropolen, und der dennoch hier zusieht, wie der Tag zur Neige geht, der sich dennoch hier endlich die Zeit nimmt, die Welt zu bewundern.

Ich hätte nie anfangen dürfen, wieder zu arbeiten. Ja, ich langweilte mich, ich litt darunter, nur die Kinder als Gesprächspartner zu haben, nur noch eine Maschine zu sein, die Maschinen füllt, den Abwasch und die Hausarbeiten macht. Ich bin froh, dass ich wieder einen gesellschaftlichen Status habe, wieder mit den Kollegen auf den Feierabend anstoße, ein Gehalt auf dem Konto habe und keine Schuldgefühle mehr beim Shoppen. Ich weiß auch, dass du stolz auf mich bist, dass ich in deinen Augen wieder ein vollständiger Mensch geworden bin, mit einem eigenen Leben und den dazugehörigen Geheimnissen. Anfangs warst du sogar eifersüchtig. Auf Duband, meinen Pflegedienstleiter. Ich habe ja auch ein wenig angegeben. Ich gebe es zu, ich habe ein wenig angegeben. Weißt du noch, der große Strauß roter Rosen zu meinem Geburtstag im letzten Jahr? Der war nicht von Duband.

Nach den Sommerferien stand auf deinen Rat hin das Mädchen vor der Tür. Eine einfache kleine Anzeige, und das prekäre Gleichgewicht unserer schönen kleinen Welt ... im Arsch.

Verhexungen brauchen ihre Zeit: Du hast dich nicht sofort entfremdet. Aber ich kann einfach nicht anders als mir vorstellen, dass sie Puppen mit meinem Gesicht herstellt, die sie durchbohrt, verbrennt, entstellt, dass sie Alterungstränke in meinen Kaffee träufelt.

Ja, das ist nur ein Gleichnis.

Ich versuche, mir Vernunft zu predigen. Es gibt keine Verhexungen, es ist ein Gleichnis. *Grâce, es gibt keine Hexen.*

Und doch hat sie deinen Unfall vorhergesagt.

Du hast mich ausgelacht. Ich habe es dir erzählt, und du hast mich ausgelacht. »Chérie, wie oft kommt es vor, dass du an mich denkst, und schon rufe ich an?«

Das ist nicht dasselbe, aber du willst es nicht einsehen.

Die Bilder der Zwillinge hatten dasselbe Thema, eine rothaarige Frau, bei Colin sah man sie ganz, bei Soline nur ihr Gesicht. Ich legte die Bilder zur Seite, um die Austern auf den Tisch zu stellen, ein wenig überrascht darüber, dass sie ihre Tante gemalt hatten. *Weihnachtszauber*, dachte ich. Ich legte die Bilder gerade schön glatt unter das Körbchen auf den Tresen, als Lise zurückkam, in jeder Hand eine Flasche, eine weiß, eine rot, hinter ihr die Kinder, beide rot.

»Komm mal gucken!«

Sie zogen mich vor das große Fenster, um mir ihr Werk unten im Garten zu zeigen, das weiß unter dem immer dunkler werdenden Himmel aufragte; das Tagesgestirn am höchsten Punkt, und dennoch schon Nacht, die Vorboten der Nacht um ein Uhr mittags. Ich runzelte die Stirn und schaute genauer hin: zwei Schneekugeln aufeinandergesetzt, Ästchen für den Mund, ein Stein für die Nase, und mitten im Bild Colins grauer Schal, der wie eine Piratenflagge im Schneesturm flatterte.

»Es fehlen noch die Augen«, sagte Soline. »Wir brauchen Kohlestückchen.«

»Das wirkt dann wie eine Vogelscheuche und schreckt sie ab«, erklärte ihr Bruder. »Sie werden ihm nicht die Augen rausnehmen, um uns damit zu bewerfen, oder? Das werden die doch nicht machen, die mit den Streichen. Nein. Das werden sie nicht tun.«

Zum ersten Mal entdeckte ich Zorn in seinen Augen, echten Zorn wie den der Erwachsenen, wie den, den ich bei meiner Mutter über Thomas Batailles Rückkehr gespürt hatte.

»Nein, Coco. Das werden sie nicht tun. Wascht euch die Hände, wir wollen essen.«

Brav folgten sie. Ihre Schritte auf der Treppe hinauf zum Badezimmer im ersten Stock. Das Hantieren meiner Schwester mit dem Korkenzieher. Der Geruch der Meeresfrüchte, der den Raum durchzogen hatte.

»Und Pignon hat sich also umgebracht?«, fragte ich meine Schwester, mehr um etwas zu sagen als aus echter Neugier.

»Hmhm. In der Garage aufgehängt. Verrückt, nicht? Sein Lehrling hat ihn gefunden … Armer Junge.«

»Ich dachte nicht, dass er so unglücklich wäre«, flüsterte meine Mutter und legte das getoastete Brot auf den Ofen, um es warmzuhalten.

»Anscheinend hatte er Schulden. Spielschulden, und seine Frau hat ihn verlassen. Die Gerichtsvollzieher werden die Käserei und auch das Haus einsacken. Sagnier hat es mir erzählt, weil ich Lotto spielte. Pignon hat nämlich seine sämtlichen Einkünfte bei der französischen Lottogesellschaft gelassen. Wusstest du das nicht, Maman? Du kennst doch hier alle …«

»Ja, das mit seiner Frau wusste ich natürlich. Das wussten wir alle. Und ich denke, das ist es, was ihn umgebracht hat.«

»Das? Was meinst du damit?«

»Das … Die Gerüchte. Immer nur Gerüchte, schreckliche Gerüchte. Hier muss man einfach inexistent sein, damit die Leute nicht über einen reden.«

»Was für Gerüchte?«, erkundigte sich Lise. Sie setzte sich an den Tisch, füllte ihr Glas mit Sauternes und stützte sich dann lüstern vorgebeugt auf ihre Ellbogen. Ein niedlicher kleiner Vampir über der bestickten Tischdecke.

Grâce zuckte die Achseln und polierte weiter die längst sauberen Gläser. Was mich anging, so war mir der Dorftratsch egal, und Pignon hatte ich kaum gekannt.

»Weißt du«, meine Schwester nahm einen Schluck Wein, »angeblich frequentiert der Leiter der Abteilung ›Reisegepäck‹, als Marilyn Monroe verkleidet, die Backrooms der einschlägigen Kneipen. Und ich sag dir lieber nicht, was über die Vertriebsleiterin im Umlauf ist! Du kannst es also ruhig erzählen.«

»Wozu? Gerüchte sind Gerüchte. Wenn meine Eltern etwas auf Gerüchte gegeben hätten, würde ich jetzt nicht hier leben. Pignon war ein wenig … aus dem Gleichgewicht, weiter nichts. Der Flasche ergeben, aber ansonsten ein ordentlicher Kerl. Für mich war er immer ein ordentlicher Kerl.«

»Warum?«, fragte ich unvermittelt. »Was ist das Problem mit unserem Haus? Es gibt ein Problem mit diesem Haus, und niemand war je bereit, offen darüber zu sprechen. Im Dorf wurde Verschiedenes erzählt … Über das, was sich hier im Krieg zugetragen haben soll.«

»Ich … Es gibt keine …«

Doch jetzt tauchten die Zwillinge wieder auf und machten dem Gespräch ein Ende. Meine Mutter schwieg, und ich werde nie erfahren, ob sie irgendetwas Brauchbares gesagt hätte. Lise setzte eine durchtriebene Miene auf, als lägen ihr alle möglichen geheimen Informationen auf der Zunge. Ich hatte sie oft gefragt, was sie über diese Geschichte wisse. Es war eine alte, in unserer Generation vergessene Geschichte; dennoch blieb sie in unserer Familie ein Tabu. Es gab *irgendetwas*, das ihnen zu schaffen machte, das aber nicht auf das Konto der Bressons gehen konnte, da meine Großeltern erst 1949 eingezogen waren. Wahrscheinlich etwas, das mit den früheren Eigentümern zu tun hatte. Doch Lise hatte immer den Kopf geschüttelt: »Nein, Brüderchen, ich weiß nichts, absolut nichts.«

Das bezweifelte ich. Lise wusste immer etwas, von Kindheit an. Im Haus und im Dorf geschah nichts, ohne dass sie darüber im Bilde war. Maman hatte sie immer »das Tratschweiblein« genannt. Genau. Ein echtes Tratschweib, eine gemeine Spionin. Aber mir sagte sie nichts. Mir erzählte sie nie etwas. Selbst als Erwachsener war ich für sie das Sensibelchen, der dumme kleine Bruder.

Weihnachtsessen – essen und nochmals essen, Austern schlürfen, sich den Bauch vollschlagen. Die Kinder waren im siebten Himmel, es gab Foie gras, und sie »liiieben« Foie gras. Lise machte ein paar spitze Bemerkungen über Enten mit Leberzirrhose und Wassertiere, die bei lebendigem Leibe gestopft werden – sie aß beides, sie wollte die Kinder nur … *necken* –; ich gab ihr unter dem Tisch einen Tritt. Sie verdrehte die Augen, hörte aber auf, den Zwillingen die Freude zu verderben. Wir sprachen von diesem und jenem, jedenfalls von nichts Bösem, ich weiß nicht mehr, wovon. Beim Dessert klingelte ihr Handy. Sie zuckte zusammen, warf einen Blick auf das Display und stand auf.

»Tut mir leid, aber da muss ich drangehen.«

Sie ging in den Flur hinaus.

Wir hörten sie flüstern. Es gab längeres Schweigen auf ihrer Seite, dann einen lauten, verärgerten Gesprächsfetzen. Einige Augenblicke darauf hörten wir die Tür ihres Zimmers zuschlagen. Sie tauchte erst eine Viertelstunde später wieder auf, mit geschwollenen Augen.

»Was ist los, Chérie?«, fragte Maman, die gerade den Kaffee servierte. »Wer war das?«

»Nichts. Niemand. Eine Sache mit einem Kerl.«

»Oh. Hast du einen neuen Freund?«

»Hör zu, Maman, ich will nicht darüber sprechen. Okay?«

Grâce kniff das linke Auge zusammen und schenkte ihr Kaffee ein, aber mit einer zu lebhaften, zu raschen Bewegung, das bittere Braun befleckte die blütenweiße Decke.

Lise trank ihre Tasse in einem Zug leer und schloss sich dann wieder in ihrem Zimmer ein. Daraufhin erklärte Maman, sie brauche jetzt einen Mittagsschlaf und ging in das ihre.

Ich hatte solche Lust, nach Hause zu fahren, Cora, du kannst dir gar nicht vorstellen, wie sehr. Ursprünglich wollten wir am 28. nachmittags fahren, am Dienstag, und ich überlegte schon, wie ich die Fahrkarten umtauschen könnte. Aber fürs Erste war ich zum Bleiben verdammt – am folgenden Tag hatten wir die Verabredung mit Thomas, dem Wiedergänger vom Sonntag. Und außerdem schienen unsere Kinder Spaß zu haben, sie freuten sich über den Schnee und die frische Luft, jedenfalls so lange, wie Lise nicht da war und sie verräucherte.

»Paps, was ist los mit Tante Lili?«, fragte Colin, den die plötzliche Flucht vom Tisch ein wenig aus der Fassung gebracht hatte.

Ich zuckte die Achseln. »Ich weiß auch nicht. Ein Problem mit einem Kumpel. Das passiert euch doch auch schon mal, oder?«

»Immer wieder!«, rief Soline. »Aber nur mit einem!«

Und dann, völlig synchron, erklärten sie mit leiser Angst in der Stimme: »Nelson!«

Nelson, den kannte ich, fünf Jahre alt, doppelt so groß wie sie, ein widerwärtiger kleiner Großbürger, der seine schlechte Haltung in hübschen kleinen Klamotten spazieren führte, deren Wert wahrscheinlich einem monatlichen Mindesteinkommen entsprach. *Nelson-hat-Angst-vor-niemand.* So nannten ihn die anderen Kinder, weil er ständig damit angab. Der tolle Nelson.

»Vielleicht wären eure Bilder ein schönes Geschenk?«

»Für Nelson?!«

»Aber nein, nicht für Nelson. Für Lise.«

»Wieso denn?«

Ich stand auf und holte ihre Werke von der amerikanischen Theke. »Ich weiß nicht, aber ihr habt sie so schön gemalt … Sie würde sich sicher darüber freuen.«

Die Zwillinge sahen sich an, und ich hörte oder hörte vielmehr nicht, wie sie sich verständigten – in dieser seltsamen unhörbaren Sprache, ihrem schweigenden Code. Colin öffnete den Mund, dann Soline, dann wieder Colin, aber es kam nichts heraus.

»Also, Kinder? Wenn ihr nicht wollt, dann müsst ihr ja nicht … Es wäre nur nett gewesen, weiter nichts.«

»Aber Paps«, sagte Soline endlich, »das ist doch gar nicht Tante Lise …«

»Ach nein? Wer denn sonst?«

»Tina.«

Schon wieder die. Ich hatte nicht die geringste Ahnung, wer diese berühmte Tina sein konnte. Ich hatte nie zuvor von ihr gehört.

»Okay. Es ist Tina. Und darf ich erfahren, wer Tina ist?«

»Das Mädchen oben«, flüsterte Colin. »Das Mädchen, das in unserem Zimmer wohnt.«

Das warf mich nun doch um, ich bat um weitere Erklärungen. Sie nahmen mich mit in das besagte Zimmer, das etwa so anheimelnd war wie ein Eisberg. Eine der Plastikplanen hatte sich gelöst, rosa und durchscheinend schlug sie wie der Flügel eines Pterodactylus zwischen den Vorhängen im Wind. Ich klebte sie notdürftig wieder fest, während Soline unter ihrem Kopfkissen ein Stück Papier hervorholte. Sie hielt es mir hin. Es war ein Foto, ein Stück von einem Foto, der linke Teil; eine zerrissene, vergilbte, ein wenig klebrige Polaroidaufnahme. Ich brauchte einen Augenblick, bis ich meinen Vater erkannte, den Vater meiner Kindheit, in einer Badehose. Er hielt die Taille einer Frau umfasst, doch sie war abgeschnitten und nicht zu sehen. Man erkannte nur eine rote Haarsträhne an der Schulter – der Schulter meines Vaters –, ein Stückchen weiße Haut und etwas leuchtend Grünes, wahrscheinlich den Träger eines Badeanzugs. Das Bild war an einem Strand aufgenommen worden, es war ein riesiger, von großen Wasserlöchern gesäumter Strand, wie man ihn an der Westküste und auch in der Normandie findet. Diese Frau hätte Lise sein können, nur war Lise zu jener Zeit blond und erst elf Jahre alt. Ich drehte das Foto um. Jemand hatte mit der Hand in schwarzer Tinte etwas darauf geschrieben, aber auf diesem Fragment war nur …*tina* zu lesen. Das Rätsel war also gelöst. Oder zumindest ein Teil des Rätsels. Ich fragte die Kinder, wo sie das Bild gefunden hätten.

»Da«, erklärte Soline und zog mich an der Hand bis zu dem Wäscheschrank im Flur. »Da, auf der Erde, genau drunter.«

Ich bückte mich und sah unter den Schrank. Staubmäuse und sonst nichts. Ich hob den Kopf, und für eine Sekunde glaubte ich, ein Licht durch die Bodentreppe leuchten zu sehen; sicher nur in meiner Fantasie, befeuert durch die seltsame Atmosphäre, die seit unserer Ankunft hier im Hause herrschte.

»Der auf dem Foto ist mein Papa«, sagte ich. »Mein Papa vor sehr langer Zeit. Euer Großvater.«

»Das wissen wir.«

»Ach ja? Okay.«

»Ja, wir haben noch mehr Fotos gesehen. Letzten Sommer haben wir ... ein bisschen gestöbert ...«

Colin biss sich auf die Unterlippe, ich ermunterte ihn weiterzusprechen.

»Wir haben Alben mit allen möglichen Fotos gefunden, auch von euch beiden, dir und Lili, als ihr klein wart.«

»... nur dass wir anfangs nicht wussten, dass ihr das wart.«

»Omi hat mit uns geschimpft.«

»Und wie! ›Ich mag keine Schnüffler‹, hat sie gesagt. Sie hat es ... weißt du ... so böse gesagt.«

»Und dann«, fuhr Colin fort, »hat sie uns erklärt, das sei unser Großvater *väterlicherseits*.«

»Und wo in aller Welt war ich da?«

»Na, zu Hause. Du hast für Tims Restaurant gearbeitet ... Das war, als wir ganz allein bei Omi waren, im August. Weißt du noch?«

»Ach ja, stimmt. Nun gut. Und ihr sagt also, diese Tina auf dem Foto, dieses Mädchen, das man nicht sieht, wohnt in eurem Schlafzimmer?«

Sie zuckten wie im Chor mit den Achseln. Ich versuchte sie weiter auszufragen. Vergeblich. Dabei sind sie kleine Plaudertaschen, weißt du, sie reden für vier, aber wenn sie sich einmal in Schweigen hüllen, ist nichts mehr zu machen. Ich gab also auf und ließ sie auf dem Perser in meinem Zimmer eine Runde Monopoly in Angriff nehmen. Aber das Foto behielt ich.

Ich ging hinunter, um es Lise zu zeigen. Just als ich anklopfen wollte, hörte ich sie weinen. Also gab ich auch diese Befragung auf. Und was unsere Mutter anging, so kam es nicht infrage, mit ihr darüber zu sprechen. Was, wenn das zerrissene Mädchen seine Mätresse gewesen war – Thomas Batailles Mätresse? Wenn Maman nie davon erfahren haben sollte? Sie war so schon verstört genug, und ich hatte Angst, etwas falsch zu machen. Bei Grâce hatte ich schon immer Angst gehabt, etwas falsch zu machen. Ihr zu missfallen. Meine Mutter liebte mich natürlich, aber sie zeigte es nicht. Als Kind warb ich um ihre Liebkosungen, aber immer erfolglos, als sei Zuneigung irgendwie auch etwas Unanständiges. Lise gegenüber war sie anders. Ich glaube, ich habe mehrmals gesehen, wie sie meine Schwester in die Arme nahm, aber mich nie. Nur an diesem Abend – Weihnachten 2010. Aus der Distanz betrachtet, hätte ich gleich merken sollen, dass etwas faul war.

Ich seufzte, steckte das Foto in die Gesäßtasche meiner Jeans und ging nach oben, um den Zugang zum Speicher freizuräumen.

Grâce Marie Bataille,
10. Mai 1981, Wohnzimmer,
0 Uhr 57 auf der großen Standuhr

Du hattest recht: nicht den Krieg!

François Mitterrand ist an den Schalthebeln der Macht in Frankreich, ein knapper Sieg. Die Bilder im Fernsehen sind unglaublich, Paris im festlichen Taumel, fassungsloses, fiebriges Staunen auf der Place de la Bastille.

Wir haben Champagner getrunken, viel, ich bin völlig blau, ich habe Mühe zu schreiben, und ich sehe doppelt. Auch die Kleine ist beschwipst, sie, die sonst so Zurückhaltende, kann nicht mehr stillhalten und steht plötzlich unter Strom wie ein aufziehendes Gewitter. Ich bin sicher, ihr wird schlecht, diesem Riesenbaby. Morgen sieht sie bestimmt schlecht aus. Und hat vielleicht einen Pickel? Ich fände es toll, wenn sie morgen durch einen roten, eitrigen Pickel im Gesicht entstellt würde.

Wir haben Platten aufgelegt und bis spät in die Nacht getanzt, auch die Kinder – »Le banana split« von Lio in Endlosschleife, sie können nicht genug kriegen von diesem verdammten Lied –, aber was soll's, es geschieht nicht jeden Tag etwas wirklich Interessantes, oder? Doch das Wichtigste: Wir haben miteinander geschlafen. Wir hatten Sex wie in der guten alten Zeit, leidenschaftlich, schamlos, zügellos und schweißgebadet, Sex wie vor Nathan, als mein Körper für dich noch nichts Beängstigendes hatte. Du hast es nie gesagt, aber ich weiß es. *Das* hat unser Liebesleben verändert. Da war der

Kummer, sicher, die Freude, die sich in den Kummer mischte, dieses grelle, widernatürliche Paradox. Thomas, glaubst du, für mich wäre es leicht gewesen? Hast du dir auch nur einen Augenblick lang vorzustellen versucht, was eine Frau spüren mag, wenn sie ein totes Baby zur Welt bringt? Ich glaube nicht. Dieses Kind war nicht in *dir*. Du hast es nicht monatelang schon tot in deinem Bauch mit dir herumgetragen. Und darüber sprechen wir nicht – oder kaum. Über Aurélien, der nie gelebt hat, wir sprechen nicht von ihm, obwohl wir ihn mit einer kleinen Gedenktafel begraben haben. Wir hätten drei Kinder haben sollen, aber wir haben nur zwei. So ist das Leben. Voller Katastrophen.

Ich spreche davon, weil ich betrunken bin. Ich spreche davon, weil mich dieser Abwesende manchmal verfolgt. Ich vergesse, ich versuche zu vergessen, ich vergesse immer öfter. Doch manchmal, ja, dann denke ich an die winzige Leiche in dem winzigen Grab und frage mich, ob Nathan das spürt, ob er irgendwo tief in seinem Unbewussten etwas weiß.

Natürlich nicht, er weiß nichts davon. Wir werden ihm nie etwas sagen, und das ist sehr gut so. Wozu sollte man jemandem sagen, dass er neben einer Leiche herangereift ist? Dass zwei Herzen schlugen, aber dass nach sechs Monaten nur noch eins weiterschlug? Wirklich, wozu soll man so etwas wissen? Ich wüsste nicht, wozu das gut sein soll, außer dazu, auf dem Sofa eines Psychoanalytikers zu landen.

Aber dass mein Körper zugleich mit dem Leben auch den Tod geboren hat, hat dich erschreckt. Nach Lise haben wir sehr bald zu einem normalen Liebesleben zurückgefunden, dabei war ich furchtbar dick geworden. Aber du fandst mich »sexy« mit meinen Brüsten wie Heliumballons. Sie war ein schwieriges Kind, weißt du noch? Sie schlief schlecht, hatte Albträume,

Wutausbrüche, und diese seltsamen Anfälle, bei denen sie mit dem Kopf gegen die Wand rannte … Ich werde nie ihre Taufe vergessen, als das Gebet zur Lossagung vom Bösen gebetet wurde: »Weist ihr Satan, den Ursprung des Bösen, zurück?« Genau in diesem Augenblick fing sie an zu schreien wie eine Katze, die man abzustechen versucht. Alle brachen in Lachen aus, sogar der Priester, so komisch war das Feierliche mit einem Mal. Ich bin mir nicht sicher, dass ich es so lustig fand, aber das ist ja auch unwichtig. Diese Taufen gab es sowieso nur, um meinen Eltern einen Gefallen zu tun. Deinem Vater war es egal, wie so vieles andere – wofür ich ihm übrigens dankbar bin. Ja, Lise war, milde gesagt, schwierig, so schwierig, dass der Gedanke an ein weiteres Kind lange sehr fernlag. Dennoch, trotz dieser schlaflosen Nächte funktionierte unsere Ehe geradezu vorbildlich. Wenn wir sowieso nicht schlafen konnten, beschäftigten wir uns eben … Tatsächlich waren die ersten beiden Jahre nach ihrer Geburt besonders erotisch, und damit du es weißt, ich trauere ihnen sehr nach.

Doch nach dieser weiteren Entbindung … In den Monaten und Jahren darauf gab es jedes Mal, wenn du in mich eindrangst, eine Art Zögern. Ich spürte es, wagte aber nicht, darüber zu sprechen, ich schämte mich. Thomas, ich schämte mich für dein Zögern. Mehrmals dachte ich an den alten Mythos der *vagina dentata*, von der Vagina mit Zähnen. Wenn wir miteinander schliefen, wirktest du so ängstlich, dass mir diese Legende unwillkürlich in den Sinn kam. Als hätte mein Bauch Aurélien »gefressen«, Aurélien, deinen Sohn, deinen zweiten Sohn. Als könnte mein Geschlecht deins womöglich fressen.

Seither spüre ich, wie ich altere. Hässlich werde. Manchmal kommt mir mein Gesicht vor wie eine zerknüllte Tüte, die sich nie wieder glätten lassen wird. Mein Hintern ist hin, meine Hüften sind breit geworden, und auf meinem Dekolleté blühen kleine Blutschwämmchen wie Nelken.

Doch heute Abend nichts von alledem. Wir haben uns zum ersten Mal seit mehr als vier Jahren wieder gefunden. Heute Abend haben wir ganz einfach miteinander geschlafen. Weißt du, es ist nicht nett, aber ich war absichtlich laut, damit die Kleine es hört. Die Kinder haben es wahrscheinlich auch gehört ... Macht nichts. Ich bin nicht sonderlich stolz darauf, aber es macht nichts.

Als du mit ihr tanztest, stieg eine unbeschreibliche Wut in mir auf, als wäre mein Brustbein ein glühender Kreis, ein schmelzender Metallring zwischen meinen Brüsten, bebend unter der cremefarbenen Seide meiner neuen Bluse. »Die ist aber hübsch«, hast du gesagt, und ich war so glücklich! Aber als ich dich mit ihr sah, hätte der Stoff in Flammen aufgehen können, in einer Selbstentzündung. In meinem Innern hatte ich die Farbe ihres Haars, die Farbe der Hölle.

Wenn sie nur wegginge! Wenn doch ihre Mutter krank würde, dahinten in Polen! Wenn sie doch weggehen *müsste* ... Auch ich möchte sie verhexen können.

Einstweilen betrachte ich mich im Flurspiegel. Unser Bettvergnügen scheint mich verjüngt zu haben, als hätte der Orgasmus etwas Magisches, etwas von weißer Magie. Wir beide, du und ich, sind Zauberer. Für einen Augenblick haben wir den Lauf der Zeit umgekehrt.

Es sollte häufiger Wahlen geben.

Dieser verdammte Schrank war schrecklich schwer, und ich fragte mich, wer meiner Mutter geholfen hatte, ihn zu verrücken. Vermutlich Sagnier. Mehr schlecht als recht legte ich die Bodenklappe frei und nutzte die Gelegenheit, um die Birne in der Deckenlampe zu wechseln. Jetzt, nach vier Uhr nachmittags, schien es kein Tageslicht mehr zu geben, und ich ertappte mich dabei, von unendlichen sonnigen Stränden wie dem auf der Polaroidaufnahme zu träumen.

Wenn bloß endlich Sommer würde!

Ich zog die Speichertreppe heraus und klappte sie aus; mit einem dumpfen Knall fiel sie auf die Dielenbretter. Die Zwillinge rannten herbei und ließen ihre Hotels an der Parkallee im Stich, in Sachen Neugier kommen sie nach ihrer Tante. Und dann stiegen wir alle drei ganz vorsichtig hinauf.

Der Speicher war zu einem hellen behaglichen Raum ausgebaut worden, ideal zum Lesen oder für eine Siesta, auch für eine etwas anrüchigere. Der einzige Platz im Haus, den ich immer geliebt hatte. Als Jugendlicher hatte ich hier viel Zeit verbracht, geschmökert, gezeichnet, mit Mädchen geknutscht oder einfach nur vor mich hingeträumt, denn hier gab es ein großes Velux-Fenster zum Himmel, und aus dem runden Fenster im Giebel hatte man einen herrlichen

Ausblick. Allerdings nicht an diesem Tag. Dichter zinkfarbener Nebel lag im Tal und verstopfte die Landschaft bis zum Boden hinunter. Ansonsten war alles wie in meinen Erinnerungen, genau wie in all den Jahren zuvor: alles bis auf das große Puppenhaus, das mitten im Raum thronte. Die Kinder stürzten natürlich gierig hin. Dieses von meinem Großvater gebaute Puppenhaus hatte meiner Mutter gehört und war dann lange ein Lieblingsspielzeug meiner Schwester. Ich hatte gedacht, es sei nicht mehr da; jedenfalls hatte ich seine Existenz vergessen gehabt. Bilder kamen mir in den Sinn, Lise und ich, die im »Wohnzimmer« Ken und Barbie miteinander kämpfen ließen, bevor wir dann in Lebensgröße übereinander herfielen. Ich war etwa sechs oder sieben, Lise doppelt so alt, und solche handgreiflichen Streitereien waren unsere Lieblingsbeschäftigung. »Der Kampf«, nannten wir es. Wir packten uns gegenseitig an den Schultern und schubsten uns dann, wir schubsten, bis ich mir unweigerlich wehtat – sie war viel stärker als ich. Ich fing an zu weinen, und dann wurden wir von Maman ausgeschimpft, wenn sie da war, oder vom Babysitter, erst Élodie und dann Marisa, und dann wurde ich von niemandem mehr geschlagen und ausgeschimpft; Lise ging aus dem Haus, und ich war alt genug, allein auf mich aufzupassen. Wie auch immer, dieses Kampfspiel ging über mehrere Jahre und endete immer gleich: Ich heulte, und wir wurden bestraft. Dennoch machte ich immer wieder mit, ich akzeptierte dieses »Spiel«, verlangte sogar danach, wenn ich mich recht erinnere. Der Altersunterschied zwischen Lise und mir war so groß, dass ich sie bewunderte wie einen Mentor. Ich hatte diese cholerische und furchtlose große Schwester immer glorifiziert, daher war ich zu allem bereit, um ihre

Aufmerksamkeit zu wecken, selbst wenn ich mir damit Prügel einhandelte.

»Papa …«

Colins dünnes Stimmchen, ein leises Zwitschern, das wie aus weiter Ferne an mein Ohr drang, entriss mich der Vergangenheit. Ich drehte mich um. Die Zwillinge hatten sich, stocksteif, vom Puppenhaus entfernt. So bleich und starr, wirkten sie selbst wie Puppen, zwei hellhaarige Puppen mit aufgerissenen Augen.

»Was ist?«

Sie antworteten nicht. Ich machte einige Schritte auf das Haus zu. Im nachgeahmten Schlafzimmer – wo die Kinder schliefen, ganz am Ende des Gangs – saß eine Puppe, eine Art Barbiepuppe, mitten im »Zimmer«. Gekleidet in Lumpen, in die Reste eines Ballkleids aus grünem Satin, und mit rasiertem Schädel. Aber vor allem hatte sie keine Augen mehr. Beide Augen waren kreisförmig herausgeschnitten, wie mit einem Teppichmesser, was einer einfachen Barbiepuppe eine schreckliche Aura verleihen kann. Vermutlich war auch ich blass geworden, aber ich lächelte den Kindern zu.

»Sie gehörte Tante Lise. Und wie ihr seht, ist sie nicht sehr sorgfältig damit umgegangen.«

Die Gesichtszüge der Zwillinge entspannten sich nicht.

»Dürfen wir wieder runter?«, fragte Colin, er hatte bereits einen Fuß auf der Bodentreppe.

»Ja, natürlich. Aber Vorsicht, die Treppe ist steil.«

Soline warf mir einen gereizten Blick zu: *Schon gut, das wissen wir.* Es ist schrecklich, Cora, aber man kann nicht anders, als immer wieder »Vorsicht!« sagen. Eine Art Reflex. Ich versuche gar nicht erst, an sie als junge Erwachsene zu denken, dann werden sie ausgehen, sich besaufen und sich von sturzbetrunkenen Kumpels nach Hause fahren lassen. Leichtsinn und Gefahr … So waren wir alle, oder? Und sie werden genauso sein, und es wird nichts nützen, »Vorsicht« zu sagen. Noch so einer dieser nutzlosen Gedanken, nutzlos und quälend, einer dieser Gedanken, die man verscheucht, aber nicht loswerden kann.

Ich betrachtete die Puppe und schüttelte den Kopf. Es war nur eine alte kaputte Barbie, ein groteskes Stück Plastik, und mochte ihr leichenartiges Aussehen auch Sechsjährige beeindrucken, so ein Sensibelchen war ich nun auch wieder nicht. Die Frage war nur, wer sie hierhergebracht hatte – und warum er dieses »Haus« wieder hervorgeholt hatte. Die Miniaturausgabe entsprach genau dem Haus in meinem Traum, in meiner Vergangenheit – eine verkleinerte, aber in jeder Hinsicht perfekte Imitation. Es war eine Art Modell, und dieser Gedanke war für mich nun doch ein Schlag in die Magengrube. Ich wollte die Barbie gerade in einen Karton mit allem möglichen Krimskrams werfen, als ich einen schrecklichen Lärm aus dem Erdgeschoss hörte. Im selben Augenblick sprangen alle Sicherungen heraus. Maman begann zu schreien. Ich kletterte hastig die Klapptreppe hinunter und brach mir im Halbdunkel fast den Hals. Dann folgte ich dem Doppelschatten unserer Kinder, die die Treppe hinunterrannten. Lise dicht auf meinen Fersen, sauste ich den Gang entlang bis zu Mamans Zimmer.

Sie stand in ihrem Badezimmer – die beiden Schlafzimmer im Erdgeschoss hatten jedes ein Extrabad, während es für die Zimmer oben nur ein gemeinsames Duschbad gab –, notdürftig in ein Handtuch gewickelt, von Kopf bis Fuß pitschnass und mit selbst in der Dunkelheit erkennbar dunkelroter Haut. Wie ein Apache. Lise stieß einen Schreckensschrei aus. Die Badewanne war überall mit Blut bespritzt – das war es, was ich im ersten Augenblick dachte, was wir alle dachten: *Himmel noch mal, warum ist die Badewanne voller Blut?* Einen Moment lang stand mir ein Tatort vor Augen, als wäre dieses Badezimmer der Schauplatz einer furchtbaren Tat gewesen, eines Mordes, begangen von einem wilden, bösartigen Wesen. Doch die tonlose Stimme meiner Mutter brachte uns auf den Boden der Wirklichkeit zurück.

»Der Boiler … Der Boiler ist gesprungen … Mit einem Mal war da ein Riss, und ich habe mich verbrüht, ich bin überall verbrüht …«

Sie zitterte. Dann verlor sie die Fassung und weinte. Ich sah, dass der Metallbehälter über ihr tatsächlich einen großen Riss hatte, aus dem rostiges Wasser floss. Nicht Blut hat die Emaille befleckt, sondern der Rost hatte es mit einem dunklen, schleimigen, kalkigen Orange überzogen. Natürlich waren die Sicherungen herausgeflogen – was in gewisser Hinsicht eher beruhigend war.

»Okay … Beruhige dich, Maman. Ich drück die Sicherungen wieder rein. Erst einmal sorge ich für Licht.«

Ich tastete mich in den Keller und fand den Schutzschalter. Die Sicherung für das Schlafzimmer meiner Mutter hatte den Geist aufgegeben. Der Sicherungskasten war völlig veraltet, und ich verfluchte mich dafür, dass ich Grâce nicht stärker dazu gedrängt hatte, ihn technisch auf den neuesten Stand zu bringen. Seit Jahren hatte ich davon gesprochen. – *Aber das funktioniert doch alles sehr gut, Chéri, warum sollte man etwas reparieren, was gar nicht kaputt ist?* Genau wie meine Schwester hatte sie den Dreh raus, einen zum Schweigen zu bringen.

Ich wechselte die Sicherung und ging die schmalen Steinstufen wieder hinauf. Meine Mutter hatte sich in ihrem Schlafzimmer inzwischen abgetrocknet. Sie lag auf ihrem Bett, und Lise verteilte sanft eine Brandsalbe auf ihrem Rücken. Die Zwillinge sahen ungläubig zu und schienen sich, wie ich, zu fragen, was in diesem verrückten Haus eigentlich vor sich ging. Sie saßen beide auf dem mit rotem Samt bezogenen Lehnsessel, ich versteinerte bei diesem Déjà-vu. Mit einem Mal kam mir dieser Raum vor wie eine Trompe-l'œil-Malerei, vorgetäuschte Wände und Türen.

»Halb so wild«, erklärte meine Schwester lässig und schmierte weiter eifrig weiße Creme auf Mamans rote Haut. »Ich hatte schon schlimmere Sonnenbrände. Santorin, wisst ihr noch? Dieser verdammte Strand aus schwarzem Sand!«

»Das stimmt«, flüsterte Grâce, richtete sich ein bisschen auf und wandte den Kopf in meine Richtung. »Ich hatte nur solche Angst.«

»Das kann ich mir vorstellen! Ich werde dir jetzt ein ›Ich hab's dir ja gesagt‹ ersparen, aber du wirst zugeben …«

Wie ein Mädchen, das seine Tränen verbergen möchte, vergrub sie ihr Gesicht im Kissen.

»Kinder, ich werde einige Reparaturen machen lassen. Ja, diesmal werde ich mich wohl dazu durchringen müssen.«

Diese Aussicht bereitete ihr offensichtlich die größte Angst.

Grâce Marie Bataille,
14. Mai 1981, Tisch im Garten,
23 Uhr 07 auf der Armbanduhr meines Vaters

Also wirklich.

Gestern hat man mitten auf dem Petersplatz auf Johannes Paul II. geschossen. Gleich, als sie es hörte, ist die Kleine zur Telefonzelle hinuntergerannt, um ihre Mutter anzurufen. In Polen sind natürlich alle in heller Aufregung – Karol, »ihr« Papst, der erste polnische Papst der Geschichte, ist dem Tod knapp entronnen.

Um siebzehn Uhr siebzehn hob ein gewisser Ali Ağca vor zwanzigtausend Gläubigen und den Fernsehkameras der ganzen Welt eine 9-mm-Browning, als er vor dem Pontifex kniete. Mitten im traditionellen Bad in der Menge wurde der Papst von drei Kugeln getroffen, aus nächster Nähe abgeschossen von diesem jungen Türken, der aus dem Gefängnis entsprungen war. *Bang. Bang. Bang.* Er wurde sofort verhaftet.

Auch meine Mutter wirkt sehr erschüttert: »Wohin geht die Welt, wenn man jetzt sogar schon auf die Männer Gottes schießt?!« Ich bin keine große Anhängerin von Johannes Paul II. – unter anderem wegen seiner Haltung zur Abtreibung, ich habe für dieses Recht gekämpft. Aber es stimmt, dass dieser Akt etwas ungeheuer Schockierendes hat. Das Symbol des Friedens wurde getroffen, die Personifikation einer Gegenmacht verletzt; jetzt bleibt nur noch die Gewalt, die Erbmacht der Menschheit, die nichts je wird auslöschen können. Diese

Gewalt, die ich in mir fühle, immer stärker, immer häufiger … Mein Vater hatte recht: Es gibt keine Generation ohne Krieg.

Uff, wir sind alle froh, Karol wird davonkommen.

Hier ist alles friedlich. Ich habe meine Zigarette geraucht in der reglosen Nacht, in dem Geruch, den die Blauzeder in den Park verströmt, intensiv und schillernd wie ein Band.

Dieses Haus war anscheinend nicht immer so friedlich. In der Schule hörte ich einige Geschichten, obwohl meine Eltern nie bereit waren, darüber zu sprechen. Ich bin mir nicht sicher, ob die Fakten alle so stimmen, aber dennoch bleibt dieser unschöne Mythos, der von Generation zu Generation weitergegeben wird. Die alte Chapelle, die Dorfheilerin, inzwischen hundert Jahre alt und im Ruhestand, sagt immer noch zu jedem, der es hören will, sie sehe jedes Mal, wenn sie an unserem Haus vorbeigehe, »einen schwarzen Schein, der es umgibt«. Für mich hat dieses Haus einen herrlichen Garten, der es umgibt, und damit basta. Doch die alte Chapelle, die riesig ist wie eine Kathedrale und unter ihren dicken, buschigen Brauen graue Marmoraugen hat, erzählt, unser Haus, MEIN Haus, sei mitten im Sonnenschein von einem dunklen Schatten umgeben. Eine teuflische *Aura* oder ein ähnlicher Quatsch. Ich wünschte, sie würde endlich ins Gras beißen und ihr Geschwätz mit ins Grab nehmen.

Kein Rauch ohne Feuer, heißt es … Was soll's. Die Tochter der früheren Eigentümer, eine Sechzehnjährige namens Aurore, soll in der Besatzungszeit mit einem Nazi-Offizier angebandelt haben und von ihm schwanger geworden sein. In dieser Gegend hier, die lange in der »freien« Zone lag, gab es ein fest verankertes Résistance-Netz. Im Dorf wurde schon etwas vermutet, weil die Familie anscheinend irgendwelche Vergünstigungen genoss. Doch als die Schwangerschaft deutlich zu sehen war, galt das Mädchen bei allen als Verräterin. An einem eisigen Oktoberabend im Jahr 1944, einige Wochen nach der Befreiung von Villefranche, wurde ihr auf dem Marktplatz der Kopf geschoren. Dann soll sie vor dem aufgebrachten Volk in den Wald geflohen sein, mit ihrem dicken Bauch und dem geschorenen Kopf allein in der dunklen Nacht, verfolgt von den Dorfbewohnern – einer von Leid und Rachedurst aufgepeitschten Wolfsmeute. Die Suche blieb anfangs erfolglos, doch einige Tage später wurde sie gefunden, sie hatte sich im Spalt eines Eichenstamms versteckt und war dort vor Hunger oder vor Kälte gestorben. Es heißt, sie sei *à l'aurore*, bei Sonnenaufgang, gefunden worden, aber das ist sicher auch nur eine der üblichen Ausschmückungen von Legenden. Seither soll sie jeden Tag bei Sonnenaufgang durch die umliegenden Wälder spuken, ihr totes Kind wie ein blutiges Bündel über die Schulter geworfen. Selbstverständlich habe ich sie nie gesehen, auch sonst niemand, den ich kenne – Tresengeschwätz der betrunkenen Jäger im Les Pierres, eine kleine Geschichte, mit der man den Kindern Angst einjagt und ihnen die Lust nimmt, durch den Wald zu stromern.

Aber du magst dieses Gerücht nicht, Thomas. Du hast sogar gezögert, dieses Haus zu übernehmen, als meine Eltern es uns anboten. Schließlich hat mein Vater dich überzeugen können – er, der Held der Résistance! Er hatte sich trotz dieser damals noch kurz zurückliegenden Geschichte für dieses Haus entschieden. Die ruhmreiche Vergangenheit der Männer aus der Familie Bresson hatte dieses Gebäude gewissermaßen von etwaigen Sünden reingewaschen. Und wir, Papa, Maman und ich, waren sehr glücklich darin … Glaubte ich jedenfalls.

Du musst wissen, dass ich meine Mutter gefragt habe, was sie mit einem Mal gegen dieses Haus hatte. Warum sie gesagt hatte: Lieber tot umfallen als dorthin zurückkehren. Sie druckste über ihrer Tasse Tee herum, bis sie mir endlich erklärte, sie hätten dieses große Haus gekauft, weil es ideal für eine Familie gewesen sei. Ein Haus für eine kinderreiche Familie, fast eine Jugendherberge. Weißt du, Louise Bresson hat mir schließlich gestanden, dass sie gern vier, fünf oder sechs Kinder gehabt hätte, ein Traum, der von ihrer Krankheit zunichtegemacht worden war. »Vielleicht hat die alte Chapelle recht, Grâce. Die Gebärmutterentfernung bei mir, und jetzt du … Vielleicht gibt es etwas in diesem Haus, irgendetwas Schlimmes für die Mütter, eine Art *Fluch*.«

Stell dir das mal vor, Thomas! Eine Verwünschung, ein Fluch! Wird bei uns der Wahnsinn von Generation zu Generation weitergegeben? Natürlich lachte ich darüber, ich scherzte, ich sagte: »Siehst du, liebe Maman, jetzt ist dir dieses ganze Chlorophyll ins Hirn gestiegen!« Aber unser Gespräch hat ein ungutes Gefühl bei mir hinterlassen: das Gefühl, nicht genügt zu haben. Mein Dasein, mein Leben hat nicht genügt, um meine Mutter glücklich zu machen.

Mein Dasein, mein Leben scheinen auch dir nicht zu genügen.

Ich glaube nicht, dass das Haus etwas damit zu tun hat. Häuser sind nicht zu »etwas« fähig, Häuser rächen sich nicht an ihren Bewohnern. Die Menschen rächen sich.

Gott selbst hat das Prinzip der Rache aufgestellt – oder es waren seine Schergen: Sintflut, Apokalypse, Seiten und Seiten voller Gemetzel, immer neuem Blutvergießen, das Recht der Vergeltung, Auge um Auge, Zahn um Zahn. In der Bibel geht es dauernd um Gewalt, die Gewalt der Menschen und mehr noch um die Gottes, Seine gegen uns gerichtete Allmacht, Er, der uns nach Seinem Bilde erschaffen hat …

Was also? Wenn Gott gut ist, ist dann auch Rache gut? Wie denkt Johannes Paul II. jetzt darüber?

Und du, Thomas, wie denkst du darüber?

Wo bist du?

An jenem Abend fuhr meine Schwester nach Hause. Ich konnte es ihr kaum verdenken, ich hätte es auch getan, wenn meine Wohnung nicht fünfhundert Kilometer entfernt gewesen wäre. Ich hatte vergessen, mit ihr über die Polaroidaufnahme zu sprechen, die ich nach überstandenem Boiler-Abenteuer wieder in meiner Hosentasche gefunden hatte. Ich überlegte, ob ich sie anrufen sollte, aber ich beschloss, sie in Ruhe zu lassen. Sie wirkte nicht sonderlich in Form nach dieser x-ten Geschichte mit einem Freund, dessen Vergehen ich mir lieber gar nicht erst ausmalen wollte: Egoismus, Untreue, Unreife, Kokain? Ich nahm mir vor, ihr das Foto am nächsten Tag zu zeigen, vor dem Treffen mit unserem Vater. Zwei Fliegen mit einem Schlag. Den Schlag natürlich mitten ins Gesicht.

Die Kinder hatten es sich im Zimmer ihrer Tante gemütlich gemacht, und ich lag schließlich allein im Bett und wälzte mich zwischen den kratzigen beigen Leinenlaken. Ich wusste nicht, was ich von dem Ganzen halten sollte. Es hatte sich nichts *Unerklärliches* ereignet; es war immer nur ein Zusammentreffen besonderer Umstände mit böswilligen Akten gewesen. Als ich Maman danach fragte, sagte sie, sie habe das Puppenhaus für Soline und Colin hervorgeholt. Sie sei wieder darauf gestoßen, als sie nach den Steinwürfen das ganze Haus durchsucht habe, um sicherzugehen, dass niemand eingedrungen war. Was hingegen die Barbiepuppe angehe … Einen Augenblick lang dachte ich, die sei vielleicht ein Streich von Lise gewesen. Sie hatte immer schon Sinn für makabre Scherze gehabt und ging wirklich nicht sonderlich sorgfältig mit den Dingen um – davon zeugten Armeen von verstümmelten Soldaten, ein enthaupteter Big Jim und viele geköpfte kleine Pferdchen. Dennoch konnte ich mir nicht vorstellen, dass sie Steine in Fenster warf, schon gar nicht, wenn sie damit Nichte und Neffe in Gefahr brachte. Meine Schwester hat viele Fehler, aber sie liebt unsere Kinder. Ich fragte mich, wer einen solchen Zorn auf uns haben konnte und worauf man mit solchen Einschüchterungsaktionen wohl hinauswollte. Auch wenn Grâce es in Abrede stellte, ich schloss immer noch nicht aus, dass Thomas sich auf unsere Kosten amüsierte. Was mir im Grunde jedoch am meisten Sorge bereitete, war das Verhalten der Zwillinge. Diese Ereignis-Serie hatte sie still werden lassen, zu still. Und dann ihre Geschichten über diese Tina, die angeblich in ihrem Zimmer wohnte … Als ich sie an diesem Abend zudeckte, sprachen sie mit mir über dich. Aber sie sprachen in einer komischen Art über dich. Du warst nicht mehr die Disney-Prinzessin, du warst *tot*. Natürlich hatten sie schon häufiger, eigentlich viel zu oft, erklären müssen, dass ihre Mutter tot ist. Das Wort an sich war aus ihrem Mund nicht neu. Neu war, dass dieses Wort nicht mehr als Adjektiv verwendet wurde, sondern als Substantiv. *Wenn Maman eine Tote ist, glaubst du, sie kann dann zurückkehren?*

»Die Toten kehren nicht zurück, meine Süßen. Sterben bedeutet einfach: ›aufhören zu leben‹. Maman ist jetzt anderswo. Anderswo als auf der Erde.«

»Im Himmel?«

»Ja, im Himmel, so könnte man es nennen. Aber vor allem ist sie hier.«

Ich legte erst mir, dann unserem Sohn und anschließend unserer Tochter eine Hand aufs Herz.

»Maman ist hier. Hier und hier. An diesem Ort wird sie immer wohnen.«

»Wenn Maman in uns ist«, gab Colin zurück, »dann wohnt sie auf der Erde. Und wenn sie auf der Erde ist, kann sie sehr wohl zurückkehren.«

Im ersten Moment fiel mir keine Antwort ein. Ich dachte nach.

»Eigentlich kann Maman nicht zurückkehren, weil sie nie fortgegangen ist. Wir sprechen von ihr, und unsere Worte halten sie am Leben.«

Soline kniff die Lippen zusammen. »Also, ich glaube, Maman ist eine Tote, die ihren Frieden hat, weil wir sie ganz doll lieben. Tote, die ihren Frieden haben, brauchen die Lebenden nicht zu stören, und *deshalb* wird sie nie zurückkehren.«

Ich starrte unsere Kinder verblüfft an. Dann setzte ich mich zu ihnen aufs Bett, ich glaubte, Lise hätte ihnen irgendwelchen Unsinn erzählt, als ich mal nicht dabei war, irgendeine *Poltergeist*-Geschichte. Als ich klein war, kam meine Schwester manchmal abends in mein Zimmer. Sie verstellte ihre Stimme, sie sprach nicht mit ihrer normalen Stimme, sondern sie sprach mit einer lauten, hohlen Stimme ins Leere und stand dabei reglos wie eine Statue mitten im Raum. Ich flehte sie an, damit aufzuhören, *Lise, hör auf, ich kriege Angst, bitte hör auf damit* … Aber sie sprach immer weiter. Noch mit siebzehn kam sie und jagte mir mit dieser verdammten Grabesstimme eine Heidenangst ein. Sie hörte erst damit auf, als sie endgültig auszog.

»Hat euch jemand geärgert?«, fragte ich die Zwillinge. »Hat Lise euch etwas erzählt, irgendwelche Gruselgeschichten?«

Schweigen – schon wieder.

»Eure Tante erzählt viel Unsinn, das wisst ihr doch. Ihr dürft nicht auf sie hören.«

Sie gaben keinen weiteren Kommentar ab und streckten sich beide in einer absolut synchronen Bewegung aus, was hieß: Lass es sein, Papa! Ich hatte keine Lust, das Thema sein zu lassen, aber ich wusste nicht, was ich sagen sollte. Ich konnte mich schlecht auf einen Vortrag über Gespenster, die Existenz oder Nicht-Existenz Gottes, das Fortbestehen oder Nicht-Fortbestehen einer Seele – in diesem Fall deiner Seele – einlassen. Weil ich nichts darüber weiß, Cora, weil ich in diesen Fragen absolut inkompetent bin, genau wie in Wirklichkeit alle anderen auch, vom Wissenschaftler bis zum Priester, vom Medium bis zum Psychiater. Ich weiß, dass uns dein Geist nicht umschwebt, meine Liebste. Ich weiß, dass dein Körper auf dem Friedhof Montparnasse begraben liegt und dass von diesem Körper nicht mehr viel übrig ist. Aber nachdem ich unsere Kinder zugedeckt hatte, setzte mir unablässig ein Gedanke zu, der Gedanke, dass die Zwillinge mit dem Tod zur Welt gekommen sind. Sie waren ihm näher als jeder andere, Colin hätte fast nie geatmet. Ob seine »Seele« fortgegangen und dann zurückgekehrt ist? Ob sich eure Wesen flüchtig begegnet sind? Ob er für einen kurzen Moment mit dir zusammen war?

Ich kenne nur die Materie. Die Materie gehorcht physikalischen Gesetzen, sie ist Raum und Zeit unterworfen. Wie ist es mit dem Denken, dem immateriellen, körperlosen Denken, das weder einen Anfang noch ein Ende hat? In meinem Bett dachte ich an das Denken selbst, ich fragte mich, ob das Denken einen Einfluss auf die Materie haben könne wie bei diesen Yogis, die Gabeln verbiegen, und den Schamanen, die übers Feuer gehen, an das Grauen, das das Unbewusste zusammenbraut, wenn das Bewusste schwach wird, an die Träume – *an diesen Traum*. An all das dachte ich und kam damit keinen Schritt weiter. Solche Theorien aufzustellen, ist in etwa so hilfreich, wie auf der Penrose-Treppe im Kreis zu laufen.

Heute frage ich mich: Bist du wirklich eine Tote, die »in Frieden« ruht? Ich habe nie etwas anderes für dich gewollt, ich habe nie etwas anderes von dir erhofft. Ich habe immer gewusst, dass du nicht zurückkehren konntest, dass du als Materie zu existieren aufgehört hast. Diese sanfte, warme und weiche Substanz, aus der du bestandest, war nicht mehr, meine Hände würden sie nie wieder berühren, niemandes Hände würden sie je wieder berühren. An jenem Abend, am Samstag, dem 25. Dezember, hatte ich deshalb Lust, unseren Kindern zu glauben. Nein, du wirst nie zurückkehren. Und ich bin froh darüber, denn es bedeutet vielleicht tatsächlich, dass du deinen Frieden hast, dass ich das Richtige tue – dass ich letzten Endes nicht völlig machtlos bin. Die Kinder sind da, lebendig und real. Die Kinder sind da und geben meinem Leben einen Sinn. Das ist mir bei allem Sinnlosen und Widersinnigen heute mehr denn je bewusst. Ohne sie wäre ich dir längst gefolgt.

Grâce Marie Bataille,
14. Juni 1981, Wohnzimmer,
0 Uhr auf der großen Standuhr

Als ich jünger war, stellte ich es mir nicht so schwer vor, eine Paarbeziehung in Gang zu halten. Meine Eltern waren wie ein Tandem, sie haben mehr als dreißig Jahre immer so funktioniert, und ich bin dem Schicksal dankbar dafür, dass es meinen Vater zuerst gehen ließ – er wäre als Übriggebliebener verloren gewesen, während Louise damit zurechtkommt, indem sie Topfpflanzen hortet. Vielleicht war an der Beziehung zwischen Thomas und mir von Anfang an etwas nicht in Ordnung. Vielleicht habe ich bestimmte Parameter in mir nicht einbezogen. Vielleicht kann man ganz einfach nicht *alles* vorhersehen. Mit der Liebe ist es wie mit der Wettervorhersage: Man irrt sich andauernd.

Meine Liebe zu dir ist eine absolute Tatsache, Thomas. Ich liebe dich gegen alle Widrigkeiten. Ich liebe dich gegen deine Gleichgültigkeit. Ich liebe dich gegen unser totes Kind. Ich liebe dich gegen deine Falten. Männer machen so etwas: sich vom Enthusiasmus des anderen mitreißen lassen. Wir nicht. Ich nicht. Doch ihr egozentrischen Wesen seid für diese Stürme, die über eure Kräfte gehen, leichte Beute! Für euch zählt nur die Gegenwart, existiert nur die Gegenwart – die Vergangenheit ist vorbei, die Zukunft noch nicht da. Ich wünschte, ich könnte auch so argumentieren. Ich beneide dich, Thomas. Ehrlich, ich beneide dich. Nudelmaschine, Eismaschine, unsere Unterschriften unter einem Vertrag – *das ist erledigt.*

Und dann, eines Tages, das Sandkorn.

Die polnische Maschine, knackiger Po, feste Schenkel, Brüste wie Granaten, neunzehn Jahre, kinderlos, osteuropäischer Akzent, aufgeworfene Lippen, schwacher Geist – o nein, sie ist keineswegs dumm, sie ist nur unerfahren, naiv und betörend –, euer männlicher Pygmalion-Instinkt, die Bewunderung in ihren Augen, »Monsieur Thomas«, und dann das Neue, dieses verdammte Neusein, das ihr braucht wie die Luft zum Atmen. Neues, das ist dein Ding, oder? Neue Technologie, neuer Arsch. Und hier ist keine *vagina dentata* zu befürchten, die dich auffrisst. Wer weiß, vielleicht ist sie sogar Jungfrau. Aber ich denke nicht, dafür ist sie zu weiblich, zu offen weiblich. Aber für deine Jagdlust sicher jungfräulicher als ich, ein zu erforschendes Terrain, eine sibirische Ebene, noch unbestelltes Land – und ich liege brach.

Inzwischen ist es klar. Es ist klar, dass etwas vor sich geht. Ich weiß nicht, ob es schon vollzogen ist oder nur unmittelbar bevorsteht wie ein Attentat, das ein junger Terrorist in einem Keller vorbereitet. Ich weiß nicht, ob sie Puppen, die so aussehen wie ich, verbrennt, ob du darauf brennst, sie zu bespringen, ob sie heimlich Liebestränke in deinen Kaffee träufelt, ob sie mich vergiftet, ich weiß es nicht, ich weiß nur, dass etwas vor sich geht und dass ich dieses Etwas nicht aufhalten kann.

Ich habe keinen Beweis, genauso wenig wie ich Beweise für ihre Bannsprüche und ihre Kräfte habe. Wenn jemand diese Zeilen läse, würde er sagen: »Es gibt keinen Bannspruch, es gibt nur ihre Jugend.« Aber dieser Jemand würde dich nicht kennen, Thomas. Dieser Jemand würde nicht wissen, was wir erlebt haben. Wie kann man von *allem* zu *nichts* übergehen? Das kann nur der Tod – vom Sein zum Nichts.

Du bist lebendig, o ja, und wie! Sogar voller Freude, wenn sie da ist.

Sag mir, wie kann ich den Prozess stoppen?

Ich werde verrückt.

Wenn ich das Problem doch nur mit Topfpflanzen lösen könnte … Ach, wenn doch nur.

Ich wünschte, ich hätte tausend Hände, um dieses Mädchen von dir fernzuhalten.

Wenn du sie liebst, Thomas Bataille, wenn du sie eines Tages liebst, dann möchte ich lieber, dass du an diesem Tag stirbst.

Gleich nach dem Einschlafen nahm ich den Albtraum an der Stelle wieder auf, an dem ich ihn verlassen hatte, so als hätte ich an einem Videorekorder die »Pause«-Taste aktiviert und nun wieder auf »Play« gedrückt. Kaum waren meine Augen geschlossen, befand ich mich erneut in dem Modell, jetzt war es eine Etage im Modell, es sah aus wie im Puppenhaus. Ich saß immer noch in dem roten Samtsessel, das Wohnzimmer wurde von einem riesigen Leuchter mit Kristallbehängen beleuchtet, den ich nie gesehen hatte – oder vielleicht doch, in deiner Galerie, Cora, du verkauftest solche Sachen –, an den ich mich jedenfalls nicht erinnern konnte.

Maman stand langsam vom Sofa auf. *Es wird ein Unglück geschehen*, sagten die Zwillinge im Chor. Es war kein gegen oder an mich gerichteter Satz, sie sagten es ins Leere, wie damals Lise, wenn sie mir mit ihrer Grabesstimme Angst machte. Und eben Lise fuhr nun in einer blitzartigen Bewegung zur Decke auf. Diese seltsame Ortsveränderung löste bei mir keine Reaktion aus. Meine Schwester rauchte in aller Seelenruhe weiter und ließ ihre Asche auf das dunkle Parkett fallen. Unsere Mutter ging unter dem Körper ihrer Tochter her, die an der Decke klebte, und erklärte, sie müsse jetzt ein Bad nehmen, sie sei wegen der Bauarbeiten sehr schmutzig, der ganze Schutt, dieser Staub, der Beton und die Steine. Es war keine Spur von Bauarbeiten zu sehen, aber es waren wohl Bauarbeiten anzunehmen. In dem Kamin an der Wand, dort, wo sich inzwischen die amerikanische Küchentheke befand, knisterte ein Feuer: lange, rote tanzende Flammen – wie Zungen. Lise brach plötzlich in Lachen aus, sie hörte gar nicht mehr auf zu lachen, bis sie in einem heftigen Schwall eine Mischung von Wasser und Steinen erbrach. Danach rauchte sie weiter, als sei nichts gewesen. Die grauen Rauchkringel wanden sich um die Kristallbehänge, sechs Behänge unter sechs kerzenförmigen Glühbirnen.

Ein Zwitschern wie von Vögeln ließ mich den Kopf wenden.

Zwischen den Kindern stand jetzt ein junges Mädchen mit geschorenem Kopf, sie trug grüne Lumpen, die auf der durchscheinenden Haut aussahen wie Smaragdsplitter. Sie hatte ihre Augen noch, aber sie waren milchig weiß wie die von manchen Blinden, wie die meiner Großmutter Louise am Ende ihres Lebens. Sie war trotz allem schön, überaus schön, so schön, dass es einem den Atem raubte. In meinem Traum kannte ich sie. Ich nannte sie nicht beim Namen, aber ihr Auftauchen beunruhigte mich keine Spur. Ihre Anwesenheit schien so selbstverständlich zu sein, als wäre dieses Mädchen immer da gewesen. Sie zwitscherte den Zwillingen etwas Unverständliches ins Ohr, und diese nickten. Colin holte irgendwoher sein Klavier von Weihnachten. Das junge Mädchen legte es sich auf den Schoß und begann zu spielen, es war eine unbekannte Melodie, und sie war traurig, so traurig … Da wachte ich auf, aus dem Schlaf gerissen von dieser Musik, die noch im Dunkeln nachhallte.

Leise kam mir die Geschichte von der Weißen Frau in den Sinn, eine Legende, die in der Gegend erzählt wurde und die mir in meiner Kindheit kalte Schauer über den Rücken gejagt hatte – eine von einem Nazi schwangere Jugendliche, die von den Dorfbewohnern nach dem Krieg geschoren und dann getötet worden sein sollte und deren Geist man an nebligen Morgen manchmal noch im Wald herumirren sah. Ich bezweifle, dass ich ihr wirklich begegnet bin, aber ich glaubte, sie mehrmals zu sehen – bei den Malen, denen ich Grâce nicht gehorchte. Vermutlich jagte meine Mutter mir mehr Angst ein als die Weiße Frau.

Mit weit offenen Augen lauschte ich der Stille der Nacht. Im Allgemeinen sind nächtliche Ängste übermächtig und schwer zu kontrollieren, doch ich war völlig ruhig. Ich spürte nur, dass ich in dieses Schlafzimmer gehen musste, das Zimmer der »Babys«. Ich stand auf und zog einen Pulli und eine Jogginghose über. Vorsichtig wich ich dem Wäscheschrank aus, den ich mangels helfender Hände mitten im Gang hatte stehen lassen, dann öffnete ich die Tür am Ende des Flurs. Ich trat ein und schloss die Tür hinter mir, schaltete aber das Licht nicht ein. Der Winterwind schlug klatschend gegen die Plastikplanen und pfiff durch die Ecken. Die krapproten Vorhänge bauschten sich, üppig und schwer, wie zwei von den Flügeln des Windes bewegte Körper. Ich setzte mich auf das Bett, auf dessen Steppdecke immer noch Kohlespuren zu sehen waren, und wartete. Ich erwartete nichts Bestimmtes, ich dachte an mein Leben, wie es war, wie es hätte sein können, an die Hoffnungen der Jugend und an die späteren Ernüchterungen. Ich spielte das *Und-wenn-Spiel* – und wenn ich, wie Lise, in der Gegend geblieben wäre, statt mich in die Hauptstadt zu verdrücken;

wenn ich mich auf den Weinbau verlegt hätte, wie es mir mein Freund Philippe Chapelle, den ich inzwischen aus den Augen verloren habe, nach dem Abitur vorgeschlagen hatte; wenn ich Aude geheiratet hätte, meine erste echte »feste Freundin«, die ich im Architekturstudium kennengelernt hatte, eine reizbare Korsin mit kastanienbraunen Locken, Doc Martens und lockerem Mundwerk, heute Ministergattin mit Haarreif und Zwergpudel? Und wenn ich dir nie begegnet wäre? Wenn ich nicht zu dieser besonderen Abendeinladung gegangen wäre? Einer Einweihungsparty, zu der ich übrigens nur sehr widerwillig gegangen bin – ich spürte erste Anzeichen einer Grippe, war todmüde und wohnte im Norden, die Party war im Süden, eine komplette Metrostrecke von Endstation zu Endstation, und das in der Novemberkälte. Aber ich hatte es Tim versprochen, Tim, der dort mit Sarah eingezogen war, mit Sarah, deren beste Freundin du warst. Anfangs sah ich nur deinen Nacken, dein zu einem Ballerinenknoten aufgestecktes braunes Haar; eine Lampe beleuchtete gerade diesen Nacken, wie ein Spot ein Kunstwerk in einem Museum ins rechte Licht rückt. Von dem Augenblick an, in dem du dich umwandtest, wusste ich, dass nichts mehr so sein würde wie vorher.

Das Leben ist eine Folge mehr oder weniger bedachter Entscheidungen, glücklicher oder unglücklicher Zufälle, Begegnungen, Weggabelungen, wo man nach rechts oder links geht, an jeder Kreuzung tausend verschiedene schicksalhafte Möglichkeiten, und dann gibt es Offenbarungen. Du, Cora, warst eine Offenbarung, und auch wenn das Leben uns angetan hat, was es uns angetan hat, habe ich nie bereut, dir begegnet zu sein, nicht einmal, als ich allein und trauernd mit zwei Babys jonglierte, die unablässig weinten, immer abwechselnd – nicht gleichzeitig wie heutzutage, nein, sie schrien abwechselnd, und mit ihnen beiden hatte man das Gefühl, dass sie *die ganze Zeit* weinten, was auch der Wahrheit ziemlich nahe gekommen sein dürfte: Du wirst immer das Beste sein, das mir in meinem ganzen Leben passiert ist. Ich weiß, dass es eine Liebe wie unsere nicht zweimal in einem Leben gibt, die meisten Menschen erleben so etwas nie. Also betrachte ich mich als glücklichen Menschen. Trotz allem bin ich ein verdammter Glückspilz, mein Engel. Die Strafe entspricht sicher der Größe des Glücks, das uns so kurz vergönnt war.

Ich saß auf dem Bett und dachte an all das, bis hinter den Plastikplanen die Morgenröte erschien, seltsam verzerrt wie in einem Kaleidoskop.

Nichts hatte die Stille der Nacht gestört, weder irgendwelche gezielten Würfe noch unpassende Geräusche. Trotzdem hatte ich während dieser Stunden die ganze Zeit das Gefühl, das eiskalte, dunkle Zimmer sei randvoll mit schweigenden Menschen, deren Anwesenheit jedoch nichts Bedrohliches hatte; es waren Leute, die ebenfalls über ihr Leben nachdachten, wie es gewesen war, wie es hätte sein können, wie es hätte sein sollen, diese kurzgeschlossenen Leben mit dem falschen Abzweig, rechts statt links oder umgekehrt.

Der Morgenhimmel öffnete sich über dem Tal. Es war noch zu früh, um zu sehen, welches Wetter wir haben würden – sicher schlechtes. Es war Sonntag, der 26. Dezember, gerade war der Tag der Gespenster angebrochen.

Grâce Marie Bataille,
27. Juni 1981, Wohnzimmer,
7 Uhr 10 auf der großen Standuhr

Endlich ist sie abgereist, sie hat ihre Koffer gepackt und die Kinder geküsst. Du hast sie gestern Abend zum Flughafen gebracht, und jetzt dürfte sich die Kleine in ihrem verdammten Heimatland herumtreiben.

Auch du bist wieder weggefahren. Am Steuer deines neuen Wagens, eines tomatenroten Alpha Romeo, es ist eher ein Angeber-Auto, aber deine Firma trägt die Kosten, und ich habe nichts dagegen. Mir sind Autos eher egal. Mein Ami 8 ist uralt, hässlich, rostig, und das frühere Weiß ist jetzt eher beige, aber der Wagen fährt sich sehr gut, mehr verlange ich nicht.

Es ist Samstag, ich arbeite, ich habe die Nachtwache bis Mitternacht. Maman kümmert sich um Lise und Nathan, es wird ihr guttun, wieder hier im Grünen zu sein, vielleicht wird ihr klar, dass ihr Dschungel in Übertöpfen ein Irrweg ist. Ich bin guter Laune, wie befreit, als wäre das Rhinozeros, das auf meiner Brust hockte, aufgestanden und in die Savanne gelaufen. Ich habe mehr als vier Wochen Zeit, dich zurückzuerobern. Du hast viel Arbeit, musst viel herumfahren. Doch jedes Mal, wenn du zurückkommst, werden wir uns *ohne sie* wiedersehen, nur du und ich, die Kinder sind bei deinem Vater in Chamonix und dann bis Ende Juli in einem Ferienlager. Für unseren Hochzeitstag habe ich heimlich ein Wochenende für Verliebte geplant, in Barcelona. Dort war es, wo wir sehr wahrscheinlich Lise gezeugt haben, weißt du noch? Es ist eine Ewigkeit her. Mehr als ein Jahrzehnt, wir waren erst wenige Monate verheiratet. Trotzdem, mir kommt es vor, als wäre es gestern gewesen.

Danach, im August, die Atlantikküste, Contis, eine Art Ende der Welt, eine große Hütte oben auf einer Düne am Strand – die Fotos im Prospekt sind umwerfend. Doch oben auf der Düne wird auch die Kleine sein. Ich konnte dich nicht umstimmen, all deine schlagenden Argumente eines gewieften Verkäufers, du bräuchtest dringend Ferien, *echte Ferien*, Ruhe und Einsamkeit, die Seeluft atmen, ohne dass einem Kinder zwischen den Beinen rumlaufen, Sport, Fahrradfahren, Waldspaziergänge. Du hast mich bei den Gefühlen gepackt: »Dann können wir ausgehen, im Restaurant essen, ich werde den jungen Mann markieren und nicht mehr vierzig sein, ich küsse dich im Mondlicht, das wird nett.« Ich lasse mich nicht täuschen, du manipulierst mich. Doch merke dir, mein liebster Liebster, ich habe noch nicht kapituliert. Wir werden ja sehen, wie die Lage in ein paar Wochen aussieht. Auch ich werde versuchen, dich bei den Gefühlen zu packen, mit »bei den Gefühlen« meine ich beim Schwanz, »Monsieur Thomas«. Wenn ich es recht bedenke, glaube ich nicht, dass zwischen dir und der Kleinen irgendetwas passiert ist. Doch ich weiß, dass du daran gedacht hast. Ich habe es in deinen Augen, in euer beider Augen gelesen – und genau das ist das Schreckliche: dass ihr daran gedacht habt.

Wie in dem Partisanenlied: *Freund, hörst du den schwarzen Flug der Raben über unseren Ebenen?*

Die Schergen haben das letzte Wort noch nicht gesprochen, Thomas. In der blühenden Welt regen sie sich in mir, jeden Tag und jede Nacht, ich sehe ihre dunklen Brüder, die sich auf den Hochspannungsleitungen über der Straße drängen, es sind so viele, dass sie Teile des Horizonts verdecken, ihre kompakte, perfekt synchronisierte schwarze Masse am Himmel, die in seltsamen Choreografien die Richtung wechseln, als könnten die Raben untereinander in unglaublicher Geschwindigkeit kommunizieren, via Telepathie oder so, und die riesigen V-Formationen, die sie manchmal über uns bilden – ich verstehe die Botschaft: V wie Victory, Sieg.

Die Kleine wird bald nur noch bittere Erinnerung sein, gerade recht, um sie unter haufenweise Liebe zu begraben.

Lyon war geschlossen wie eine Babyfaust und nahezu ausgestorben, nur über den eisigen Asphalt der Rue Victor Hugo schlenderten ein paar Müßiggänger. Ein nachweihnachtlicher Sonntag in der Provinz, wo das Wochenende noch etwas zu bedeuten hat. Genau das ist es, was ich an Paris liebe, dieser ständige Trubel, diese nie ruhende Innenstadt, selbst sonntags ist immer irgendwo etwas los. Als ich jünger war, hasste ich die Sonntage. Zu Hause sowieso, aber auch noch, als ich in einem Apartment an der Place Carnot wohnte, in der Nähe der Gare Perrache. Kunstgeschichte an der Universität, eine Zeit kultureller Ketzereien, in der ich unablässig soff und fröhlich alle Vormittage schwänzte; ich schwänzte auch so manchen Nachmittag und ging lieber ins Museum oder ins Kino. In jenem Jahr, 1996, konzentrierte ich mich darauf, das Leben zu genießen; nachdem ich endlich vom Land geflohen war, versuchte ich, mich mehr oder minder erfolgreich vom Mistkäfer zum Dandy zu wandeln: Harley-Stiefel, hautenges T-Shirt, sorgfältig in den Secondhandläden des Viertels Saint-Jean ausgesuchte Levi's 501. Es war die Glanzzeit der Techno-Discos, wir tanzten in Käfigen in verrauchten Kellern, in denen magische Pillen im Umlauf waren, eine Zeit, in der sich hin und wieder junge Mädchen mit Netzstrumpfhosen in mein Bett verirrten, in der ich als DJ in Plexiglaskugeln auf die Tanzfläche hinabschwebte, wir waren stolz und bunt wie Matadore. Dennoch gelangte ich bald zu der Überzeugung, dass ich meine Zeit verschwendete, zwar auf sehr angenehme Weise, aber doch verschwendete, also ging ich »rauf« nach Paris, um die Hochschule für Architektur in La Villette zu besuchen.

Paris war ein Schock; die vielen Viertel, schlagende Herzen, die sich als bunte Würfel stapelten, die magischen Brücken, die Lichter, Paris mit seiner in alle Richtungen ausgreifenden überwältigenden Schönheit, die Neonlichter, die üblen Viertel, die Stars und das Elend, all das war so weit von meinem Dorf entfernt – es kam mir vor, als flanierte ich durch ein Buch von Henry Miller. Trotz aller Verlockungen dieses neuen Lebens wurde ich zu einem Musterschüler, es war eine lange Zeit eifrigen Lernens, aufgelockert nur durch die Löckchen von Aude Casanova. – So einen Namen erfindet man nicht, ich an ihrer Stelle hätte jede Ehe vermieden, um diesen Familiennamen zu retten! – Ich schloss mein Studium ab und verließ zwar Aude, jedoch nicht Paris, mir war, als hätte ich endlich meine Heimat gefunden. Eine ziemlich unvollkommene, stressige und sündhaft teure Heimat, aber eine Heimat.

Jetzt streifte ich also durch Lyons Innenstadt und glich den Schaulustigen, die sich an der künstlichen Märchenwelt der städtischen Weihnachtsdekoration erfreuten: *Lasst uns nach dieser ganzen Völlerei noch einen Verdauungsspaziergang durch die Stadt machen!* Ich konnte mich nicht beklagen, das Wetter war außerordentlich schön, mit einem firnblauen, unwirklich klaren Himmel. Dennoch war ich melancholisch gestimmt, niedergeschlagen von dieser Jugend, die mir die eines anderen gewesen zu sein schien. Dein Tod, Cora, war für mich ein solcher Schlag, dass ich dabei meine Jugend verlor – die Person verlor, die ich *vorher* gewesen war. Ich war gealtert. Ich war ein Erwachsener, mit allem, was das bedeutet. So war es, ich akzeptierte es, doch mein Herz war beklommen in dieser Stadt, sie verkörperte die Sorglosigkeit, die ich als Neunzehnjähriger empfunden hatte. Ziellos lief ich über das Pflaster, das Geräusch meiner Absätze hallte zwischen den Monumenten, der Place Bellecour, dem Rathaus, der Oper. Der Tag ging zur Neige. Ich suchte nach einer Kneipe, in der ich ein Bier trinken und mir die Zeit bis zum Treffen vertreiben konnte. Es war kurz nach vier, ich musste noch fast zwei Stunden totschlagen. Ich war mit dem Bus gekommen, und der fuhr nicht so oft. Ich hätte Lise anrufen und bei ihr vorbeischauen können. Aber – diese berühmten unvernünftigen und so folgenreichen instinktiven Entscheidungen – ich hatte es vorgezogen, eine Runde zu laufen, um in Form zu kommen oder mir einfach eine Verschnaufpause zu gönnen. Als alleinerziehender Vater zweier Kinder und mit einem anstrengenden Job kam ich selten dazu. Und außerdem war ich wirklich in seltsamer Verfassung. Für mich war nicht nur der Himmel unwirklich – ich fühlte mich auch von der Welt abgekoppelt. Irgendwo war ein Faden gerissen, die Stadt rings um mich war nur noch Kulisse, die Passanten Schauspieler, und selbst die Gerüche – Gas, Essen, Fäkalien – schienen in Labors erzeugt und dann durch in den Bäumen versteckte kleine Diffusoren versprüht worden zu sein. Ich hatte den Eindruck, mich nicht gehen zu *fühlen*, sondern mich gehen zu *sehen*, als würde die Realität ringsum langsam zerbröckeln. In der Luft hing ein böser Wind mit einem eher bedrohlichen »Alles ist möglich«-Geruch: Attentat, Sintflut oder Invasion von Außerirdischen. Von solchen Eindrücken beängstigt, beschloss ich endlich, eine Kneipe in der Rue Sainte Catherine zu betreten.

Es war keine Augenblickssache.

Ich setzte mich auf einen der mit rotem Skai bezogenen Barhocker und betrachtete das grellgrüne Blinken der Heineken-Reklame. Die Barkeeperin drehte sich um und fragte mit ausdrucksloser, müder Stimme nach meinen Wünschen. Ich zeigte mit dem Daumen auf die Leuchtreklame. Sie lächelte und griff nach einem Glas. Und da erkannte ich sie. Das heißt, ich erkannte ihre Hände. Sie hatte ganz besondere, außerordentlich zarte Hände mit grazilen Gelenken und langen Pianistenfingern, die in natürlich mandelförmigen Nägeln mit majestätisch hohen Nagelhäuten endeten. Innen an ihrem rechten Handgelenk war ein ungewöhnliches Muttermal in Form eines Blitzes.

Sie war mir immer als »das Mädchen mit den Händen« in Erinnerung geblieben. Natürlich hatte ich ihren Vornamen völlig vergessen. Sie legte einen Bierdeckel auf das gelbliche Holz der Theke und stellte das Bier darauf.

»Wir kennen uns«, sagte ich.

Sie sah mich erstaunt an. Ich hatte noch eine vage Erinnerung an ihr Gesicht, ich hätte nicht sagen können, ob sie sich wenig oder sehr verändert hatte. Sie war etwa so alt wie ich, leicht zu raten, fünfunddreißig – und so sah sie auch aus. In ihren Augen, sie waren von warmem, changierendem Braun, lag eine Resignation, die mich an meine eigene erinnerte. Außer ihren Händen war nichts Besonderes an ihr, sie war, ähnlich wie Lise, weder hübsch noch hässlich, außer dass sie eine paradoxe, jähe und nüchterne Art von Sanftheit ausstrahlte. Die Neonreklamen über der Bar verzerrten die Farben und gaben ihrem Haar einen undefinierbaren Ton. In meiner Jugend war sie blond gewesen, sehr blond.

»Ach ja? Wenn Sie meinen.«

Sie wandte sich wieder ab, um Tassen unter die Kaffeemaschine zu stellen, unbekümmert um mich verrichtete sie ihre üblichen Handgriffe. Ich zerbrach mir den Kopf, um mich an ihren Vornamen zu erinnern, doch vergeblich. Sie war eins der Mädchen mit den Netzstrumpfhosen gewesen, eins der Mädchen, die ich als Neunzehnjähriger kannte. Ich hatte zwar die meisten von ihnen vergessen, doch diese Hände hatten sich mir ins Gedächtnis geprägt wie eine Tätowierung auf dem Rücken. Man sieht sie nie, es sei denn, man verrenkt sich vor dem Spiegel; man vergisst sie nahezu, bis man von jemand anderem daran erinnert wird: *Was hast du denn da auf dem Rücken, was bedeutet das?* Auch dieses Mädchen hatte auf dem Rücken, knapp über der Hüfte, ein winziges blau tätowiertes Sternchen, das wie eine Art Pendant zu dem Blitz auf ihrem Arm wirkte.

»Sie haben über dem Po einen kleinen Stern. Einen ganz kleinen Stern, man muss zweimal hinsehen, um sicher zu sein, dass es kein Schönheitsfleck ist.«

Sie runzelte die Stirn und knallte die Kaffees vor die drei Araber auf den Hockern neben meinem.

»Wer bist du?«

»Nathan. Ich heiße Nathan. Wir haben miteinander geschlafen … Vor sehr, sehr langer Zeit.«

»Du hast keinen großen Eindruck bei mir hinterlassen«, sagte sie mit freundlichem Spott, ihre Lippen zogen sich, wie von einem Faden gezogen, schräg nach rechts.

In diesem Augenblick begriff ich, dass sie hübsch war. Auf ihre Art hübsch. Ich verstand, was mir an ihr gefallen haben mochte, obwohl ich damals alles abschleppte, was einen ordentlich dimensionierten Arsch hatte und hinreichend betrunken war, um ohne allzu viele Fragen mitzukommen.

»Na, und? Wie geht's dir?«

Ich zuckte die Achseln. Mir war nicht ganz klar, ob sie mich aus Höflichkeit fragte oder ob es eine Herausforderung war. Eine angemessene Reaktion wäre etwas in der Art »Mir geht's gut, ich bin Innenarchitekt, ich lebe in Paris und bin über Weihnachten hier, und du, Miss, wie läuft's bei dir?« Aber ich antwortete etwas ganz anderes.

»Ich weiß nicht. Ich habe zwei Kinder, ihre Mutter ist gestorben. Ich tu, was ich kann.«

Ich spürte, dass sie einen Blick auf meine Hände warf, auf meinen Ringfinger, an dem noch der Kranz unserer Liebe glänzte. Ihre eigenen Hände waren völlig nackt.

»Nathan, sagst du?«

Sie sah mich mit gerunzelter Stirn an. Ihre Augenbrauen waren so blond, dass sie kaum da zu sein schienen. Zwei Typen an den Tischen hinten machten ihr schon seit einiger Zeit weit ausladende Zeichen. Einer von ihnen bellte, er wolle »dasselbe noch mal«. Als Antwort zeigte sie ihm den Mittelfinger, was ich seltsamerweise eher niedlich fand.

»Nathan. Das Factory … Du hast in Perrache gewohnt,

ja? Ein etwas ausgefallenes Apartment mit einem langen Gang?«

»Ja, genau.«

»Und du weißt nicht mehr, wie ich heiße, oder?«

Sie sagte es ohne Aggressivität, mit einem nur enttäuschten halben Lächeln – *ohne jeden Groll.* Ich schwieg.

»Claire. Ich heiße Claire. Ein so gewöhnlicher Name, dass ich es dir nicht verübeln kann.«

Claire. Natürlich. Ich hatte eine Novelle geschrieben, *Les mains claires*, Die leuchtenden Hände; damals schrieb ich viel.

»Ich freue mich, dich wiederzusehen, Claire.«

Die beiden Typen an den Tischen hinten fuchtelten immer noch mit ihren leeren Whiskygläsern herum. Sie seufzte und machte sich daran, ihre Wünsche zu erfüllen. Ich sah ihr zu, die langen Finger, die mit den Flaschen hantierten, Kühlschränke öffneten, Eiswürfel abbrachen. Es ist idiotisch, Cora, und ich bitte dich dafür um Verzeihung, aber ich dachte an etwas wie Schicksal. Warum hatte ich mir diese Kneipe ausgesucht und nicht eine andere? Warum hatte ich all diese Mädchen vergessen, nur nicht die »mains claires«, und jetzt stand ich vor ihr, genau an dem Tag, an dem meine Vergangenheit wieder vor mir auferstehen sollte, diese so tief vergrabene Vergangenheit, die nun durch Thomas Batailles Rückkehr wieder aus der Erde auftauchte wie der Arm eines Zombies in einem Horrorfilm. *Alles ist möglich* ... Eine Gruppe von Jugendlichen in bunten Klamotten kam herein, laut und angeberisch nahm sie den größten Tisch in Besitz. Claire ging ihrer Arbeit nach, ich trank mein Bier. Lange legte ich meine Handflächen um das Glas, um sie zu kühlen; es war kalt, selbst hier in der

Kneipe, aber ich hatte das Gefühl zu glühen. Ohne dass es mir bewusst gewesen wäre, begann die Schneeverwehung in meinem Innern zu tauen und löste eigenartige Bewegungen am Saum meines Magens aus. Am Tisch der Jugendlichen flüsterte ein dicklicher Junge mit quer sitzender Kappe einer Brünetten mit unnatürlich steifem Haar und einem The-Strokes-T-Shirt etwas ins Ohr, das Mädchen gluckste von Zeit zu Zeit. Meine Beklemmung wurde immer stärker. Mein Herz schlug zu schnell, ich hatte kalten Schweiß auf der Stirn und atmete mühsam. Ich wusste, worum es sich handelte, mein Gefühl des Abgekoppeltseins von der Realität hatte es angekündigt: eine Panikattacke. Nach deinem Tod hatte ich sie oft und so stark, dass der Arzt mir Xanax in hoher Dosis verschrieb. An manchen Tagen konnte ich nicht mehr von A nach B gelangen. Ich musste aus dem Bus aussteigen – die Metro nahm ich nicht mehr, man konnte sie nicht schnell genug verlassen –, weil unter meinem Solarplexus eine Angstkugel anschwoll, weil sich meine Beine verflüssigten und es in meinen Armen kribbelte, als beginne mein Blut zu kochen. Auch jetzt ließ mich mein Körper im Stich, ich musste raus, *Luft, Luft, Luft*. So etwas war mir schon jahrelang nicht mehr passiert. Ich wusste nicht, ob dieser Anfall etwas mit Claire zu tun hatte oder mit dem Treffen mit meinem Vater, mit meiner Wehmut, mit den Ereignissen im Haus – sicher hatte sich das alles so sehr kristallisiert, dass eine Art Verschmelzung begonnen hatte.

Hastig verließ ich die Kneipe, von derselben Verstörung angetrieben, die mich damals überstürzt aus dem Bus hatte aussteigen lassen. Draußen versuchte ich es mit der Bauchatmung, die mein Therapeut mir beigebracht hatte.

Es geht schon vorbei, es geht immer vorbei, das weißt du doch, erinnere dich, es geht immer vorbei; doch die Rue Sainte Catherine ist an sich schon geeignet, klaustrophobische Anfälle auszulösen, eng, gesäumt von heruntergekommenen hohen Gebäuden, darunter einer ganzen Reihe irischer Pubs mit aggressiven Leuchtreklamen – das steinige und übel beleumdete Gefilde kleiner Ganoven, Dealer oder einfach streitlustiger Jungs, die nur darauf warten, ihre Wut am nächsten Besten auszulassen. Langsam brach die Nacht an, es war wieder düster, der Himmel ein deprimierendes Konglomerat schwarzer Wolkenhaufen. Binnen einer halben Stunde hatte sich alles verändert, es war eine andere Welt, ein anderes Land. Ich konnte kaum atmen, ich ertrank im Stehen und konnte nur, wie durch einen Strohhalm, einen dünnen Strom schlechter Luft einsaugen. Am liebsten wäre ich weggelaufen, aber ich hatte mein Bier noch nicht bezahlt. Ich gehöre zu diesen Leuten, die anständig sind bis ins Mark. Schon der Gedanke ans Stehlen ist mir unerträglich, sicher wegen der Erinnerung an ein hässliches Kindheitserlebnis, als meine Mutter, völlig unbeabsichtigt, mit ihrem Einkaufswagen ein Paar Gymnastikschuhe vom Haken gerissen hatte. Als wir am Ausgang von Prisunic zu unserem Wagen gingen, wurden wir von einem Wachmann gestellt, der Grâce eine Diebin nannte und uns buchstäblich durch die Gänge zum Büro des Direktors schleifte; ich verstand nichts und heulte Rotz und Wasser, Maman war totenbleich und versuchte zu erklären, dass es sich um einen Irrtum handeln müsse, dass die Schuhe unbemerkt an dem Einkaufswagen hängen geblieben sein müssten, zumal die Schuhe doch auch niemandem passten. Dieses belanglose

Erlebnis hat mich stark geprägt, denn ich musste zusehen, wie meine Mutter gedemütigt wurde, und erfuhr mit meinen damals wohl sechs Jahren, was Ungerechtigkeit ist. Wenn ich diesen Wachmann, diesen verdammten Idioten, noch einmal zu Gesicht bekäme, würde ich ihm die Fresse einschlagen. Wie auch immer, ich musste unbedingt mein Bier bezahlen, aber es gelang mir nicht, mich zu beruhigen – überrollt vom Gefühl akuter Not, einem schwindelerregenden Gefühl des Abgrunds unter mir, einer aus dem Gleichgewicht geratenen Welt … Die Angst davor, das Bier nicht zu bezahlen, die Angst, noch größere Angst zu bekommen, sollte ich in die Bar zurückgehen … Ich war knapp vor einem Kreislaufkollaps, als Claire herauskam, um eine Zigarette zu rauchen.

»Ach, da bist du«, sagte sie und ließ ihr Feuerzeug schnappen, sodass die flackernde gelbe Flamme den Blitz an ihrem Handgelenk aufglühen ließ. »Ich dachte schon, du hättest mich um ein Bier geprellt.«

Sie war nicht mehr die Dame ohne Unterleib hinter der Theke, sie stand ganz vor mir, blonder Pagenschnitt, enge Jeans, Lackballerinas wie ein junges Mädchen, man sah ihre weiß leuchtenden Knöchel, die ebenso grazil waren wie ihre Handgelenke.

»Nein, tut mir schrecklich leid. Ich musste nur an die Luft, ich …« Ich begann, in meinen Taschen nach Geld zu wühlen, doch ich zitterte zu sehr und bekam den Reißverschluss der Innentasche nicht auf. Ich muss so erbärmlich ausgesehen haben, dass sie mir sanft die Hand auf den Arm legte, ihre wunderschöne blasse Hand auf meinen schwarzen Parka.

»Weißt du was, Nathan? Das geht auf meine Rechnung.«

»Nein, wieso denn … Es ist …«

»Lass doch. Ich lad dich ein. Ich hab den Fehlbetrag in der Kasse sowieso schon ausgeglichen.«

»Na schön, dann schulde ich dir eine Gegeneinladung. Ich bin morgen noch da, könnten wir nicht zusammen zu Abend essen? Ich meine, wenn du möchtest, wenn du nicht arbeiten musst.«

»Wozu?«

»Ich weiß nicht? Um uns zu unterhalten? Über die Vergangenheit zu reden, über uns?«

Sie sah mich unverwandt an, und da wusste ich, wie sehr sie vom Leben zerbrochen war, wie sehr die Männer sie verletzt hatten, darunter vielleicht auch ich, in dem tiefen Braun lag eine ungeheure Traurigkeit, vermischt mit unbeugsamer Härte – Claire war eine Mauer, sie war zu einer Mauer geworden, einer Barrikade. In meiner Erinnerung war sie frisch, lustig und voller Hoffnung. Aus der einzigen mit ihr verbrachten Nacht kamen mir einige wenige Details in Erinnerung. Sie studierte damals Kunst und zeigte mir einen Skizzenblock, den sie in ihrer Tasche hatte, Tuschezeichnungen von allen möglichen Ungeheuern. Auch ich zeichnete damals, und ich fand ihre Arbeiten ziemlich beeindruckend.

»Tut mir leid«, sagte ich jetzt, ohne recht zu wissen, warum.

»Mir auch«, antwortete sie. »Mir tut es auch leid.«

Sie schenkte mir ein Lächeln, ein Lächeln wie aus Porzellan, dann trat sie ihre kaum angerauchte Zigarette aus, wandte sich ab und verschwand in der Bar. Wegen der Ballerinas ging sie wie eine Tänzerin. Ich schloss ganz fest die Augen und öffnete sie dann wieder – der Anfall war vorüber. Ich spürte etwas wie Enttäuschung in mir aufsteigen. Claire hatte gerade Nein zu mir gesagt, und wenn es mir auch nicht so ganz bewusst war, Cora, zum ersten Mal seit deinem Tod wäre mir ein Ja lieber gewesen.

Ich machte mich also zum Treffen auf, mit gesenktem, aber ganz und gar realitätsverhaftetem Kopf.

Grâce Marie Bataille,
14. Juli 1981, Wohnzimmer,
1 Uhr 50 auf der großen Standuhr

Wir sind kurz zum Dorfball gegangen, um das Feuerwerk über der Kirche zu sehen. Es gab sogar eine musikalische Darbietung, Frédéric Fargeot spielte Akkordeon – und in was für einem Anzug, Thomas, dieser rosa Samtanzug, den er trug, unglaublich! Wir haben gelacht, wir haben ja so gelacht, wir haben getrunken und getanzt, und unter den Papierlampions in den Trikolore-Farben habe ich dem Himmel gedankt, dem Leben, ich habe Frankreich gedankt – du warst mir wiedergegeben! Ich habe dich so fest gepackt, Chéri, an den Schultern, den Armen, deinen Händen, du hast mich herumgeschwenkt und springen lassen, ich schloss die Augen und war wieder zwanzig, ich hatte dich gerade kennengelernt, ich kam vom Strand, in dem kanarigelben Kleid, das um einen herumwirbelte wie die Kleider, die Lise so gern mag. Wir redeten mit den Leuten, den Nachbarn, Édouard, den Chapelles, Estelle Fargeot, Pignon und den anderen, mir war egal, was sie sagten, aber von Zeit zu Zeit nahmst du mich bei der Taille, das hast du schon so lange nicht mehr getan, so natürlich und beiläufig, diese zärtlichen Gesten …

Und heute Abend denke ich: »Was war ich doch für ein Dummkopf, was für ein verdammter Dummkopf!« Sich wegen eines kleinen Mädchens derart verrückt zu machen!

Vielleicht haben wir die Trauer nun endlich überwunden. Vielleicht hat uns die Kleine im Grunde sogar dabei geholfen. Ihr überquellendes Leben hat das Leben zurückgerufen. Vielleicht war das Begehren, das du möglicherweise ihr gegenüber empfunden hast, der erste Schritt, die Reaktivierung eines verklemmten Mechanismus. Seltsam: Ich empfinde keinen Zorn mehr. Weder ihr noch dir gegenüber … Noch mir gegenüber.

Dieses Wüten gegen mich selbst, das sich in dem Nashorn auf meiner Brust manifestierte, harte graue Haut, gefährliche Zähne und Hörner, auch auf der Stirn.

Natürlich wäre mir am liebsten, sie käme nie zurück; man soll nichts übertreiben. Dennoch hat mein Denken jetzt eine andere Richtung. Es gelingt mir jetzt, Christina als Medikament zu betrachten, das anfangs bitter ist und dafür sorgt, dass es einem schlecht geht, dass man sich todkrank fühlt, doch einen schließlich heilt und rettet. Vielleicht waren die Zaubertränke, die ich ihr unterstellte, Liebestränke mit verzögerter Wirkung? Sollte ihr die Geschichte ihres Vaters, diese Geschichte unendlicher Loyalität am Ende den Glauben an die LIEBE geschenkt haben?

Dann hat sie uns unsere nicht gestohlen, sondern zurückgeschenkt.

In dieser milden Sommernacht empfinde ich es so, in der Luft liegt der Geruch nach frisch gemähtem Gras, herrliche Düfte wehen durchs Fenster herein – und dann dieses bestirnte Schwarz, das uns wie eine Schatulle vor der Welt beschützt.

Du lächelst im Schlaf.

Wirklich, über dein Gesicht marschiert wie eine Majorette ein Lächeln, ein Kinderlächeln, das ich schon so lange nicht mehr an dir gesehen habe – ein Lächeln, das nach Aurélien nicht mehr im Gebrauch war.

Auch du hast dich verjüngt – die Wunderwirkungen des Sex, ein Gratis-Lifting.

Dieses Mal bin ich nicht eifersüchtig. Ich bin nicht eifersüchtig auf deine Träume.

Übermorgen fliegen wir nach Barcelona. Ob wir es machen, dieses dritte Kind? Ob wir bereit dazu sind? Ich fühle mich bereit. Bereit, für einen höheren Zweck dick zu werden. Kinder werden so schnell groß … Ich habe Nathan gar nicht genossen. Ich konnte es nicht, ich konnte ihn nicht genießen.

Ich hatte die Gelassenheit vergessen. Manche Gefühle werden, wenn sie verloren gehen, zu Mythen. Man behält keine Spur davon, weder eine greifbare Erinnerung noch ein körperliches Gefühl. Und schließlich glaubt man, sie seien nur Wörter, nutzlose Sprachschöpfungen, substanzlos, Zeichen ohne Bezeichnetes. Manche Gefühle gibt es nur im Präsens. Doch wenn sie wieder auftauchen, taucht alles andere mit ihnen auf.

Gelassenheit … So schwer zu erlangen, so schwer zu bewahren.

Doch der Hauptmann hat wieder die Führung übernommen, Thomas. Die Gelassenheit hat die wieder auftauchen lassen, die ich bin, die du geliebt hast, die du liebst.

Denn heute Nacht hast du es gesagt: »Ich liebe dich.«

Du hast es gesagt.

Ja, die Liebe ist wie die Wettervorhersage. Immer irrt man sich.

Lise saß bereits im Grand Café und knetete, ein Glas Weißwein vor sich, nervös an einer Papierserviette herum.

Thomas Bataille kam mit neunundzwanzig Jahren Verspätung, doch meine Schwester und ich waren beide zu früh gekommen. Ich setzte mich ihr gegenüber. Ein Barkeeper steuerte sofort unseren Tisch an.

»Das Gleiche bitte.«

Der Barkeeper zog mit etwas hastigem Diensteifer wieder ab.

»Was ist übrigens das Gleiche«, erkundigte ich mich bei meiner Schwester, obwohl die Entscheidung ja schon gefallen war.

Sie zuckte mit den Schultern. »Wein interessiert mich nicht. Mich interessiert nur das Weintrinken.«

Lise und ich sahen uns einen Augenblick lang schweigend an. Wir fürchteten diese Begegnung, wir wussten nicht, was auf uns zukam, und diese Zweisamkeit, die nicht oft vorkam, machte uns befangen. Die großen vergoldeten Spiegel verdoppelten die – zumeist faltigen – Gesichter, die müden Körper und die schweren Vorhänge. Ich spürte, wie sich wieder die Angst in mir ballte, diese Rollen, die man spielen musste, gefälschte Kinderfiguren, Sohn und Tochter auf der Bühne eines kleinen Theaters in einem größeren Theater. Um mich von der Angst abzulenken, zog ich die zerrissene Polaroidaufnahme aus der Tasche und schob sie über den Tisch. Lise nahm sie und warf einen Blick darauf.

»Und? Worauf willst du hinaus mit diesem alten Zeug?«

»Das Mädchen … das man nicht sieht … Wer könnte das sein?«

»Das ist Christina«, sagte sie achselzuckend, als sei es das Natürlichste der Welt.

Sie trank einen Schluck Chardonnay; mein Chardonnay kam auch und wurde auf ein weißes Kreppdeckchen gestellt, eins wie das, das Lise in Fetzen geknetet hatte.

»Erinnerst du dich nicht an sie?«

Ich schüttelte den Kopf.

»Sie war ein Au-pair-Mädchen … Stimmt, du warst noch sehr klein. Sie war etwa ein Jahr lang bei uns, als Maman wieder anfing, im Grange-Blanche zu arbeiten. Eines schönen Tages ging Christina fort, und wir hörten nie wieder von ihr.«

Ich konnte mich an Élodie erinnern, eine Jugendliche aus dem Dorf, die Tochter eines Nachbarn, die ein wenig naiv war, aber unheimlich nett, sie hatte sich fast fünf Jahre um uns gekümmert, bevor sie heiratete und zu ihrem Mann in den Süden zog. Ich erinnerte mich auch an Marisa, eine Portugiesin mit frischen Farben und Hüften, rund wie ein Eichenfass – da war ich etwa zehn gewesen. Doch *Christina*, nein, der Name sagte mir absolut nichts.

»Du liebtest sie. Du hast sie die ganze Zeit gezeichnet. Schon damals konntest du gut zeichnen. Zu gut sogar, es war an der Grenze zum Wahnsinn, dieser Winzling, der zeichnete wie ein Erwachsener … Fast wie bei einem abgerichteten Affen – womit ich dir natürlich nicht zu nahe treten wollte!«

»Ach, weißt du, bei dir bin ich's gewohnt.«

Sie lächelte und schnipste mir leicht gegen die Wange. »Sie sah aus wie das Mädchen auf diesem Bild, *Das Mädchen mit dem Perlenohrring*. Weißt du, welches ich meine? Aber du warst gerade erst vier. Da ist es normal, dass du sie vergessen hast.«

»Und, mochtest du sie?«

Lise kratzte sich den Kopf, den Hinterkopf. Sie hatte ihr rotes Haar geflochten und zu einem Knoten aufgesteckt, eine bei ihr seltene Frisur, die sie jünger wirken ließ. Ansonsten war sie gekleidet wie immer, wenn sie elegant sein wollte, dunkelblaue Levi's, Bluse mit Blumenmuster und schwarzer Blazer. Kein seltsames rotes Seidenkleid, Lise blieb Lise, das Hengstfohlen.

»Anfangs schon, glaube ich. Sie war wunderhübsch, wie aus einem Bilderbuch entsprungen. Sie kam aus Osteuropa und hatte einen witzigen Akzent. Aber dann spürte ich, dass Maman sie nicht mochte.«

»Und du hast dich auf Mamans Seite gestellt.«

Lise trank noch einen Schluck Wein, um mir zu zeigen, dass sie den Seitenhieb nicht beachten würde. Meine Schwester stand immer auf Mamans Seite, ihr einziger Streitpunkt war das Haus, Lise fand es zu groß und zu mühsam für Maman, dieses Haus, das ein kleines Vermögen wert war und das Maman nicht verkaufen wollte, obwohl ihr Lise schon seit Jahren heftig zuredete. Geld war für meine Schwester immer schon ein Problem gewesen, um nicht zu sagen: eine Besessenheit.

»Steck das Foto weg«, sagte sie plötzlich und schob es mir zu.

Ich gehorchte und wandte mich dann mit klopfendem Herzen um. Ein Mann war durch die Schwingtüren getreten, ich erkannte ihn nicht, Lise hingegen wusste gleich, wer er war. Sie hob den Arm und gab ihm ein Zeichen. In der gedämpften Atmosphäre des Grand Café kam der Mann auf uns zu. Die Welt um uns herum schien sich zu verlangsamen. Auch das Stimmengewirr wurde gedämpfter, als trüge ich plötzlich Ohrstöpsel. Als er bei unserem Tisch ankam, stand Lise auf, als wäre sie eine Schülerin oder die Angeklagte in einem Prozess. Ich nicht. Ich weiß nicht genau, was ich empfand, aber sicher nicht den Wunsch, aufzustehen und diesen Mann, der uns verlassen hatte, angemessen zu empfangen.

»Lise …«, murmelte er – und beim Klang seiner Stimme, der berühmten tiefen und sonoren Stimme, riss meine frühe Kindheit auf wie eine schlecht vernähte Wunde.

Meine Schwester antwortete nicht. Thomas wusste sichtlich nicht, was er tun sollte, und bückte sich schließlich, um ihr ein Küsschen auf die Wange zu geben. Dieses Küsschen erschien mir obszön. An dem Zittern, das über den Rücken meiner Schwester lief, sah ich, dass auch sie schockiert war. Thomas wandte sich mir zu, ich saß immer noch, und seine hohe Gestalt ragte vor mir auf wie in meiner Erinnerung, als der Kronleuchter hinter ihm ein warmes Kaminfeuerlicht ausstrahlte.

»Nath.«

Er streckte mir die Hand hin, ich ergriff sie nicht. Ich hatte nicht beschlossen, mich so zu verhalten, es war keine Provokation, ich konnte es ganz einfach nicht. Mein Körper weigerte sich zu gehorchen, diese Geste auszuführen. Die Hand meines Vaters – denn das war er, *mein Vater* – fiel sanft gegen den dicken Tweed seines Mantels. Lise setzte sich wieder. Er tat es ihr nach und nahm links neben mir Platz.

So saßen wir drei an einem Sonntag, dem 26. Dezember, im Grand Café, drei Fragmente einer zerbrochenen Familie, zunächst steif wie Porzellanhunde, um uns zu beobachten und einzuschätzen – all diese Gedanken, die uns wahrscheinlich durch den Kopf schossen, Geräusche, Stimmen, Bilder, ein innerer Radau. Ich fühlte mich versteinert wie eine Putzschicht, die gerade abbindet. Meine Schwester schien wieder zu der Elfjährigen zu werden, die von ihrem Vater verlassen wurde, diesem Vater, den sie – Lise hat es immer und zu jedem gesagt, nur nicht zu unserer Mutter – vergöttert hatte.

»Ihr seid ziemlich groß geworden«, murmelte er schließlich.

So was aber auch, du Blödmann.

Der Barkeeper kam, und jetzt war es Thomas Bataille, der sagte: »Das Gleiche, bitte.«

Vater und Sohn im Echo. Wir haben jetzt ähnliche Stimmen, meine Schwester sollte mich später darauf hinweisen. Ich selbst brachte kein Wort heraus. Ich konnte mir nicht vorstellen, ihn zu duzen, aber ihn zu siezen wäre zu abstrus gewesen. Also sagte ich nichts und ließ Lise machen, Lise, das Großmaul, die jetzt nur noch ein erschrockenes kleines Mädchen war.

»Also äh … Was treibst … Ich meine, wie geht's dir?«

»Es geht, Lise. Danke, ganz gut. Und du? Was treibst du? Was ist aus dir geworden, außer einer schönen jungen Frau?«

Sie errötete und senkte den Blick, um die Papierservietten in noch mehr Stückchen zu zerrupfen.

»Ganz gut. Ich arbeite in den Galeries Lafayette. Kennst du die Filiale am Bahnhof?«

Thomas nickte, ein Schwingen seines dichten grauen Schopfs, der glänzte wie Zink. Mir kam ein dummer, lächerlicher Gedanke, ich dachte, ich würde nie kahl werden, weil Kahlköpfigkeit häufig genetisch bedingt ist. Er war noch schön und schlank, geradezu mager. Er war fast siebzig und sah auch nicht jünger aus, aber er war unbestreitbar noch schön, das glatt rasierte, bewegliche Gesicht mit den intensiven, lebendigen Augen in einem Braun, das ins Grünliche spielte – diesen Augen, die Colins und meinen Augen gleichen. Dennoch hatte ich große Mühe, ihn zu erkennen. Wenn sich nicht in alten, eselsohrigen Alben ein paar Fotos über die Zeit gerettet hätten, hätte ich ihm auf der Straße begegnen können, ohne mich auch nur nach ihm umzudrehen.

»Gefällt es dir da? Es ist sicher anstrengend, ich kenne ja den Handel …«

»Ich krieg lauter Gratis-Parfüms!«

Lise biss sich auf die Lippe, als ihr klar wurde, was sie gerade gesagt hatte; es war ihr einfach herausgerutscht, sie hatte es nicht aufhalten können. Dadurch wirkte sie noch kindlicher, als hätte sie erklärt: »In der Bäckerei krieg ich Gratis-Bonbons!«

Doch Thomas lächelte, es war ein offenes, belustigtes Lächeln. »Nicht schlecht! Du riechst übrigens auch sehr gut.«

Jetzt wurde sie knallrot, im Ausschnitt ihrer Bluse wurde eine Wolke kleiner roter Flecken sichtbar.

Er betrachtete sie einen Augenblick lang und bemerkte dann: »Du siehst deiner Mutter unglaublich ähnlich.«

Sein Ton war neutral und emotionslos. Obwohl es wahrscheinlich als Kompliment gemeint gewesen war, fühlte sich Lise gekränkt. Sie starrte auf den Stiel ihres Weinglases, als liefe dort ein spannender Film.

Thomas wandte sich mir zu. »Nathan … Du dürftest nach all der Zeit gar nicht mehr wissen, wer ich bin.«

Idiot. Idiot. Idiot. Der hat wirklich Nerven, fand ich.

»Ich habe dich vier Jahre lang gekannt«, gab ich zurück. »Genauso lang wie meine Frau. Zeit ist etwas sehr Relatives. Manche Jahre zählen mehr als andere.«

Sein Wein kam. Er betrachtete ihn, ohne ihn anzurühren, er hatte beide Hände zwischen die Oberschenkel geklemmt, sie steckten in einem Gefängnis aus marineblauem Cord. Der Barkeeper stellte ein Schälchen mit schwarzen Oliven zwischen uns und legte einen kleinen Stapel Servietten dazu. Ich war ihm dafür dankbar, wegen Lise und ihrer Konfettiproduktion. Sie nahm sofort eine zwischen Daumen und Zeigefinger und machte sich daran, ihr dieselbe Behandlung zuteilwerden zu lassen wie dem Deckchen unter dem Glas.

»Es freut mich, dass du verheiratet bist.«

»Ich bin Witwer.«

Thomas' rechte Hand wurde plötzlich unruhig – dabei hatte er bislang so ruhig gewirkt –, befreite sich und griff nach dem Glas. Er hob es an, betrachtete den Wein und roch dann an ihm. Er roch ungewöhnlich lange daran, als wäre er abwesend.

Ich warf einen Blick auf meine Schwester: Sie sah durch das Fenster, auch sie war abwesend, und ihre Finger krallten sich in ein Stück Serviette. *Wir sind wie diese Serviette*, dachte ich, *zerrissen*, sie von Trauer, ich von Zorn.

»Tut mir sehr leid«, flüsterte er schließlich.

»Nicht so sehr wie mir. Und was mich angeht, ich bin ein guter Vater. Damit du es weißt, du hast zwei Enkelkinder.«

Ich war aggressiv, zu aggressiv, und Lise kehrte zu uns zurück, um mir einen bösen Blick zuzuwerfen, als wollte sie sagen: »Bitte Nathan, nicht so, mach nicht alles kaputt.«

»Tatsächlich? Jungen oder Mädchen?«

»Von jedem eins, zweieiige Zwillinge.«

Thomas wurde bleich. Sein Teint passte jetzt genau zum Wein, fahles Weiß.

»Soline und Colin«, mischte sich Lise ein, sie schien die Zügel wieder in die Hand zu nehmen, wieder existieren zu wollen. »Sie sind sechs. Fast jedenfalls, in einigen Wochen haben sie Geburtstag. Sie sind sehr niedlich. Und sehr witzig.«

»Das freut mich«, murmelte unser Vater. »Ich bin wirklich froh, dass sich die Geschichte nicht wiederholt hat.«

»Geschichte?«, fragte ich und runzelte die Stirn.

Er wurde noch blasser und leerte sein Glas in einem Zug. »Und du, Lise? Du trägst keinen Ring, aber vielleicht hast du einen Freund?«

»Ich hab nicht viel Glück mit den Männern …«

»Welche Geschichte?!«

Thomas sah sich um, als suche er nach einem Fluchtweg. Und meine Schwester – ihre Augen schienen aus Stahl, als nähme ich ihr ihren Platz weg, ihre Redezeit. Das Grand Café des Négociants … der Händler … Was für ein Witz!

Wir waren weder Seiden- noch Diamantenhändler, aber die Verhandlungen hatten gerade begonnen.

»Nichts, Nathan. Es ist nichts. Ich habe mich geirrt.«

Aber er konnte sich nicht rausreden, und er wusste es. Lise hätte ihre Seele verkauft für eine Zigarette – da war ich sicher, denn mir ging es genauso, trotz der jahrelangen Abstinenz. Schweigen. Ein klebriges, mit Negativität aufgeladenes Schweigen, ähnlich dem, das in unserem Haus auf die Ankündigung seiner Rückkehr gefolgt war.

»Ich dachte, du wüsstest inzwischen ... Ich dachte, man hätte es dir gesagt.«

»Aber was, zum Teufel? Wozu bist du gekommen, wenn nicht, um uns Antworten zu geben?«

Ich spürte, wie mein Zorn mich überschwemmte. Am liebsten hätte ich ihn geschlagen, ihm eine gewaltige Ohrfeige aus Rache gegeben, die ihm genauso wehgetan hätte, wie uns sein Verschwinden wehgetan hatte. Er spürte es, denn nach einem kurzen Zurückweichen überwand er sich zum Sprechen. Seine Stimme war ruhig, sein Ton gemessen, als er mir eine Tatsache mitteilte, die meine gesamte Identität infrage stellte.

»Du hättest einen Bruder haben sollen. Der war ebenfalls ein zweieiiger Zwilling, aber ein Junge. Du musst wissen, dass das Kind längst vor der Geburt tot war. Dein Bruder hat nie wirklich gelebt. Aber da auch du Zwillinge bekommen hast, dachte ich, deine Mutter hätte es dir endlich gesagt.«

In meinem Kopf gab es einen großen, hellen, starken Blitz. *Ich hätte nicht allein sein sollen.* Dieses Gefühl, das Gefühl von Verlust und Verlassensein, bekam plötzlich einen Sinn. *Zutiefst allein und immer beobachtet.* Ich war zu zweit. Ich hätte zu zweit sein sollen. Und du hattest recht, Cora: Dass du Zwillinge erwartetest, war vielleicht meine Schuld, zumindest teilweise. Schwer zu beschreiben, was ich empfand, es fehlen die Worte, die mit einem Mal so schwach sind. Was vorherrschte, war vor allem Erleichterung, glaube ich. Ich hatte mit etwas Unbenennbarem gelebt, und dieses Etwas war nun benannt.

»Verzeih, Nathan. Ich dachte, du wüsstest es.«

»Nein, ich wusste es nicht. Bist du deshalb weggegangen? Hat das tote Baby euch auseinandergebracht?«

»Ja, es hat uns auseinandergebracht. Danach war eure Mutter anders. Sie war seltsam geworden, unruhig. Auch bösartig. Und wir brachten es nicht fertig, von ihm zu sprechen … von Aurélien …«

Aurélien. *Aurélien und Nathan. Nathan und Aurélien.*

Lise blickte von ihm zu mir, von mir zu ihm, wie ein verirrter Schmetterling, Vater und Bruder ihr gegenüber, zwei abwesende, fremde Männer. Ihr Gesicht hatte sich deutlich verhärtet, das Hengstfohlen war zurück. Da fragte ich mich, ob sie es wusste. Ob sie es immer gewusst hatte. Immerhin war sie damals fast sieben gewesen. Doch ihre Reaktion ließ mich das Gegenteil vermuten.

»Und ihr hättet das nicht überwinden können?«, fauchte sie, jetzt selbst aggressiv. »Du hast ein Kind verloren, also hast du die beiden anderen im Stich gelassen? Findest du das logisch? Sag mir, findest du, das ist ein logisches Verhalten?«

Er schüttelte den Kopf und senkte ihn.

Alter Mann, dachte ich. *Du bist nur ein armer alter Mann, Thomas Bataille.*

Er trank einen Schluck und ließ dann den Wein kreisend innen an der Glaswölbung hinabrinnen. Seine Hand zitterte. »Ich bin nicht Auréliens wegen gegangen. Nicht nur. Jedenfalls bin ich nicht euretwegen gegangen. Im Gegenteil, euch zu verlassen war das Schwierigste … Ich bin gegangen, weil ich gehen musste. Weil es für mich keine andere Lösung gab.«

»Aha, und warum?«, fragte Lise, nachdem sie ihr Glas in einem Zug geleert hatte, als eine Art alkoholischer Rache. »Aus welchem ›höheren‹ Grund kann man seine Kinder im Stich lassen?«

Thomas' Blick wurde eisig. Sein tadellos rasiertes Kinn begann zu zittern, als hätte man ihn eines Verbrechens bezichtigt, das er nicht begangen hatte.

»Ich habe euch nicht im Stich gelassen. Ich habe eurer Mutter Geld geschickt. Jeden Monat, bis ihr volljährig wart. Ich habe ihr geholfen …«

»Hmm. Überweisungen auf ihr Konto, damit man nie wusste, wo du warst!«

»Geld ersetzt gar nichts. Wenn du das in deinem Alter noch nicht begriffen hast, ist das wirklich schlimm.«

»Ich weiß, ich weiß …«

Thomas nickte mehrmals verlegen. Er erinnerte mich an die Wackeldackel in den Rückfenstern der Autos.

»Eigentlich«, sagte er sanft, »muss ich euch erst erklären, warum ich zurückgekommen bin, um euch zu erklären, warum ich gegangen bin.«

DIE große Frage. Jetzt waren wir bei ihr angelangt.

Lise rief den Barkeeper und bestellte eine Flasche Wein, die Gläser würden sicher nicht reichen.

Grâce Marie Bataille
(was von ihr übrig ist),
21. Juli 1981, Schlafzimmer,
1 Uhr 02 auf dem Radiowecker

Über Barcelona kann ich nichts sagen, wir waren nicht dort – beruflicher Notfall. Wir fliegen nicht nach Spanien, du bist in Schanghai, »eine neue Zweigstelle, das ist höhere Gewalt«. An unserem Hochzeitstag erzählst du irgendwelchen Schlitzaugen was von Schnellkochtöpfen.

Bin nicht auch ich ein Fall von höherer Gewalt?

Nein, offensichtlich nicht.

Sehr bald wird mein Leben keinen Sinn mehr haben.

Ich schließe die Augen und stelle mir Barcelona bei Nacht vor, wie man es aus dem Flugzeug sieht. Dieses Erlebnis hatte mich sehr beeindruckt. Ich saß am Fenster und drückte mir lange die Nase an der Scheibe platt, ich staunte über das, was ich unten sah, die Lichter dieser ungeheuer gradlinigen Stadt, die von oben gesehen einem Mikroprozessor ähnelt. Riesige schwarze Rechtecke, gezeichnet mit Lichtstreifen, alle möglichen geometrischen Formen, eine verrückte, herrliche Topografie, in der sich mein Blick in einem Wirbel aus Orange verlor. Ich hatte versucht, die Bedeutung der einzelnen Lichter zu erraten. Ein Garten? Ein Schwimmbad? Eine Straße? Eine Stadtautobahn? Haus, Wohnblock, Hochhaus? All diese methodischen kleinen Brände erschienen mir nicht zu entziffern, waren für mich genauso unverständlich wie ein integrierter Schaltkreis. Je mehr sich die Stadt entfernte, je mehr Höhe wir gewannen, desto schwärzer wurde es; bald war hinter dem Fenster nur noch Dunkelheit. Du saßest neben mir und hattest dir inzwischen einen Whisky bestellt, und das hatte ich nicht einmal bemerkt.

So fühle ich mich. Wie Barcelona bei Nacht, aus dem Flugzeug gesehen. Als würde sich mein Leben mit einem mörderischen Lächeln auf dem Gesicht langsam hinter mir entfernen und dabei immer undeutlicher werden.

Die Kinder kommen erst am Freitag aus der Ferienkolonie zurück. Du am Montag darauf. Die Kleine einige Tage danach. Ich fühle mich bestohlen. Leer, ausgeraubt.

Ich knipse alle Lampen an, doch die Dunkelheit verschwindet nur zögernd. Das Haus macht mir zum ersten Mal Angst. Alles knackt und zerspringt, ein im Haus gefangener Unwetterstreif. Ich beginne, von innen her Risse zu bekommen. Ich biege und breche.

Ich bin ein Pulverfass, aber ich weiß noch nicht, wo ich explodieren werde.

In einigen Tagen wird Prinz Charles Lady Diana heiraten. Das Glück der anderen stößt mich ab, ich schalte den Fernseher nicht mehr ein. Ich lebe in der Stille, meistens liege ich – *Schlaf, du wunderbarer Abgrund!* Nichts mehr verstehen und suchen müssen, nichts mehr drehen und wenden wie Stücke aus Schlamm. Nicht mehr da sein. Angehalten sein. Geköpft.

Ein Liedchen geht mir ständig durch den Kopf:

»Gäb's mich nicht mehr, dann gäb's dich nicht mehr,
und all unser Kummer ginge mit uns ins Nichts.«

Ich nehme die Tabletten eine nach der anderen, wie unsere Kinder diese bunten Bonbons in den Mund stecken, die sie als Ketten an ihren glatten Hälsen tragen.

Gäb's mich nicht mehr, gäb's mich nicht mehr, gäb's mich nicht mehr …

Ich habe den Arzneischrank in der Klinik ausgeräumt.

Lise probierte den Wein, nickte dem Kellner zu und sah dann unseren Vater entschlossen an.

»Stirbst du?«

»Nein, nur mein Gedächtnis hat angefangen zu sterben.«

»Das heißt?«

»Bei mir wurde gerade Alzheimer festgestellt. Ich werde euch bald vergessen haben. Und ich werde auch sie vergessen.«

»Maman?«

»Ja, allerdings, auch eure Mutter. Ich werde alles vergessen und danach wirklich sterben. Aber ich spreche nicht von ihr, Lizzie. Ich spreche von Christina.«

Meine Schwester zuckte bei dem Kosenamen »Lizzie«. Wahrscheinlich hatte nur er sie je so genannt. Ich hingegen zuckte bei »Christina«, ...*tina*, ich hörte gar nicht mehr auf zu zucken. Dieses Mädchen hatte offensichtlich unser Leben zerstört, trotzdem war rein gar nichts von ihr bei mir zurückgeblieben.

»Erinnert ihr euch an sie?«

Lise nickte, ich sah auf den Wein in meinem Glas. Unter dem Tisch hatte mein rechtes Bein zu zittern begonnen, ich konnte die Bewegung nicht unterdrücken.

»Du warst noch zu jung, Nathan. Aber du, Lise!«, murmelte Thomas. »Lise, dein Haar … Warum hast du ihm das angetan?«

»Vor einigen Tagen hatte ich Lust auf ein anderes Aussehen. Weich jetzt nicht auf ein anderes Thema aus.«

Unser Vater sank auf seinem Stuhl zusammen, er wirkte ausgezehrter, sein Rücken krümmte sich unmerklich. Er rieb sich die Schläfe und setzte ein missglücktes mechanisches Lächeln auf.

»Ich bin hierhergekommen, wie man sich auf … eine Pilgerreise begibt. Euretwegen und ihretwegen. Mein Fortgehen hing mit ihrem zusammen, und bevor ich alles vergesse, musste ich euch sehen. Euch erklären, warum ich verschwunden bin, bevor ich auf andere Weise verschwinde. Anscheinend ist Alzheimer eine Art Blätterteig aus Eis. Das Gedächtnis schmilzt in Schichten … Schicht für Schicht lösen sich die Erinnerungen auf, von den jüngsten bis zu den ältesten … Was vor dreißig Jahren geschehen ist, ist mir lebendiger im Gedächtnis als das, was gestern geschehen ist. Und das ist genau das Problem … Ich wollte, dass sich jemand an sie erinnert, weil ich mich bald an gar nichts mehr erinnern kann.«

»Ich versteh kein Wort von dem, was du da erzählst«, sagte ich schneidend. Es verletzte mich, dass er aus anderen Gründen als um unseretwillen zurückgekommen war.

In Wahrheit begann ich zu verstehen. Die Erinnerung vibrierte über mir wie ein gespanntes Seil – doch ich war nicht bereit, den Ton zu hören, der dabei entstand.

»Ich war verliebt. Ich habe mich in sie verliebt, Hals über Kopf. Eure Mutter war eine Gefährtin, aber Christina, Christina war die Frau meines Lebens.«

Ich dachte, meine Schwester würde ersticken.

»Die *Frau* deines Lebens?! Sie war ja noch fast eine Jugendliche!«

»Ich weiß, Lise. Ich kam nicht dagegen an. Was zwischen uns passierte, war wie eine Naturkatastrophe. Ein … ein …«

Er suchte nach dem Wort und fand es nicht. Ein leicht panischer Ausdruck glitt über sein Gesicht, er trank einen Schluck Wein. Wir warteten schweigend.

»Ein Erdbeben! Christina und ich, das war ein Erdbeben. Es wird hart, was ich jetzt sage, verzeiht mir, oder verzeiht mir auch nicht, das hat keine Bedeutung mehr. Es fällt mir schwer, es zuzugeben, aber ich bereue nichts. Ich habe euer Leben zerstört, das eurer Mutter … Darauf bin ich nicht stolz, im Gegenteil. Schon damals sah ich in den Spiegel und fragte mich: ›Wer bist du?! Was ist aus dir geworden, dass du so etwas tun kannst?‹ Ob mit Recht oder nicht, ich habe mich immer als anständigen Menschen betrachtet, jemanden mit Prinzipien und Werten … Alles Käse. Ich hasste mich, aber ich konnte nichts dagegen tun. Kein Umstand hätte mich anders handeln lassen, wie hoch immer der Preis gewesen wäre. Ich könnte euch anlügen, aber ich schulde euch wenigstens das, die Wahrheit: Ich fühle keine Reue. Wenn ich wieder vor der Entscheidung stünde, würde ich es wieder tun.«

Seine Augen waren rot, als würde er gleich zu weinen anfangen. Ich suchte in den Tiefen meines Gedächtnisses nach diesem Mädchen, und da erschien plötzlich das Bild aus meinem Traum, das wunderschöne junge Mädchen mit dem kahl geschorenen Schädel. Dieses Bild durchschlug meinen Kopf wie eine Kugel, es war wie eine fragmentarische Explosion.

»Ich habe dagegen angekämpft, müsst ihr wissen … Monatelang. Auch Christina kämpfte, doch dieser Kampf war von vornherein verloren. Ich weiß nicht, ob ihr eine solche Liebe erlebt habt … Ich wünsche es euch wirklich. Ohne das ist es ein Leben nicht wert, gelebt worden zu sein. Es ist idiotisch … Ich weiß, ich rede wie ein alter Idiot, und ihr habt allen Grund, mich zu hassen. Es ist ja ohnehin zu spät. Bald werde ich gar nicht mehr reden, ich werde mich überall vergessen wie ein krepierender Köter. Ihr werdet eure Rache haben … Es ist nur eine Frage der Zeit.«

Thomas suchte in seiner Manteltasche und zog dann einen Umschlag heraus. Er drückte ihn so lange an sich, dass wir Grund zur Eifersucht gehabt hätten. Das Papier war an den Rändern vergilbt, es war Zeuge einer vergangenen Ära, einer überholten Zeit.

»Wir hatten ein Versteck. Sie und ich, wir hatten ein Versteck … Unter dem runden Fenster auf dem Speicher gibt es – oder gab es zumindest damals – einen schlecht eingemörtelten Stein. Es war leicht, ihn herauszuziehen und wieder einzusetzen. Christina hatte ihn eines Tages beim Aufräumen entdeckt. Du hast recht, Lise, in gewisser Hinsicht war sie noch ein Kind … Und wie ein Kind fand sie das witzig. Sie fing an, Kleinigkeiten darin zu verstecken, ein Armband, ein Foto ihrer Eltern, die Briefe ihrer Mutter … Sie hatte Heimweh. Sie nannte dieses Versteck den ›Babytempel‹. Als unsere Liebesgeschichte begann, im Sommer 1981, machten wir ein Spiel daraus, uns gegenseitig etwas ins Versteck zu legen, Symbole, kleine Zettel, manchmal eine Blume, derlei Unsinn eben … Wie soll ich es euch sagen. Mit ihr war ich jung. Glücklich, schön, frei und unbeschwert. Seit deiner Geburt, Nathan, war das

Leben mit Grâce wirklich schwierig. Schon vor Christina hatte ich daran gedacht fortzugehen. Aber ich war feige, ich hatte nicht den Mut. Und dann gab es da noch euch, glaubt es oder auch nicht, aber ich liebte euch … Kurz vor Weihnachten desselben Jahres war ich beruflich unterwegs. Ihr erinnert euch sicher, ich war oft unterwegs. Als ich zurückkam, war Christina nicht mehr da. In Luft aufgelöst. All ihre Sachen waren verschwunden. Es war so plötzlich, so überraschend! Grâce sagte mir nur, sie habe beschlossen fortzugehen, ohne zu sagen, warum oder wohin. Zuerst dachte ich, es sei ihr etwas zugestoßen … doch in unserem Versteck, diesem Versteck, das nur wir kannten, lag ein Brief. Da begriff ich, dass es so war. Sie war fortgegangen, sie hatte mich verlassen. Die Ereignisse, die sich damals in Polen abspielten, hatten sie vielleicht dazu bewogen, zu ihren Angehörigen zurückzukehren … Aber nachdem sie fort war, wusste ich nicht mehr, wie ich leben sollte.«

Er unterbrach sich. Er schien nach der besten Formulierung zu suchen, den Worten, die dem Ausmaß seines Leids entsprachen – aber sein Leid war mir ziemlich schnuppe.

»Ja«, murmelte er. »Genau das ist es. Ich hatte die Bedienungsanleitung für das Leben verloren.«

Bei diesen Worten legte unser Vater den Brief auf den Tisch. Weder Lise noch ich wagten, ihn zu berühren, wir waren wie gelähmt und ohne Worte – unser Leben verpfuscht wegen einer Lolita … Unser Vater nur eine billige Version von Humbert Humbert! Lächerlich! Gemein und lächerlich! Ich kochte vor Wut. Mein Bein zitterte unter dem Tisch so stark, dass ich mit beiden Händen meinen Oberschenkel umfasste, um es zu dämpfen. Nach einem Augenblick nahm meine Schwester den Briefumschlag. Sie öffnete ihn vorsichtig und zog das zweimal gefaltete Blatt heraus. Schweigend las sie den Brief, sah dann erst Thomas und anschließend mich an. Danach senkten sich ihre grauen Augen wieder auf den Brief, der mit der Maschine auf beiges, körniges Papier getippt war, das mich an die Leinenwäsche auf meinem Bett erinnerte, auf dem Bett in unserem Haus.

Dann las sie den Brief noch einmal, diesmal laut, mit einer brüchigen Stimme, die nicht ihre zu sein schien.

Thomas.

Ich kann das nicht mehr tun, was wir tun, denn es ist schlecht. Grâce meint, ich sei eine Hexe, aber du weißt, das stimmt nicht. Ich bin ein guter Mensch.

Es ist unerträglich für mich weiterzumachen. Mein Vater wäre unglücklich über das, was ich tue.

Ich verrate meine Toten.

Ich gehe fort. Es macht mich traurig, die Kinder zu verlassen, aber ich muss in mein Land zurückkehren. Euch in Ruhe lassen.

Du liebst deine Familie mehr, als du mich liebst.

Du wirst erkennen, dass ich recht habe.

Die Familie ist das Schönste und Größte auf der Welt.

Ich muss zu meiner zurück. Eines Tages vielleicht selbst eine gründen.

Du bist zu alt für mich. Du und ich, wir wussten, dass es nicht möglich ist.

Mach dir keine Sorgen, es geht mir gut, ich tue das Richtige für uns alle, das Wichtige.

Versuch nicht, mich wiederzusehen. Ich flehe dich an, lass mich gehen, mit leichtem Herz.

Danke für das Glück.

Christina

Grâce Marie Bataille,
16. August 1981, La Royale, Plastiktisch,
15 Uhr 34 auf der Uhr der Snackbar

Ich denke an diesen Bericht, der vor etwa zwei Monaten in der Zeitung stand. Der Titel lautete: »Issei Sagawa, die Geständnisse des japanischen Kannibalen.« Dieser Mann, ein Japaner, hat eine seiner Freundinnen getötet, eine holländische Studentin. Er zerlegte sie, packte den größten Teil ihrer Leiche in zwei Koffer und entsorgte diese im Bois de Boulogne, ein paar gute Stücke allerdings hatte er in den Kühlschrank gelegt. Und schließlich aß er ihr Fleisch. Als einzige Erklärung gab er an, er habe *immer schon davon geträumt, ein junges Mädchen zu essen*.

Ein Stückchen weiter unten sehe ich euch am Strand. Du läufst einem Ball hinterher, die Kleine rennt dir nach, die Kinder im Gefolge. Ihr seht aus wie eine Werbung für den Club Méditerranée.

Aber du, Thomas Bataille, du erinnerst mich an diesen Mann, Herrn Sagawa, den japanischen Kannibalen.

Ich bestehe einzig aus Zorn.

Mein Blut ist Magma, mein Atem Schwefel, mein Bauch ein Krater. Das Pulverfass explodiert, mein Vulkan bricht aus.

Ich möchte nur noch, dass dieses Gefühl aufhört.

Heute Nacht bin ich die Düne hinuntergerannt. Einfach so, im Nachthemd, ich bin aufgestanden, aus dem Häuschen gegangen und die Düne hinuntergerannt. Es musste aufhören, verstehst du das? Ich hätte alles dafür getan, es musste unbedingt aufhören. Durch ein gebieterisches Dunkel, nur der Vollmond schien blass und kalt, rannte ich zum Ozean. Ich fiel mehrmals auf dem wegrutschenden Sand, stand wieder auf und rannte weiter. Ich weinte nicht, nein, ich weine nicht mehr, damit ist Schluss, in Vulkanen gibt es kein Wasser. Ich bin verwüstet, anders kann man es nicht nennen, dieses Wort kommt mir unablässig in den Sinn, Tag und Nacht: *Verwüstung*.

Endlich kam ich bei den Wellen an. Ich ging schnurstracks hinein, ohne zu tauchen, ohne zu kämpfen, die Wellen empfingen, verschlangen mich, ich ließ mich wiegen, umwerfen, hin- und herschleudern, ich schluckte Wasser, zweimal, dreimal, die Brandungswellen drückten mich auf den Grund, mein Rücken schabte über den Sand und die Steine, einmal, zweimal, und dann trug mich der Ozean zurück, wider meinen Willen trug er mich, plötzlich ganz sanft, an den Strand, und ich dachte an die Hand Gottes auf manchen Bildern, oder an die Hand des Teufels oder auch die von King Kong. So fühlte es sich für mich an – eine riesige flüssige Hand hatte mich aufgehoben und zum Strand getragen, etwas *Größeres* hatte sich geweigert, mich sterben zu lassen.

Es ist nicht zu verstehen. Ich bin so unglücklich, so voller Hass und böser Gedanken … Warum hat man mich nicht gehen lassen?

Als ich auf dem feuchten Sand lag, durchweicht und durchgefroren bis auf die Knochen, und nach Atem ringend hustete und schnaufte, Salzwasser aus Mund und Nase spie, wurde mir klar, dass ich nicht mehr den Mut haben würde. Ich würde nie wieder den Mut haben zu sterben. Dabei ist das alles, was ich will, ich sehe keine andere Möglichkeit, diese Raserei zu vernichten, und ich verfluche die Macht, die mich daran gehindert hat.

In mir hat sich etwas ereignet, das nicht mehr rückgängig zu machen ist.

Ihr kommt in die Snackbar, eine wandernde Reklame. Ihr kommt, und ich lächle, ich trage schon so viele Monate eine Maske, ich bin eine Expertin für vorgetäuschtes Glück. Du setzt dich mir gegenüber auf einen Plastikstuhl, die Kinder und die Kleine studieren die Tafel mit dem Eisangebot, du fragst mich nach der Qualität meines Kaffees, und ich antworte: »Ganz ordentlich.«

Ich verbiete mir hinzusehen, und doch sehe ich nichts anderes, den Hintern dieses Mädchens, prall und aggressiv unter dem grünen Lycra ihres Bikinis, diese Jugend, die sie mit sich herumschleppt, als könne sie nichts dagegen tun – das ist das Schlimmste, das Ungeheuerlichste: diese Natürlichkeit, diese Lässigkeit. Unwillkürlich ziehe ich unter dem Pareo den Bauch ein, aber es ist zwecklos, niemand lässt sich täuschen.

Alle drei kommen mit einem Eis am Stiel, sie knabbern, lecken und lutschen. Du beobachtest sie, lächelst.

Auch ich konnte mich in ihrem Alter vollstopfen, ohne auch nur ein Gramm zuzunehmen. Auch ich hatte so einen herausfordernden, arroganten Hintern. Vielleicht nicht ganz so phänomenal, aber fast. Auch ich war einmal zwanzig, und auch das, die Zeit, das Vergehen der Zeit, wird nie aufhören.

Du stehst auf, immer noch so athletisch mit deinem eleganten Oberkörper, der Schwimmerfigur, im Vorbeigehen schnipst du gegen ihre Schulter – gegen Christinas Schulter. Sie lacht, ein Spielchen, Katz und Maus, unter Tausenden zu erkennen. Du stützt dich mit den Ellbogen auf den Tresen der Snackbar und bestellst ein Bier.

Sie sieht dich an – und *ich sehe, wie sie dich ansieht*.

Ein erbärmliches Vaudeville-Stück am Strand, ein schlechter Rohmer.

Gäb's mich nicht mehr …

Auf dem Boden meiner Tasse ist nur noch Schwarz, ein körniges Schwarz, eine Mischung aus Kaffeesatz und aufgelöstem Zucker.

Verwüstung.

Die Flasche Chardonnay war fast leer, das Grand Café fast voll. Das Klingen und Klappern von Gläsern und Bestecken, die routinierten Bewegungen des Barkeepers, der Geruch nach Wein, Bier, überbackenen Toasts, die harten, zarten, glatten Spiegel.

»Weihnachten war vorüber«, erzählte Thomas weiter. »Christinas Mutter rief mehrmals bei uns an. Sie sprach kein Wort Französisch, Englisch genauso wenig, wir verstanden nichts. Anscheinend war Christina nicht, wie sie in ihrem Brief geschrieben hatte, nach Hause gefahren, aber ich hatte nicht die leiseste Ahnung, wo ich nach ihr hätte suchen können. Ich war in einem Zustand absoluter Depression, und Grâce schien verrückt geworden zu sein. Sie hatte während meiner Abwesenheit die ganze Küche umgestaltet, den Fußboden ausgetauscht, eine Trennwand eingerissen, den Kamin entfernt, einen Küchentresen eingebaut …«

»Ja, daran kann ich mich erinnern.« Lise nickte. »Für die Zeit der Bauarbeiten hatte sie uns bei Oma untergebracht. Wir haben sogar in der Schule gefehlt.«

Meine Schwester sah mich an, ich schaute mit leerem Blick zurück. Ich konnte mich noch an die Umgestaltung des Wohnzimmers erinnern, aber nicht an den Aufenthalt bei Louise.

»Christina war fort«, setzte Thomas seinen Bericht fort. »Und mein Haus schien nicht mehr dasselbe zu sein. Ich nehme an, sie hat das zwischen Christina und mir bemerkt, aber sie hat nie darüber gesprochen. Wir sprachen ohnedies nicht mehr miteinander, wir waren uns fremd geworden. Der Tod des Babys hatte sie weit mehr getroffen, als sie zugeben wollte. Alles war kalt und wie beschmutzt. Sehr bald schon konnte ich es in diesem Haus nicht mehr aushalten. Ich ertrug das Haus nicht mehr und auch nicht, dass sie da war – Grâce. Es war körperlich, physiologisch. Ich konnte nicht mehr. Eine solche Leidenschaft … Und dann … Dann dieses Haus voller Leere, dein Bruder, Nathan, tot, meine Geliebte Gott weiß wo und eure Mutter … eure Mutter, die im Versandhandel pausenlos Möbel bestellte, wirklich, die Lieferanten gaben sich die Klinke in die Hand, als wollte sie das Haus vom Keller bis zum Dachboden neu gestalten und jede Spur der Vergangenheit tilgen, Auréliens Spuren vermutlich und die von Christina …«

»Bist du derjenige, der Steine in die Fenster wirft?«, unterbrach ich ihn brüsk. »Machst du diesen ganzen Blödsinn?«

»Wie bitte?«

»Seit du wieder da bist, geschieht zu Hause einiges. Vandalismus. Ich glaube nicht an so viel Zufall. Meine Kinder wären in der Weihnachtsnacht fast erschlagen worden. Was treibst du da für ein Spiel, verdammt noch mal? Hast du uns nicht schon genug angetan?«

Thomas seufzte und schüttelte den Kopf. »Ich weiß nicht, wovon du sprichst. Es tut mir sehr leid zu hören, dass ihr Probleme habt, aber ich habe nichts damit zu tun, das versichere ich dir. Warum sollte ich so etwas tun?«

»Ja, warum?«, flüsterte Lise fast ängstlich.

»Um dich für dein Unglück zu rächen, zum Beispiel. Oder damit Grâce leidet.«

»Grâce hat genug gelitten. Ich wüsste wirklich nicht, was ich davon haben könnte, Nathan. Ehrlich nicht.«

Mein Herz begann wieder zu rasen, immer heftiger, wie in der Rue Sainte Catherine. Wieder hatte ich feuchte Hände und Atembeschwerden. Ich warf immer wieder einen Blick durch die Scheiben, Scheiben, die sich in Trennwände verwandelt hatten, die das Universum spalteten – *die echte Welt* ganz nah, sichtbar und dennoch nicht zugänglich, aus einer anderen Substanz bestehend, während sich aus den Kronleuchtern Irrealität ergoss und über mir zu einer Schicht schmolz wie ein Asteroid. Bald spürte ich mein Bein nicht mehr, einen Augenblick lang glaubte ich, es sei verschwunden.

»Gib mir eine Zigarette.«

»Nein, Nathan, das ist …«

»Gib mir eine Zigarette, Lili.«

Sie wühlte gehorsam in ihrer Tasche und förderte das Päckchen mit dem Goldstreifen zutage. Ich nahm eine Zigarette und das Feuerzeug und stand auf. Hinkend und mehr schlecht als recht ging ich zur Schwingtür. Mein rechtes Bein fühlte sich amputiert an, ich zog es nach wie die Eisenkugel eines Sträflings, ein Phantombein.

Draußen auf dem kleinen Platz zündete ich in der schneidenden Kälte die Kippe an. Mit einiger Mühe. Ich zitterte, und es ging ein Wind, ein böiger Wind, der sich mit Nadelstichen in die Haut bohrte. Ich schirmte die Luft mit meiner Hand ab und schützte die Flamme, eine früher unzählige Male ausgeführte Geste. Der Geschmack war scheußlich, ich atmete eine Mischung aus Chlor- und Abflussreiniger. Dann überkam mich ein Gefühl von Trunkenheit, aber nicht wie vom Wein – eher wie von einer Vergiftung, mit schwarzen Blitzen vor den Augen. Dennoch begann sich mein Herzschlag nach dem dritten Zug zu verlangsamen, meine Lunge wurde wieder weit, weit und tief wie ein Canyon. Ich dachte an meinen Bruder Aurélien, den toten Zwilling. Ein zweieiiger Zwilling, aber ich konnte ihn mir nur als Ebenbild meiner selbst vorstellen, ein anderes Selbst, ein Double – das war ich, und ich war tot. Beim sechsten Zug warf ich einen Blick nach innen. Es kam mir vor, als würde Lise unserem Vater gerade etwas geben, aber ich war mir nicht sicher, weil genau in diesem Augenblick ein paar Leute vor ihrem Tisch herliefen. Ich war besessen von dem Mädchen aus meinem Traum, aber ich konnte sie nicht mit einer realen Erinnerung in Verbindung bringen. Stumm sagte ich immer wieder *Christina, Christina, Christina,* aber nichts tat sich; die Geschichte, die Thomas uns gerade erzählt hatte, schien mit meiner eigenen nichts zu tun zu haben, es ließen sich keine Verbindungen herstellen, die Bilder überlagerten sich nicht. Cora, ich weiß, was die große Liebe ist. Aber ich konnte nicht verstehen, wie ein Vierzigjähriger sich derart in ein Mädchen von zwanzig verknallen konnte, zumal ich selbst – wer wüsste das besser als du – ältere Frauen bevorzuge. Ich projizierte Vermeers *Mädchen mit dem Perlenohrring* auf die Innenseiten meiner Lider und versuchte, mir anstelle des Turbans rotes Haar vorzustellen, aber was ich sah, war Lise – *Dein Haar … Warum hast du ihm das angetan?* Wenigstens in einem Punkt waren Thomas und ich uns einig: Er hatte eine Tochter mit puppenblondem Haar verlassen und fand ein Geschöpf mit flammendem Haar wieder. Mir war sie blond lieber, aber ich mochte Blondinen nie besonders, sie waren mir zu trügerisch – sie erinnerten mich an die Frauen in meiner Familie, an ihre scheinbare Sanftheit, die die Schläge auf andere ablenkte. Als ich das dachte, stand plötzlich Claires Gesicht vor mir, in unabweisbarer Klarheit. Meine erste und letzte Blondine … Mir wurde bewusst, wie sehr mich unsere kurze Begegnung aus dem Gleichgewicht gebracht hatte. Cora, als du lebtest, war ich dir nie untreu. Seit deinem Tod habe ich die Erinnerung an dich kaum verraten – ein paar One-Night-Stands, alkoholträchtige Vernissagen, eroberungslustige Brünette, reine Bettvergnügen, die sich beim Morgengrauen in Luft auflösten. »Ein neues Leben anfangen«, blieb undenkbar. Ich war die meiste Zeit ein geschlechtsloses Wesen, mein Körper lediglich eine praktische, gut funktionierende Hülle mit nur dem einen Zweck: zu tun, was zu tun war, zu sagen, was zu sagen war. Ich dachte, mein Herz sei in Rente gegangen … Doch an diesem Abend … ja, ich dachte an Claire. Vielleicht weil sie sich so von dir unterscheidet, dass ein Vergleich gar nicht möglich ist.

Um ihr Gesicht zu verscheuchen, trat ich meine Zigarette auf dem Asphalt aus und kehrte ins Lokal zurück. Als ich an unserem Tisch ankam, hatte ich das Gefühl, ein Gespräch zu unterbrechen. Unser Vater saß kerzengerade auf seinem Stuhl, als wäre in ihm plötzlich ein Gummiband stramm gezogen worden. Ich setzte mich, und Lise und Thomas tranken einen Schluck Wein, gleichzeitig, fast spiegelbildlich.

»Du bist wirklich ein Idiot«, sagte meine Schwester.

»Ja, ich weiß.«

Auch ich trank jetzt einen Schluck Chardonnay, um den in meiner Brust klebenden Aschegeschmack zu vertreiben.

»Worüber habt ihr gerade gesprochen?«

»Nichts Besonderes«, antwortete sie. »Ich hab Papa erzählt, was im Haus passiert ist.«

»*Papa* …«, spottete ich.

Thomas senkte den Blick, jetzt war er wieder ein Greis, nachdem er so animiert mit seiner Tochter gesprochen hatte und sich kurz der vagen Vorstellung genähert hatte, die ich mir von ihm gemacht hatte: Kraft, Lässigkeit, Erfolg.

»Nun, *Papa*«, fuhr ich sarkastisch fort, »hast du vor, in unserer Gegend zu bleiben? Möchtest du durch den Garten deiner Exfrau spuken, bis du dein Nymphchen ganz vergessen hast?«

»Ich habe eine Freundin. Seit fünfzehn Jahren.«

»Ach ja? Polin? Thailänderin? Volljährig?«

Er lächelte resigniert über meine Aggressivität. »Italienerin. Ich bin ihr tatsächlich in Asien begegnet, aber sie ist Italienerin. Sie ist so alt wie ich … Sogar ein bisschen älter, denk dir nur.«

»Hast du noch mehr Kinder?«, erkundigte sich Lise plötzlich – mit einem Gesichtsausdruck, den ich an ihr wohl noch nie gesehen hatte.

»Nein, Lizzie. Simona war schon … Nun ja …«

Meine Schwester machte erst der Serviette und dann der Weinflasche den Garaus.

»Du hast nicht zufällig ein Foto von den Zwillingen bei dir?«, fragte er mich, als wolle er etwas verspätet Vater spielen.

»Wozu? Du wirst sie sowieso nie sehen.«

Die Stille zog sich. Wir hatten so lange geschwiegen,

so lange getrennt gelebt, wir hatten uns nichts zu sagen. Es war erschreckend – natürlich, aber erschreckend. Dieses absurde Treffen bewies, dass wir jeder das Phantom des anderen waren, die Entfremdung zwischen uns war nicht aufzuheben, wir wussten es, wir lasen es aus unseren offenen, aber vorsichtigen Blicken.

»Wir wohnen in der Nähe von Rom«, sagte er schließlich. »Morgen fahre ich dorthin zurück. Sie wird sich um mich kümmern. Ihr werdet mich nicht wiedersehen, aber jetzt wisst ihr es. Und wenn ich tot bin, wird sie euch anrufen. Ich hinterlasse ihr unsere Wohnung, alles andere, das heißt, nicht sonderlich viel, hinterlasse ich euch. Die Krise hat auch mich erwischt, ich habe an der Börse gespielt und viel verloren, es tut mir leid.«

Was ist ein Leben? Worauf läuft es hinaus? Der falsche Jeton im falschen Automat. Ein von vornherein abgekartetes Spiel, das klappert, glänzt und blinkt, aber letzten Endes steht man immer allein, und am Ende wartet der Tod.

»Nun ja.« Ich stand auf. »Es war sehr erhellend.«

Lise sah mich an, als wäre ich verrückt geworden. Ich zog einen Fünfzigeuroschein aus der Tasche und ließ ihn auf den Tisch fallen.

»Lili, kommst du?«

Lise saß wie gelähmt. Sie sah mich lange fest an, dann ihren Vater. Der stand nun auf, steif und irgendwie verbogen, seine verfallene Eleganz hatte etwas Unbeholfenes.

»Ja, geht nur. Dein Bruder hat recht. Wir haben alle getan, was zu tun war, und gesagt, was wir zu sagen hatten. Wahrscheinlich sogar mehr als das.«

Dieses »mehr als das« war auf mich gemünzt; das jedenfalls glaubte ich damals. Langsam nahm Lise ihren Mantel und zog ihn an, rechter Ärmel, linker Ärmel. Die ganze Zeit hielt sie den Blick gesenkt, sie weinte oder war kurz davor. Sie griff nach ihrer Tasche und rutschte, immer noch sitzend, zum Ende der Bank, es war, als wollte sie den Augenblick des endgültigen Abschieds von ihrem Vater hinauszögern, von diesem Vater, der für sie einer gewesen war, während er für mich nie mehr als eine Schimäre bedeutet hatte. Ich nahm ihre Hand. Etwas, das ich noch nie getan hatte, ich nahm die Hand meiner Schwester fest in meine und zog sie Richtung Ausgang. Sie hob den Blick nicht, sie sagte Thomas Bataille auch nicht Auf Wiedersehen – *Auf Wiedersehen*, das hatte ja auch keinen Sinn.

Wir gingen hinaus. Die Kälte, eine riesige schwarze Hand in einem Handschuh aus Reif, packte uns bei der Kehle. Wir drehten uns beide nicht um. Seltsamerweise rauchte Lise nicht. Schweigend gingen wir auf die Place Bellecour zu. Meine Schwester wirkte abwesend, als würden Kopf und Körper bei ihr nicht mehr zusammenarbeiten. Dieses eine Mal verstand ich sie. Wir hatten beide diese schreckliche Intuition, dass wir, sollten wir uns umdrehen, zu Salzsäulen erstarren würden.

Und wir waren schon damals gar nicht so weit davon entfernt.

Grâce Marie Bataille,
20. September 1981, Wohnzimmer,
spät

Heute ist die Todesstrafe abgeschafft worden.

Von jetzt an kann man töten, ohne getötet zu werden.

Ich war immer dagegen – Unschuldige, die hingerichtet wurden, Justizirrtümer, Barbarei. Aber jetzt geht mir immer diese kleine Melodie durch den Kopf, *töten, ohne getötet zu werden*. Das Gesetz der Vergeltung gilt nicht mehr. Wer tötet, wird nicht mehr getötet.

Die Zivilisation.

Ich habe gerade die Telefonzelle unten an der Straße demoliert. Mit einem Hammer.

Ich weiß, dass ihr sie nutzt, um miteinander zu sprechen. Die Kleine geht jeden zweiten Abend hinunter, immer zur selben Zeit. Aber seltsamerweise nie, wenn du zu Hause bist.

Ihr haltet mich für blöd. Das bin ich nicht.

In der Vase vor mir steht ein Strauß Fingerhut.

Digitalis Purpurea, der so heißt, weil man seinen Finger in die Blüte stecken kann wie in eine Scheide. Auch ich kann Zaubertränke brauen, wusstet ihr das nicht? Na, Kleine, wie wär's mit einem Tee aus Blättern von Rotem Fingerhut? Du wirst dir die Eingeweide aus dem Leib kotzen, und ich werde lachen.

Dein Herzschlag wird sich verlangsamen, und ich werde lachen.

Verwüstung wird zur *Zerstörung*.

Irgendetwas wollte nicht, dass ich sterbe, oben in den Landes. In diesen dunklen Tagen und schlaflosen Nächten habe ich nach einem Grund dafür gesucht. Ich habe nach dem Grund gesucht, und jetzt weiß ich ihn.

Irgendetwas denkt, ich habe recht. Irgendetwas denkt, ihr habt unrecht, *ihr* und nur ihr. Irgendetwas denkt, dass ihr das BÖSE tut.

Ich bin unschuldig. Ich bin euer Opfer.

Ich bin der Stoff, aus dem man Messer macht.

Lise fuhr, sie schwieg immer noch. Seit unserem Aufbruch im Café hatten wir kein Wort gewechselt. Wir hatten so viel zu verdauen, dass Worte nicht halfen. Sie fuhr zu schnell in den vereisten Spuren und deutete die Straßenverkehrsordnung eher eigenwillig, doch ich hatte keine Angst; über die Angst war ich hinaus. Die Nacht glitt vorbei, die Straßenlaternen, die Dörfer mit ihren Dekorationen, an Fensterbänken hängende Filz-Weihnachtsmänner, Ersatz-Sternenglanz aus Leuchtdioden an den Kreisverkehren, sogar die Steine der Häuser schienen aus Plastik zu sein, und die Schneereste unten an den Böschungen und entlang den Rebstockreihen wirkten wie Wattebäusche. *Erbärmlich.* Die Welt wirkte erbärmlich, faulig, und wir beide, meine Schwester und ich, waren Teil dieser Welt.

Ich sah auf die Digitaluhr am Armaturenbrett. Zwanzig Uhr sechsundvierzig. Große Kunst, rasch getan, gut getan – ein chirurgisch präzises Wiedersehen. Ich fragte mich, ob Lise mir böse war, weil ich sie gedrängt, weil ich sie nachgerade gezwungen hatte, das Treffen abzukürzen und diesen Menschen zu verlassen, der uns zwar gezeugt hatte, aber mehr auch nicht, jedenfalls sah ich es so. Ich für meinen Teil war nicht enttäuscht, ich fragte mich nur, ob dieses neue Faktum dazu beitrug, etwas zu ändern, was auch immer, ob dieses Wissen, das ich jetzt hatte, für mich *nötig* war. Ich dachte an dich, Cora. Ich erinnerte mich an den Tag, als du dein Fruchtwasser verlorst, an diesen Februarmorgen, als wir uns die Zukunft wie ein riesiges Fenster vorstellten, als wir am Rande eines Wunders zu stehen glaubten, am Rande des Glücks, und noch nicht wussten, dass wir nicht eintauchen, sondern untergehen würden. Die Begegnung mit Thomas Bataille schloss ein Kapitel meines Lebens ab, ein Kapitel, das mit seinem Weggang begonnen hatte, mit dieser zähen, trüben, von einem Fehlen gesättigten Kindheit weitergegangen war; dann kam wie ein Racheakt und ein Einschub diese flüchtige, strahlende Jugend; und dann kamst du, meine Schöne, dein Leben, dein Sterben und das Leben unserer Kinder. In dem grauen Clio, der zu schnell fuhr und sich durch die Hügel schlängelte, als wollte er uns mit dem Kopf voran gegen die nächstbeste Mauer schmettern, schloss ich innerlich mit etwas ab. Ich war noch zu desorientiert, um dieses Etwas zu benennen, aber: *Ich bin dreiunddreißig Jahre alt, 3 + 3 = 6, und etwas wurde gerade abgeschlossen*. Ein weißer Hase erschien zwischen den Scheinwerfern, erstarrte einen Augenblick und verschwand dann am Straßenrand. Ich warf einen Blick auf Lise, doch sie schien ihn nicht bemerkt zu haben. Sie sah mit einer Starrheit auf die Straße, die sie unmenschlich wirken ließ, ihre Hände umklammerten das Lenkrad, ihr Arm bewegte sich nur, um einen anderen Gang einzulegen – roboterartige Automatismen.

Endlich kamen wir an dem Transformatorenhäuschen an, an dem sie gewöhnlich parkte. Sie stellte den Motor ab. Die Stille im Auto wurde so dicht, so beständig, dass sie etwas Unwirkliches bekam. Lise rührte sich nicht, sie wirkte krankhaft starr, ihr Blick hing an der plötzlich still stehenden Straße. Es erinnerte mich an die Haltung, mit der sie damals als Jugendliche mitten in meinem Zimmer gestanden hatte, und erschreckte mich auf kindlich-irrationale Weise, ich starb buchstäblich vor Angst. Ich fürchtete mich so sehr davor, dass sie wieder mit dieser Stimme, dieser anderen Stimme sprechen könnte, dass ich mich dazu durchrang, selbst zu sprechen. Bevor die Wörter aus meiner Kehle kamen, machte mein Mund ein komisches Geräusch, es klang wie das Platzen einer Luftblase.

»Was sagen wir?«

Meine Stimme erschien mir fremd, als ich dieses Megaschweigen brach. Mir schoss ein verrückter Gedanke durch den Kopf: *Aurélien, das war Aurélien, der gerade gesprochen hat.* Um diesen Gedanken zu verscheuchen, wiederholte ich: »Was sagen wir Maman?«

Endlich rührte sich meine Schwester und drehte sich zu mir um, aber nur das Gesicht, der Oberkörper war immer noch steif der Straße zugewandt. Ihr Gesicht wirkte neutral und ausdruckslos, fast nicht wiederzuerkennen. Ihre Stimme klang mechanisch wie die einer Puppe, die man mit einem Band am Rücken aufgezogen hat.

»Sag, was du willst! Ich komme nicht mit.«

»Was? Du willst die ganze Strecke zurückfahren?«

»Ich muss nach Hause. Da wartet jemand auf mich.«

»Lili … Meinst du nicht, wir sollten darüber sprechen?«

»Papa hat recht. Du hast recht. Es ist alles gesagt. In gewisser Weise sind die Dinge an ihren Platz zurückgekehrt.«

Meine Spannung ließ nach. Lise teilte meine Empfindung – abgeschlossenes Kapitel –, was mich durchaus beruhigte. Wir hatten gemeinsam eine alte Geschichte zu den Akten gelegt. Wahrscheinlich war das die Ursache unseres übernatürlichen Schweigens gewesen: Ein riesiger Karton war aus dem Regal unseres Lebens geräumt worden, wir würden endlich nicht dauernd darauf stoßen und uns dabei Beulen holen, wenn wir uns durch die Krypta einer Geschichte tasteten, die wir nicht bewältigen konnten, die wir bis heute nie hatten bewältigen können. Der *Vater* war ein Mann gewesen, ein feiger und lüsterner Mann, der gegen die Vernunft geliebt hatte, ein Mann, den ich als Liebender hätte verstehen können, den ich aber als Vater absolut nicht verstand. Und dieser Mann war jetzt ein Greis, der den Verstand verlieren würde, dessen Gedächtnis sich langsam wie durch einen verstopften Abfluss leeren würde. Es war schrecklich. Aber in gewisser Weise auch eine Erleichterung für uns. Wenn er nicht mehr an uns denken würde – und so würde es früher oder später ganz konkret sein –, würden wir vielleicht aufhören können, an ihn zu denken. Diese Vorstellung barg eine Hoffnung, ein kleines Licht am Rande der Finsternis.

»Aber wenn er nicht mehr weiß, dass ich seine Tochter bin«, flüsterte Lise, »werde ich trotzdem immer wissen, dass er mein Vater ist. Das ist doch ungerecht, oder? Findest du das nicht total ungerecht?«

Ihre Gefühle drangen wieder an die Oberfläche, düstere, aber lindernde Gefühle – sie lebte.

»Weißt du noch, wie du mich früher erschrecken kamst?«

»Was?«

»Jahrelang. Es hat jahrelang gedauert, Lili ... Du kamst in mein Zimmer und sprachst mit einer Stimme, die nicht deine war, als ... Als wäre es jemand anders an deiner Stelle.«

Sie schüttelte den Kopf. »Nee, Brüderchen, daran kann ich mich absolut nicht erinnern.«

»Du kannst doch einen solchen Streich nicht vergessen haben. Es war kein Streich … Es war Folter.«

»Aber was hab ich denn gesagt?«

»Ich weiß nicht. Es war wie eine Fremdsprache. Und ich hielt mir sowieso die Ohren zu.«

»Ich schwör's, Nathan, das sagt mir absolut nichts. Maman hat mir erzählt, dass ich als Jugendliche manchmal Anfälle von Schlafwandeln hatte … Anscheinend spreche ich auch jetzt noch im Schlaf. Das behauptet jedenfalls mein Freund.«

Angst strömte durch meine Adern. Mehr wollte ich nicht wissen, wie damals bei dieser Wohnung am Faubourg Saint-Denis. Jetzt bereute ich sogar, dass ich diese Geschichte zur Sprache gebracht hatte. Ich wollte nur noch weg. Aus diesem Auto herauskommen und diesen Abend verdauen.

»Übermorgen fahre ich zurück nach Paris«, sagte ich zu Lise, weil mir nichts Passenderes einfiel. »Sehen wir uns bis dahin noch?«

»Ich weiß nicht. Ich muss arbeiten. Ruf mich an. Versuch, mich anzurufen! Sonst ruf ich dich bald an.« Sie senkte den Blick. »Gib den Kindern einen Kuss von mir.«

An ihrem Tonfall merkte ich, dass ich sie nicht wiedersehen würde.

»Weißt du, Lise. Du bist wirklich seltsam. Es ist mir nie gelungen, dich kennenzulernen. Ich meine, richtig kennenzulernen. Du bist meine Schwester, und ich kenne dich nicht.«

Sie hob den Kopf und rieb mit einem rosa lackierten Fingernagel über ihren Nasenrücken. Jugendliche Locken hatten sich aus ihrem geflochtenen Knoten gelöst und wirkten jetzt im schwachen Licht der Innenbeleuchtung wie Flammen, Irrlichter rings um ihr Gesicht. Sie stieß einen langen Seufzer aus, und dann füllten sich ihre Augen mit Tränen, sichtbar, fast greifbar und bereit überzulaufen wie in einem übertrieben gezeichneten Manga.

»Blutsbande oder nicht, Nathan, man kennt sich nie. Darüber zu sprechen ist ebenfalls sinnlos. Manche Dinge lassen sich einfach nicht ändern.«

Für einen Augenblick verschlug es mir die Sprache. Natürlich, sie hatte recht. Es war zu spät. Für uns beide war es zu spät. Ich beugte mich hinüber, küsste sie kurz auf die Wange und legte ihr dabei eine Hand aufs Handgelenk.

Als ich ausstieg, sagte sie: »Na, ist doch schade, dass er nicht reich geworden ist!«

Ich lachte, ein aufschreckendes Lachen, das mich selbst überraschte wie ein Schuss in einem Film, gerade dann, wenn man ihn am wenigsten erwartet, wenn man kurz vorm Eindösen schön gemütlich im Sessel liegt. Sie hatte es gesagt, um mich aufzumuntern: *Na, Brüderchen, ein bisschen kennst du mich wohl doch.* Mit gespielter Scherzhaftigkeit gab ich zurück: »Und wie, Lili! Ich könnte heulen.«

Sie lächelte und drehte den Zündschlüssel um.

In der Dunkelheit schlug ich die Tür zu. Sie schloss sich mit dem Geräusch eines Sargdeckels. In der Ferne, oben auf dem Hügel, waren die Lichter des Hauses zu sehen. Langsam ging ich darauf zu. Hinter mir sprang der Motor an, dann leuchteten die Scheinwerfer des Clio auf und tauchten die kalte Straße in grelles Licht. Der Rückwärtsgang wurde eingelegt, Gummi knirschte auf überfrorenem Bitumen. Auch jetzt wandte ich mich nicht um. Ich ging weiter, vor mir meine weiß kristallisierte Atemwolke, und überlegte, was ich Grâce erzählen sollte.

Mit unguten Vorgefühlen stieg ich die Steinstufen hinauf. Meine Mutter hatte versprochen, mich anzurufen, sobald sich etwas Seltsames ereignete, was es auch sei. Mein Handy hatte den ganzen Tag nicht vibriert. Ich suchte nach meinem Schlüssel, um die Tür zu öffnen. Ich empfand meine Bewegungen als unnatürlich langsam, wie bei Lise, die beim Verlassen des Grand Café sogar das Rauchen vergessen hatte, schienen jetzt auch bei mir Körper und Geist getrennt zu sein. *Na los doch*, sagte ich mir. Ich atmete tief ein, während ich auf die Straße unten sah, ich fürchtete, schon wieder einen Panikanfall zu bekommen. Der Himmel war tintenschwarz, wie durch eine Schablone gemalt. Auf der anderen Seite des Tals war die Gemeinde-Straßenleuchte, unter ihr stand früher eine Telefonzelle, aus der ich als Jugendlicher, vor Lauschangriffen geschützt, manchmal meine Freundinnen anrief. Doch hier war ringsum alles schwarz. Einen Augenblick lang starrte ich in all das Dunkel, dann konzentrierte ich mich auf die Gegenwart, die Realität dieser Tür und drehte den Schlüssel im Schloss um.

Sofort Hitze – erstickend. Ich zog Parka und Pulli aus und hängte beides an die Garderobe im Flur. Im Haus roch es stark nach verbranntem Fett. Die kaputte Glasscheibe wirkte wie ein kleines Fenster zum Wohnzimmer, und aus einem plötzlichen Impuls heraus streckte ich den Arm durch den leeren Rahmen und tastete auf der anderen Seite nach etwas. Mir war, als müsse dort etwas zu fassen, zu packen sein, aber natürlich schlossen sich meine Finger nur um die von Frittierfett gesättigte Luft. Im Wohnzimmer ging der Deckenleuchter an, und mir wurde klar, was ich da machte – ziemlichen Unsinn. Rasch zog ich meine Hand zurück, und schon ging die Flurtür auf.

»Also wirklich, Nathan, was treibst du da?«

»Ich weiß nicht.« Ich schüttelte den Kopf. »Ich hatte Lust, meinen Arm durch das Loch zu strecken, und hab's gemacht.«

Ich ging hinein und sah mich in der Küchenecke nach etwas Essbarem um. Noch nie im Leben hatte ich solchen Hunger gehabt, schien mir, mitten in meinem Bauch hatte sich ein Riesenkrater aufgetan.

»Du bist wirklich seltsam«, murmelte meine Mutter und runzelte die Stirn.

»Witzig, gerade habe ich genau das zu Lise gesagt«, antwortete ich und schluckte Teile eines Brotknustes herunter. »Du hast seltsame Kinder zur Welt gebracht, was will man machen … Vielleicht wäre auch Aurélien seltsam gewesen.«

Jäh stieg ihr das Blut in den Kopf. Ich hatte nicht vorgehabt, so von meinem Bruder zu sprechen, so plötzlich und ohne Vorwarnung. Es war mir wider Willen herausgerutscht, genau wie meiner Schwester die Sache mit den Gratis-Parfüms. Ich versuchte, mein Brot herunterzuschlucken, aber es blieb stecken. Nachdem ich die Bombe derart lässig hatte platzen lassen, umwerfend lässig und mit vollem Mund, war meine Kehle plötzlich ausgedörrt. Hustend rang ich nach Luft, meine Mutter stürzte zu mir und klopfte mir auf den Rücken. Ich setzte mich auf die Bank, um wieder zu Atem zu kommen, und sie ging zur Spüle und holte mir ein Glas Wasser.

»Geht es besser?«

Sie betrachtete mich mit ihrem metallischen Blick, sie stand in einiger Entfernung, mit leicht zurückgebogenem Oberkörper, wie in der Defensive. Was ihr Sorge bereitete, war nicht der fehlgeleitete Brotbrocken, sondern meine Reaktion auf den Zwillingsbruder.

»Die Kinder ...?«, fragte ich erstickt.

»Schlafen. Glaube ich wenigstens. Jedenfalls sind sie schon seit einer guten halben Stunde im Bett.«

Ich nickte und trank das Glas aus – das Wasser hatte einen staubigen Geschmack nach Pappmaschee, fand ich. Ich schluckte mehrmals und nicht ohne Mühe. Grâce rührte sich nicht, es war, als hätte sie Angst vor mir.

»Maman, bitte entschuldige. Ich wollte es nicht so zur Sprache bringen. Ich weiß auch nicht, was in mich gefahren ist.«

Sie starrte mich blicklos an, ihre Augen waren ein wenig trüb, wie die von Ertrunkenen. Ich klopfte neben mir auf die Bank, auf den apfelgrünen Samtbezug, damit sie sich zu mir setzte. Grâce war immer hart mit mir umgesprungen, härter als mit Lise, manchmal zankte sie mich ohne Grund aus, es gab nie ein Kompliment oder Mitgefühl, immer nur Vorwürfe – sogar bei deinem Tod. Zwischen uns blieb immer diese Kluft, die ich trotz all meiner Anstrengungen nicht überwinden konnte. Jetzt verstehe ich es: Mein pures Dasein erinnerte sie daran, dass Aurélien nie hatte leben dürfen. Ich hatte mich immer vor meiner Mutter gefürchtet, doch an diesem Abend schienen wir die Rollen getauscht zu haben. Ich klopfte noch einmal auf die Bank, und sie machte einen Schritt in meine Richtung. Dann noch einen zweiten, dritten und vierten. Sie setzte sich. Selbst im Sitzen war sie noch steif, ähnlich wie ihr Exmann im Grand

Café nach meiner Zigarettenpause. Steif und stumm, den Blick auf ihre Schuhe gerichtet, wunderhübsche perlmuttfarbene Lederpumps, die mir noch gar nicht aufgefallen waren. Dreißig Jahre Schweigen sind schwer zu durchbrechen, nehme ich an.

»Ich hätte also fast einen Bruder gehabt, na schön«, stieß ich schließlich aus – und merkte dabei, dass ich betrunken war. »Stimmt, ich versuche, mir Colin ohne Soline vorzustellen und Soline ohne Colin. Aber es ist okay. Es wird okay sein. Ich verurteile dich nicht, ich weiß nicht, ob es etwas geändert hätte, wenn ich es früher gewusst hätte. Man schlägt Brücken über seine Brüche, so ist das Leben. Die Bruchlinie hätte anderswo verlaufen können, die Geografie anders, aber im Grunde hätte man in jedem Fall Brücken bauen müssen.«

Grâce hob endlich den Blick, ihr sehniger, abgezehrter Hals war gestreckt. Ihre auf den Samt gepresste Faust verriet ihren Zorn. Sie sah mich immer noch nicht an, sondern fixierte den Ofen, der knackend seine höllische Wärme verbreitete. Nach einer Weile fragte sie: »Was noch?«

Ich rieb mir den Kopf, um Zeit zu gewinnen und nicht noch mehr Dummheiten zu sagen.

»Nichts. Er hat Alzheimer, deshalb ist er gekommen. Um sich vor dem Tod noch einmal angemessen zu entschuldigen, so was in der Art.«

»Gedächtnisschwund für einen verschwundenen Mann …«

»Er hat dich verlassen, Maman. Er hat dich verlassen und ist verschwunden. Das ist entsetzlich für dich und für uns. Aber das heißt nicht, dass er ein schlechter Kerl war. Man kann nicht immer ein ganzes Leben lang lieben.«

Endlich sah mich meine Mutter an. Fest. Ihre Augen waren wie zwei in Schierling getauchte kleine Pfeile.

»Du? Nathan, du verteidigst ihn?«

»Ich verteidige niemanden. Ich kenne diesen Mann nicht. Ich habe ihn gesehen, und das Wort, das mir in den Sinn kommt, ist ›Enttäuschung‹. In meinem Alter weiß man, dass Eltern keine Superhelden sind … Aber wenn man dreißig Jahre lang von jemandem tagträumt, stellt man sich schließlich einen Clint Eastwood vor. Und dann sieht man, dass der Vater auch nur ein Mann ist, anfällig und müde, der selbst tonnenweise Brücken gebaut hat, in anderen Landschaften als der eigenen. Du bist ein Viadukt, ich bin ein Viadukt, Lise ist ein Viadukt, und manches lässt sich einfach nicht ändern.«

Mamans Faust löste sich. Mit der Hand begann sie, mechanisch über die Samtrippen zu streichen.

Ich stand auf: Ich war zwar betrunken, aber ich hatte noch Durst. Dafür hatte ich absolut keinen Hunger mehr. Ich öffnete den Schrank, der als Bar diente, und fand eine Flasche Bourbon. »Möchtest du auch einen?«, fragte ich.

Meine Mutter nickte. Ich trieb im Gefrierschrank noch ein paar Eiswürfel auf und füllte zwei Gläser. Ich reichte ihr eins, sie trank einen Schluck und zog eine Grimasse.

»Wieso ist Lise nicht bei dir?«

Ich zuckte die Achseln. »Sie muss morgen früh arbeiten. Ich nehme an, sie wollte dann nicht noch den langen Weg vor sich haben.«

»Wie war sie? Ich meine … mit ihm?«

Ich trank schweigend meinen halben Whisky und schwankte insgeheim, bevor ich antwortete. Schließlich entschied ich mich für die Wahrheit. »Sie war wie eine

Zehnjährige. Diese ganze Sache hat sie sicher weit mehr verstört als mich.«

Grâce ließ die bernsteinfarbene Flüssigkeit in ihrem Glas kreisen und betrachtete sie mit erschreckender Aufmerksamkeit. Sie schien sich zu fragen, ob dieses Glas real war oder nicht. Wie zur Vergewisserung trank sie noch einen Schluck und zog noch einmal eine Grimasse.

»Werdet ihr ihn wiedersehen?«, fragte sie schließlich.

Ich schüttelte den Kopf. »Er lebt in Italien. In den kommenden Monaten verliert er den Verstand. Jemand wird sich dort um ihn kümmern.«

»Eine Frau?«

»Ja, eine Frau. Sei froh, dass du es nicht bist. Alzheimer ist eine der schlimmsten Krankheiten für die Angehörigen.«

Sie warf mir ein spöttisches Lächeln zu. »Auch ich sehe fern, mein Schatz.«

»Gut, so ist das eben. Er wird uns vergessen, vergessen wir ihn auch. Du solltest ein neues Leben anfangen, Maman. Du bist noch schön, es ist nicht gerecht, dass du so lebst.«

»Wer im Glashaus sitzt …«

»Ich habe jemanden kennengelernt.«

Ich verblüffte mich selbst. Wieso behauptete ich so etwas? Es stimmte nicht, Cora! Ich schwör's dir! Damals jedenfalls stimmte es nicht. Ich weiß nicht, ob ich diesen Satz fallen ließ, um ihr zu widersprechen oder weil ich eine Vorahnung hatte. Doch meine Mutter sah mich an, ihr Blick war wieder lebhaft, wie wiederauferstanden.

»Was soll das heißen? Jemanden? Wen? Und wo?«

»Nein … Ich meine … Ich bin jemandem begegnet. Jemandem, den ich vor langer Zeit gekannt habe. Es ist nicht so einfach.«

»Nathan … Ich habe Cora geliebt. Du weißt, wie sehr ich Cora geliebt habe. Sie mochte zwar deine Schwester nicht, aber davon abgesehen liebte ich Cora. Du bist doch praktisch noch ein kleiner Junge. Die Mädchen drehen sich auf der Straße nach dir um! Selbst hier, zwischen drei Häuserblocks, drehen sich die Mädchen nach dir um!«

»Maman, die Mädchen sind eigentlich nicht so sehr das Problem«, sagte ich, trank mein Glas aus und schenkte mir noch einen Whisky ein.

»Nathan, es ist jetzt fast sechs Jahre her, dass sie gestorben ist.«

»Und was ist mit dir? Es ist fast dreißig Jahre her, dass er fortgegangen ist. Was tust du? Ich finde nicht, dass gerade du mir Moralpredigten halten solltest!«

»Ich möchte, dass ihr glücklich seid, Lise und du. Ich möchte so sehr, dass ihr glücklich seid …«

»Wir sind es aber nicht. Du kannst nicht alles unter Kontrolle haben. Papa hat sich aus dem Staub gemacht, Cora ist tot, mein Bruder auch, und Lise sammelt an allen möglichen Straßenecken irgendwelche Loser auf. Ich weiß nicht, warum die Dinge sind, wie sie sind. Aber du kannst nichts dafür, jedenfalls nicht so, wie du dir das vorstellst. Das Leben ist scheußlich, und du, Maman, bist nicht Gott.«

Himmel noch mal, ich war wirklich blau. Die Worte schossen aus mir hervor wie Tennisbälle aus einer Ballwurfmaschine. Ich verstummte, unterbrach mich selbst. Meine Mutter fand keine Worte. Die Standuhr schlug zehn. Ich schloss die Augen und zählte innerlich die Schläge, eins, zwei, drei, vier, fünf, sechs, sieben, acht, neun … Beim zehnten Schlag öffnete ich die Augen wieder.

»Liegt mein Bruder irgendwo begraben?«

Grâce trank den letzten Schluck und zog diesmal keine Grimasse. Wie makabre Glöckchen klingelten die Eiswürfel zwischen den Glaswänden. Ich lehnte mit dem Rücken am Küchentresen, beide Ellbogen auf die rote Platte gestützt. Ihre Antwort schien Jahre zu brauchen, als käme sie in einer Raumkapsel aus einer anderen Galaxie. *Na los doch, antworte, Teufel noch mal! Ihr werdet ihn doch nicht in einen Müllcontainer hinter dem Krankenhaus geworfen haben? Das werdet ihr doch wohl nicht getan haben?!*

»In Lyon. Auf dem Friedhof de la Guillotière, Allee 16.«

Sie stand auf und begann, unsere Gläser zu spülen. Ich wusste nicht, ob sie mich damit vom weiteren Trinken abhalten oder nur ablenken wollte. Sie fragte sich sicher, ob Thomas uns von Christina erzählt hatte … Ich für meinen Teil hatte nicht vor, dieses Thema anzuschneiden. Wenn Lise es wollte, bitte sehr; aber ich fand, es waren genug düstere Geschichten ausgegraben worden, und die Geschichte eines dreißig Jahre alten Ehebruchs aufzurühren, wie wichtig dieser auch für unseren Vater gewesen sein mochte, erschien mir nutzlos und widerwärtig. Daher ging ich der Versuchung aus dem Weg und überließ sie ihrem Abwasch.

Nachdem ich ihr eine gute Nacht gewünscht hatte, ging ich ins Schlafzimmer meiner Schwester, um nachzusehen, ob die Zwillinge schliefen. Nichts Außergewöhnliches, nur Colin schnarchte leise, was auf den Beginn einer Grippe hinweisen konnte. Ich ging hinauf, um mich zu duschen. Ich blieb lange unter dem heißen Wasserstrahl, um den Alkohol wenigstens ein bisschen abzubauen. Doch eigentlich wartete ich, weil ich sicher sein wollte, dass meine Mutter eingeschlafen war, denn ich hatte nur noch eins im Kopf:

dieses berühmte Versteck oben im Speicher zu finden. Ich hatte sehr viel Zeit dort oben verbracht, und es war mir nie etwas aufgefallen. Allerdings hatte ich mir auch nicht die Zeit damit vertrieben, die Wände auseinanderzunehmen. Abgesehen von meiner Schwäche für Steinschleudern und Fahrrad-Spritztouren, war ich ein eher ruhiger Junge mit eher ruhigen Neigungen gewesen – ein Sensibelchen eben. Als Kind hatte ich nach dem Verschwinden meines Vaters große Angst, auch meine Mutter könnte verschwinden. Ich litt sehr darunter, dass ich oben schlief, während sie und Lise unten schliefen, näher beieinander. Mit fünf oder sechs ging ich oft mitten in der Nacht nach unten und presste mein Ohr an Mamans Schlafzimmertür, um ihr Atmen zu hören. Ich fand es toll, wenn sie krank war, denn dann konnte ich sie bis oben husten hören. Dieser Husten bewies mir, dass sie uns nicht verlassen hatte; ich konnte also beruhigt wieder einschlafen, ohne mich der Kälte der Bodenfliesen und meiner Angst vor der Dunkelheit aussetzen zu müssen. Doch an diesem Abend war ich hochzufrieden damit, dass sie ihr Reich unten hatte und ich meins oben. Mit äußerster Vorsicht und so leise wie nur möglich zog ich die Bodentreppe aus und kletterte auf den Boden hinauf.

Ich knipste die einzige Lampe des Raums an, eine Lampe mit Strahlern aus den Achtzigerjahren, die du scheußlich fandest – ich kann dir da nur zustimmen –, und ging zum runden Giebelfenster. Hinter der Scheibe sah ich eine mondlose unergründliche Nacht, ein Plaid aus Dunkelheit lag über der Welt. Ich ging in die Hocke und betrachtete prüfend die Steine. Dann legte ich meine Handfläche darauf und schloss die Augen, um ihre Textur und alle

Unebenheiten besser spüren zu können. Wie ein Braille lesender Blinder versuchte ich, eine Spalte oder einen Riss in den Fugen zu ertasten. Die Stille war so tief, dass mein Atmen lärmend und rau wirkte. Als ich innerlich dieses Wort formte, *rau*, spürte ich unter meinen Fingerspitzen eine Bruchlinie. Ich schlug die Augen auf und behielt dabei meinen Zeigefinger auf der gerade ertasteten Stelle. Ich lehnte mich weiter vor – die Sicht war sehr schlecht. Endlich gelang es mir, den Stein vorsichtig herauszuziehen. Unter meinen Schläfen tobte die Aufregung: *Das Versteck*, ich hatte Christinas Versteck gefunden! Ich schob meine Hand in den kleinen Hohlraum. Dabei fiel mir auf, dass ich diese Bewegung schon ausgeführt hatte, als ich die Hand durch die zerbrochene Glasscheibe gesteckt hatte – eine vorahnende Bewegung. Ich war darauf gefasst, auch hier nichts zu finden. Ich war auf Staub und Leere gefasst. Doch da war etwas. Etwas Dünnes, Steifes, Glattes. Noch bevor ich es herauszog, wusste ich, worum es sich handelte.

Es war die Polaroidaufnahme. Die andere Hälfte des Fotos.

Ich stürzte ans Licht und rieb mit dem Abzug über meinen Pyjama, um den Staub zu entfernen. Gekrümmt stand ich unter der Lampe und betrachtete das Foto. Nein, ich betrachtete es nicht, ich fiel hinein. Als ich ihr für immer auf den Film gebanntes Gesicht sah, überfielen mich die Erinnerungen wie eine Woge, es schlug mir wie Bumerangs ins Gesicht, wie ein Hagel von Kinnhaken.

Christina.

Ich war zum ersten Mal in meinem Leben verliebt. Ich wollte sie heiraten, und sie lachte nur darüber. Wenn sie lachte, nahm ihr riesiger Mund das ganze Gesicht ein, eine

Naturgewalt, aber eine herrliche, mitreißende Naturgewalt. Christina, das Erdbeben, die »Naturkatastrophe«. Jetzt fragte ich mich, wie ich sie hatte vergessen können – als sie fort war, hatte ich mir Tag und Nacht die Augen ausgeweint. Wahrscheinlich mehr als beim Weggang meines Vaters. Und es hing alles zusammen. *Gütiger Himmel, das hängt alles zusammen*, mir war, als fiele ich von einem steilen Felsen. Ich setzte mich auf den Boden. Es gab ein Sofa, aber ich setzte mich auf die Dielenbretter, weil ich den Kontakt mit etwas Festem, Solidem brauchte – *auf Holz klopfen*. Ich holte tief Luft und konzentrierte mich auf meine Bauchatmung. Ich versuchte, mich zu beruhigen, und sah dann wieder das halbe Foto an.

Ja, sie war schön. Mehr als schön: von winziger Statur, mit herrlichem Knochenbau und granatenförmigen Brüsten. Doch die Aufnahme konnte ihre Anmut nicht ganz wiedergeben – diesen Augenblick, in dem junge Mädchen zur Frau geworden sind und es noch nicht wissen, dieses flüchtige Wunder, das zwischen sechzehn und zwanzig geschieht, die besondere Schönheit eines besonderen Augenblicks. Ich beschreibe das mit meinen Worten eines Erwachsenen, als Vierjähriger konnte ich diesen Zauber nur in aller Unschuld spüren, ich verfügte nicht über die Worte, ihn zu benennen. Es heißt, dass man ein Gefühl nicht noch einmal erleben kann, dass ein Gefühl eigentlich immer im Unmittelbaren liegt. Doch als ich oben auf dem Speicherboden saß, glaubte ich, dieses Gefühl aus meiner Kindheit, meine »Liebe« zu diesem Mädchen völlig intakt wieder zu erleben, diese ungeheure Freude, die ich am Zusammensein mit ihr hatte, ich spürte sogar noch ihren Geruch, einen Jasminduft mit noch einer animalischeren, fast männlichen

Note. Sie konnte den Gesang der Vögel perfekt nachahmen, sie zwitscherte buchstäblich. Ich bin nie wieder jemandem mit dieser Fähigkeit begegnet.

Ich blieb lange dort oben, wie in der Nacht, die ich im Schlafzimmer der Zwillinge verbracht hatte, in *Christinas Zimmer*. Ich hatte jegliches Zeitgefühl verloren, dabei hatte ich mich nie realer gefühlt, mein Bewusstsein erstreckte sich bis in zuvor unbekannte Dimensionen. Ich war zu allem fähig, ich war Alles, die Kräfte der Welt waren mit mir in Verbindung getreten. Es war schwindelerregend und friedlich zugleich; die treffendste Bezeichnung für diese Erfahrung wäre vermutlich »Erfüllung«, doch im Grunde entzog sich das, was ich dort erlebte, der Sprache.

Und da sah ich sie.

Sie stand hinter dem Puppenhaus, ganz still und halb verdeckt von dem Modell, das mein Großvater gebaut hatte. Sie war eine Frau ohne Unterleib wie Claire hinter ihrem Tresen. Sie trug ein weites T-Shirt im selben Grün wie der Bikini auf dem Foto. Ihre Haut wirkte ungeheuer weiß, ihre Lippen waren aufregend rot. Ich hatte große Lust, aufzustehen und zu ihr zu gehen, aber ich klebte am Boden, nicht einmal zur kleinsten Bewegung fähig, erstarrt bis in die Eingeweide. Dennoch stellte ich weiter Verbindungen her – natürlich, das kahl geschorene Mädchen im Traum war *sie* gewesen und nicht die Weiße Frau. Und natürlich hatte mich das im Spiegel rot aufleuchtende Haar meiner Schwester an *sie* erinnert. Mein Unterbewusstsein hatte das durcheinandergebracht, all diese verlorenen Erinnerungen waren verschmolzen; Thomas Batailles Rückkehr hatte den ganzen Sack Vergangenheit geschüttelt, und jetzt lagen die Puzzleteile auf dem Boden und versuchten, sich langsam um mich und um uns herum zusammenzufügen. Das »Warum-jetzt« war mir begreiflich. Aber welchen grundlegenden Sinn hatte das alles? Welches Ziel? Wo war Christina heute, und was suchte sie? Was wollte sie? Ich sah sie fest an, ich glaubte, sie würde mir etwas sagen, und sei es in der Vogelsprache. Am liebsten hätte ich gebrüllt: »Ich will verstehen!« Doch sie ging plötzlich in die Hocke und verschwand hinter dem Modell. Im selben Augenblick spürte ich, dass mein Körper wieder seine Rechte wahrnehmen konnte. Ich stand mühsam auf und schleppte mich, hinkend wie im Grand Café und mit heftigem Kribbeln im rechten Bein, zu der Stelle, an der sie mir erschienen war. Christina war nicht mehr da. An ihrer Stelle war eine winzige Pfütze. Eine Wasserlache, die seltsamerweise und gegen alle physikalischen Gesetze nicht in den alten Dielen versickert war. Eine kleine Pfütze wie eine flache, ovale Blase auf den Brettern. Ich beugte mich vor und wollte den Zeigefinger in diese quecksilbrige, aber durchscheinende seltsame Flüssigkeit tauchen, als mich lautes Gebrüll hochschrecken ließ. Mein Kopf stieß gegen etwas.

Ich war gegen die Kante des Bücherregals gestoßen. Das Foto lag neben mir; vor dem weiten Strand lächelte mir Christina entgegen, flammendes Haar vor einem Blau à la Yves Klein. Ich rieb mir die Augen und richtete mich wieder auf. Der herausgelöste Stein lag unter dem runden Fenster, und genau darüber schien mich eine schwarze Höhlung wie ein Zyklopenauge anzustarren. Ich war eingeschlafen oder hatte das Bewusstsein verloren. Chardonnay, Bourbon, starke Emotionen und ein kleines Stück Brot – das hatte ich davon. Langsam wandte ich mein Gesicht dem Puppenhaus zu, von dem Gedanken verängstigt, ich könnte dort tatsächlich Christina sehen. Natürlich war da niemand. Ich ging und suchte nach der festen Wasserblase, auch davon war nichts zu sehen. All das war so seltsam! Weißt du, ich habe nie viel geträumt. Das heißt, ich träume natürlich wie jeder Mensch. Aber ich weiß hinterher nie, wovon. Abgesehen von einigen Kindheits-Albträumen – darunter vor allem ein häufig wiederkehrender, in dem mir meine Mutter ohne Mund erschien, der untere Teil des Gesichts war wie ausradiert, fürchterlich –, habe ich den Traum nie als wesentlichen Bestandteil meines Lebens erlebt. Und plötzlich, mit fast vierunddreißig Jahren, versank ich in erschreckend lebhafte Träume, an die ich mich ganz genau bis in die kleinsten Details erinnern konnte, Träume, die mich auch am Tag verfolgten und mir die Wirklichkeit wie Blendwerk erscheinen ließen, Träume, die insgesamt eher Halluzinationen glichen.

Ich dachte an das Gebrüll, das mich geweckt hatte. War es wirklich gewesen? Oder geträumt? Ich lauschte in das stille Haus. Wer hatte mitten im Traum geschrien?

Ich sammelte mich wieder, steckte die Polaroidaufnahme in die Tasche meiner Schlafanzugjacke – über diese Schlafanzüge hast du immer gespottet, Cora, »Großväterchen« nanntest du mich, aber du siehst: Ich bleibe dabei – und setzte den Stein möglichst genau wieder in die Wand. Dann ging ich hinunter und schob die Bodentreppe wieder ein, wobei ich auch jetzt jeden Lärm sorgfältig vermied. Ich wollte schon wieder in mein Schlafzimmer zurück, da kam mir die Eingebung, noch einmal ins Erdgeschoss zurückzugehen. Ich öffnete die Tür der Zwillinge einen Spalt breit: Sie schliefen immer noch, Colin hatte sogar zu schnarchen aufgehört. Alles war ruhig, wie gespannt. Die Standuhr schlug zwei. Du lieber Himmel, ich hatte drei Stunden da oben zugebracht! Wieder quälte mich Hunger, also ging ich ins Wohnzimmer weiter. Doch in dem Moment, als ich den Deckenleuchter anschalten wollte, spürte ich, dass jemand im Raum war.

Meine Mutter.

Sie stand mit dem Rücken zu mir am Küchentresen und schwankte ganz leicht wie ein Schilfrohr im Wind, vor und zurück. Sie murmelte vor sich hin. Es wirkte fast wie ein Psalmodieren, und ich trat näher, um zu verstehen, was sie da erzählte.

»Christina, wenn du das bist, bitte hör auf damit, ich flehe dich an.«

Das war es, was sie immer wieder herunterleierte wie ein Gebet oder einen Psalm.

Christina, wenn du das bist, bitte hör auf damit, ich flehe dich an.

Da wurde mir klar, dass an dieser Geschichte noch viel mehr faul war, als ich gedacht hatte.

Grâce Marie Bataille,
7. Oktober 1981, Wohnzimmer,
21 Uhr 50 auf der großen Standuhr

Eben hat mir eine Patientin eine verrückte Geschichte erzählt. Sie hatte einen Verkehrsunfall, ihr Mann ist tot, sie hingegen ist mit einem gebrochenen Arm und einer simplen Gehirnerschütterung davongekommen. Sie saß am Steuer. Und nun hat sie ganz klassisch Schuldgefühle. Während der fünf Tage, die sie jetzt im Krankenhaus ist, hat sie ununterbrochen geweint, weil sie ihren Mann umgebracht hat.

Als ich heute Morgen zu ihr kam, traf ich sie zum ersten Mal außerhalb des Bettes an. Gewaschen und anzogen. Fast strahlend, trotz der Schmerzen an ihrem gebrochenen Arm. Ich sagte ihr, wie überrascht ich war; eigentlich war ich eher darauf gefasst gewesen, dass sie einen Selbstmordversuch unternehmen würde. Doch sie erklärte mir: »Charlie hat mir vergeben. Heute Nacht ist er zu mir gekommen und hat mir verziehen.« Ich hängte einen neuen Infusionsbeutel an und setzte mich dann zu ihr, um Näheres zu erfahren.

Sie hatte geschlafen.

Sie schlief tief und fest, als sie einen Lufthauch wahrnahm, als würde über ihrem Gesicht ein Fächer bewegt. Dieser Lufthauch weckte sie ein wenig auf, und dann bekam sie eine enorme Ohrfeige auf die rechte Wange; sie sagte, sie habe jeden Finger gespürt, wie er hart und kalt auf ihrer Haut aufgeschlagen sei. Sie setzte sich auf und machte Licht. Dann nahm sie den Taschenspiegel vom Nachtschränkchen: Ihre Wange war krebsrot, auf der Haut waren deutlich fünf Fingerabdrücke sichtbar. Sie war allein im Zimmer, das andere Bett war gerade frei. Sie fragte laut: »Charlie, bist du das? Schatz, bist du's?« Als Antwort auf ihre Frage schlossen sich die Laken eng um ihren Körper, der Geruch ihres Mannes füllte den Raum, er war sehr stark, fast berauschend. Die Laken waren fest und elastisch zugleich, wie Muskeln, die sich ihr entgegensetzten, starke Muskeln, die sie auf das Bett pressten. Der Druck war so stark, dass sie sich wieder hinlegen musste, es war ihr körperlich unmöglich, aufrecht sitzen zu bleiben. Also wartete sie. Angst hatte sie nicht, wie sie sagte, denn sie wusste ja, dass es sich um ihren Mann handelte, der ihr schon nichts Böses tun würde. Er hatte sie geohrfeigt, um seinen Zorn zum Ausdruck zu bringen, das sei ja nur normal und gesund – ja, dieses Wort gebrauchte sie. Nach einigen Augenblicken bekam sie einen Kuss auf die Stirn; Charlie pflegte sie immer auf die Stirn zu küssen. Es war ein intensiver Kuss, zwei kalte Lippen drückten sich auf ihre Haut. Danach ließ die feste Umarmung der Laken nach, und sie fühlte sich unglaublich gut. Bis zum Morgen spürte sie die eisigen Spuren von Charlies Lippen auf ihrer Stirn. Und nun hatten sich alle Schuldgefühle in Luft aufgelöst. Es bleibt natürlich der Kummer … Sie liebte ihren Mann, und es ist schwer für sie, ohne ihn weiterzumachen. Aber so ist es, Thomas: Sie ist jetzt davon überzeugt, dass er ihr verziehen hat. Sie weint nicht mehr, sie versinkt nicht mehr in Depressionen. Sie ist entschlossen zu leben.

Ich nehme an, es gibt tausend unterschiedliche Weisen, mit dem Leid umzugehen, und manchmal fühlen sich Träume lebendiger an als das Leben. Diese Geschichte deutet auf eine Schlafstarre hin, eine zwar erschreckende, aber recht häufig auftretende Störung, bei der der Betroffene vorübergehend keine Muskelspannung hat und möglicherweise auch halluziniert. Aber ich kann auch nicht ausschließen, dass ihr Bericht der Wahrheit entspricht. Die Kleine hatte deinen Unfall vorausgesagt, eine unsichtbare Hand hat mich aus dem Meer errettet, und die alte Chapelle spricht von einem schwarzen Schein rings um unser Haus. Die Welt ist weder so steinern, wie wir glauben, noch ist die Realität in einen Rahmen zu bannen. Es geschieht so vieles, das sich nicht erklären lässt! Alles verschleißt, geht auseinander und kaputt, Gegenstände, Körper und Maschinen. Doch mein Geist wird nie altern, die unerträgliche ZEIT hat keine Macht über ihn. Also warum sollte Charlies Geist nicht aus einem Zwischenort, einer vorübergehenden immateriellen Realität gekommen sein, um seiner Frau Lebewohl zu sagen? Ich bin nach wie vor Atheistin, Gott hat damit nichts zu tun. Ich vermute nur, dass große Teile unserer Wahrnehmungsfähigkeit inaktiv bleiben. Wenn das Kommunikationsbedürfnis auf beiden Seiten groß genug ist, werden Verbindungen zwischen verschiedenen Ebenen möglich, wie ein Aufzug in einem treppenlosen Gebäude ja auch mehrere Etagen anfahren könnte. Doch dieser Aufzug, verstehst du, würde sich nur im Falle höherer Gewalt in Bewegung setzen: ein Herzinfarkt im vierten Stock, und der Aufzug öffnet sich, um die Retter hinaufzubringen; oder das Mädchen aus dem zweiten Stock und der Junge aus dem sechsten wären derart füreinander geschaffen, dass sie sich unbedingt kennenlernen müssten. Diese Interaktion wäre *notwendig*: Der Aufzug setzt sich in Bewegung.

Ich werde es dir nie sagen, aber ich glaube, dass die Kleine diese Gabe besitzt, diese Gabe, zwischen mehreren Ebenen hin und her zu wechseln, von Stockwerk zu Stockwerk zu springen. Ich glaube, das ist es, was dich an ihr verhext – dieses anwesende und abwesende, greifbare und abstrakte Mädchen, dieses sichtbare und erträumte Bild. Deshalb malt Nathan sie und in den letzten Monaten nur sie. Weil die Kinder es wissen, spüren; unser Sohn ist neben einem Toten herangereift und mehr als jeder andere empfänglich für diese Spalten, diese Vorhänge der Realität, die sich öffnen und schließen, oft hinter unserem Rücken, weil wir nicht hinsehen, nicht hinhören, sondern uns mit der konkreten Organisation eines greifbaren Alltags beschäftigen. *Tätig sein hindert am Denken.* Nathan malt Christina, weil sie einer Fiktion zugehörig ist. Christina ist ein Wesen, auf das jeder seine eigene Wahrheit, sein eigenes Begehren, sein eigenes Schicksal projiziert. Und du bist in dieses Bild eingetreten, Thomas. Aber du musst wieder herauskommen, denn das ist nicht das Leben.

Hörst du, Christina IST NICHT das Leben.

Christina ist ein Hologramm.

Ich hatte nicht gewagt, ihr seltsames Gebet zu unterbrechen; vor allem hätte ich nicht gewusst, wie: Maman schien in einer anderen Welt zu sein, sie verhielt sich wie eine Verrückte. Ich hatte Angst, sie würde vielleicht verschwinden oder auf der Stelle implodieren, wenn ich mich bemerkbar machte.

Also wandte ich mich um und ging wieder hinauf in mein Zimmer. Ich dachte an das, was Thomas über Mamans Verhalten nach meiner Geburt gesagt hatte: *Danach war eure Mutter anders. Sie war seltsam geworden, unruhig.* Natürlich konnte ich mich an diese Zeit nicht mehr erinnern, aber auch jetzt wirkte unsere Mutter »seltsam« und »unruhig«. Sie erinnerte mich an meine Schwester als Jugendliche, als sie mich mit ihrer Grabesstimme erschreckte.

Sie hatte mir Angst gemacht.

Oben holte ich das zerrissene Mädchen aus meiner Schlafanzugtasche und suchte in meiner Jeans nach der anderen Hälfte. Ich legte sie zusammen. Christina, Thomas, der Himmel, das Meer, die Dünen. Ich fragte mich, wer das Foto gemacht hatte. Vielleicht Lise, oder auch ein anderer Urlauber. Ich bezweifelte, dass es Grâce gewesen war.

Ich vermutete, dass mein Vater, nachdem er den Brief

seiner Geliebten gefunden hatte, das Bild zerrissen und in ihrem Versteck zurückgelassen hatte. Das war in sich logisch: Wenn du mich von einem Tag auf den anderen verlassen hättest, hätte ich mich auch so verhalten können. Mysteriös war nach wie vor, wie ein Teil des Fotos in die Hände der Kinder gelangt war, aber auf eine Merkwürdigkeit mehr oder weniger kam es mir nicht mehr an, zumal die Zwillinge selbst zugegeben hatten, »ein wenig gestöbert« zu haben.

Im Sekretär fand ich eine Rolle Klebeband und klebte das Bild zusammen. Ich strich mit dem Zeigefinger über den Riss, als wollte ich eine Narbe glätten. Das Bild war vollständig und schön. Es ist schrecklich, das zu sagen, Cora, aber die beiden passten gut zusammen. Ich legte das Foto unter mein Kopfkissen und schlief dann, trotz der schwierigen Umstände, ein wie vom Hammer erschlagen.

Im Morgengrauen wachte ich wieder auf, benommen, mit schlechtem Geschmack im Mund und bleiernem Schädel. Ich war erschöpft, aber ich wusste, ich würde doch nicht wieder einschlafen können. Also stand ich auf, getrieben von dem verführerischen Gedanken an Jasmintee und ein Stück Brot. Es war fast sieben, die Zwillinge würden ohnehin bald auf den Beinen sein. Ich zog mich an, wusch mir das Gesicht und putzte mir ausgiebig die Zähne. Danach fühlte ich mich besser. Nicht in Hochform, aber immerhin lebensfähig.

Maman lag auf der Bank im Wohnzimmer, mit angezogenen Beinen und die Stirn gegen die Wand gepresst. Da ich mir Sorgen um die Konstitution ihres Herzens machte, legte ich ihr die Hand auf die Schulter, um sie zu wecken.

Sie schrak hoch und setzte sich so blitzschnell auf wie ein Springteufelchen.

»Maman? Alles in Ordnung?«

Sie rieb sich die Augen; sie sah aus wie ein Panda, das Make-up, das sie nicht entfernt hatte, hatte sich in verschwommenen Höfen um die Augen verteilt und war in die Fältchen rings um ihre Lider geflossen.

»Warum hast du hier geschlafen?«

Sie murmelte heiser: »Mein Schlafzimmer ist unbewohnbar. Wenn das so weitergeht, wird es hier im Haus keinen Platz mehr geben, an dem man schlafen kann.«

»Unbewohnbar? Was soll das heißen?«

Ich ging auf ihre Schlafzimmertür zu, doch sie stand hastig auf.

»Nein! Geh da nicht rein!«

»Also … Ich versteh das nicht. Was ist denn da drin?«

»Eine Schlange.«

»Eine … *Schlange*?«

»Ja. Ich glaube, es ist eine Natter, aber sie ist riesig.«

»Eine Natter? Zu dieser Jahreszeit? Maman, bist du sicher, dass du nicht geträumt hast?«

»Da haben wir's. Es geht wieder los. Ihr haltet mich für verrückt. Ihr haltet mich alle für verrückt.«

»Aber nein … Ich geh einfach mal nachschauen. Wenn es wirklich eine Natter ist, besteht keine Gefahr für mich.«

»Aber zieh Schuhe an, ja? Zieh diese Pantoffeln aus, und zieh richtige Schuhe an.«

Ich zog meine Baustellenstiefel an, um mich für das Nattern-Schlafzimmer zu wappnen. Maman folgte mir in einiger Entfernung, sie war sehr nervös. Sie hatte schon immer einen Horror vor Schlangen gehabt, eine Art Phobie. Wahrscheinlich war dies das Einzige, was ihr am Landleben missfiel. Spinnen, Wespen, Schnecken, Mäuse – das ließ sie alles kalt. Aber Schlangen! Sie waren ihr Schrecken. Ich öffnete vorsichtig die Tür und stand in Eiseskälte.

»Ja«, erklärte meine Mutter hinter mir, »ich habe die Fenster offen gelassen. Ich dachte, sie würde vielleicht von allein wieder rausgehen …«

Das stand in Anbetracht der Außentemperatur nicht zu erwarten. Nattern halten im Dezember normalerweise Winterschlaf.

»Wo war sie?«

»In der Nähe des Betts. Eher am Kopfende.«

Ich ging entschlossen darauf zu. Nattern können zwar eindrucksvolle Größen erreichen, aber sie sind harmlos. Bei einer Viper hätte ich nicht so gern den starken Mann markiert. Tatsächlich lag eine zusammengerollte Ringelnatter auf dem Boden, sie glich einem dicken Schal mit Camouflagemuster und war mindestens einen Meter zwanzig lang. Ich wandte mich zu Grâce um, die sich an den Türrahmen drückte.

»Und?«, fragte sie mit bebender Stimme.

»Die gute Nachricht ist, dass du nicht verrückt bist.«

Ich ging ins Wohnzimmer und kehrte dann mit Schürhaken, Besen und Kohlenschaufel bewaffnet ins Schlafzimmer zurück. Ich stupste das Reptil mit der Metallspitze, doch es machte nicht die leiseste Bewegung.

»Das Ding schläft wie ein Murmeltier.«

»Pass trotzdem auf …«

Ich schob die Schlange mit dem Besen Richtung Kohlenschaufel, wie man sonst mit Handfeger und Schaufel Staubmäuse jagt. Die Operation, so heikel sie war, war ein voller Erfolg. Die Natter behielt ihre Spiralenform bei und lag schließlich wie ein gigantischer grünlicher Hundehaufen auf der Schaufel. Meine Mutter trat eilig den Rückzug an, um mich durchzulassen, und flehte mich an, sie »ganz, ganz weit weg« auszusetzen.

»Maman … Hast du geschrien, als du sie gesehen hast?«

»Ja natürlich. Hättest du etwa an meiner Stelle nicht geschrien?«

Ich lächelte ihr zu und ging dann hinaus, meine absurde Last vor mir hertragend. Ich ging die Treppe hinunter und dann bis zur Landstraße, wo ich das Tierchen auf der anderen Seite, »ganz, ganz weit weg« in den Straßengraben setzte. Als die Schlange mit dem kalten Schlamm in Berührung kam, wachte sie auf und entrollte ihren weichen Körper wie ein dickes Seepferdchen. Ich schlotterte vor Kälte, und dieses Schauspiel stieß mich ab. Im Laufschritt überquerte ich die Straße und kehrte ins Haus zurück. In der Diele stand Grâce, händeringend wie eine Seemannsfrau, die an einem stürmischen Tag Ausschau nach ihrem Gatten hält.

»Voilà. Die dürftest du nicht so bald wiedersehen.«

»Wie ist sie da hingekommen?«

»Wie deine Kette in den Ofen. Wie die Steine in die Fensterscheiben und das Messer in die Decke. Ganz offensichtlich versucht man, dir Angst zu machen.«

Ich setzte Wasser auf und stellte die Kaffeemaschine an. Meine Mutter zog einen Stuhl unter dem Tisch vor und setzte sich. Sie legte die Stirn auf die verschränkten Hände und stieß einen melodramatischen Seufzer aus.

»Aber wer? Und warum?«

»Ich weiß es nicht, Maman. Man müsste die Polizei rufen und vielleicht eine Alarmanlage einbauen. Die Gegend ist gefragt … Vielleicht will jemand das Haus?«

»Also da braucht es doch ein wenig mehr, um mich aus dem Haus zu vertreiben.«

»Ich weiß nicht, was hier vor sich geht, aber ich habe Hemmungen, dich allein zu lassen. Morgen fahre ich zurück, und ehrlich, ich mach mir Sorgen.«

»Ich habe beim Klempner angerufen, Sagnier kommt wegen der Fenster vorbei. Ich werde auch jemanden wegen der Alarmanlage anrufen. Du hast recht. Dann kommt alles wieder ins Lot.«

»Hoffentlich.«

Ich schüttete das kochende Wasser in meine Trinkschale und ließ einen Teebeutel hineingleiten. Als ich meiner Mutter den Kaffee brachte, erschien Soline, verstrubbelt und mit schief sitzendem Schlafanzug.

»Ich habe Hunger!«

»Hallo, Püppchen. Alles gut?«

Sie nickte und ging zu ihrer Großmutter, um sie zu küssen.

»Wo ist dein Bruder?«

»Der schläft noch. Er hat die ganze Nacht Highlife gemacht, mir die Bettdecke weggezogen, mich gestupst und alles. Er hat sogar gesprochen.«

»Tatsächlich? Was hat er denn gesagt?«

»Sachen, die man nicht verstehen konnte, es war wie eine andere Sprache … Ach, ich weiß auch nicht genau.«

»Wahrscheinlich hatte er einen Albtraum«, sagte ich leise und holte mit zitternden Händen den Kakao aus dem Schrank. »Außerdem glaube ich, dass er einen Schnupfen ausbrütet.«

»Oh, dann kriegen wir sie doch noch, die Lungenentzündung!«

Ich lachte – oder versuchte es wenigstens. Ein Lachen, so wohlklingend wie eine herunterpolternde Ladung Schutt.

»Na, wenigstens ist der Weihnachtsmann schon in sicherer Entfernung!«

Sie lächelte mir zu, als sie sich an den Tisch setzte, ihr umwerfendes Lächeln, das deinem so sehr gleicht, Cora.

Grâce stand auf und warf mir dabei einen Blick von der Seite zu, meine plötzliche Leichenbittermiene erstaunte sie. »Ich glaube, nach dieser schrecklichen Nacht brauche ich eine Dusche. Ich geh rauf, in Ordnung?«, sagte sie.

»Du bist hier zu Hause, Maman.«

»Allerdings«, gab sie hart zurück. »*Noch* bin ich hier zu Hause.«

An diesem Nachmittag nahm ich denselben Bus wie am Vortag. Ich war mit einem weiteren Gespenst verabredet, in der Allee 16; ich konnte nicht nach Paris zurückfahren, ohne dieses Grab gesehen zu haben. Als ich aufbrach, tummelten sich mehrere Gewerke im Haus. Im Keller war ein Elektriker zugange, und Sagnier und ein kräftiger Hüne mit polnischem Akzent wechselten die Fensterscheiben im Schlafzimmer aus. Der Klempner verkündete, er müsse den Boiler erst bestellen, die Badewanne werde mindestens zwei Wochen nicht benutzbar sein, worüber meine Mutter sich übermäßig aufregte. Dennoch hatte dieses um sich greifende Tohuwabohu sie auf die Idee gebracht, mit den Kindern nach Villefranche zu fahren und ins Kino zu gehen. Die Kinder waren hin und weg. Und ich hatte freie Bahn, um insgeheim die letzte Mission, die ich mir vorgenommen hatte, in Angriff zu nehmen.

Ich lief also durch dieses riesige kreisförmige Labyrinth und klapperte im Takt meiner immer schneller werdenden Schritte mit den Zähnen. Es war höllisch kalt, und ich hasse Friedhöfe. Friedhöfe sind sozusagen meine Schlangen, Cora. Ich habe es dir nie gesagt, ich schämte mich ein bisschen, weil du dafür schwärmtest. Du fandest diese Orte friedlich und inspirierend, fast verzaubert wie Märchenwälder. Im Sommer gingst du zum Lesen oft auf den Friedhof Père-Lachaise, eine in meinen Augen völlig abwegige Marotte – diese Reihen von Namen auf den Gedenksteinen, die Blumen, halb verwelkt, wie an multipler Sklerose erkrankt, die Marmorstelen und Familiengrüfte verkörperten für mich die Unausweichlichkeit des Todes. Friedhöfe bedrücken mich, denn die einzige Gewissheit für den Menschen im Allgemeinen – und für mich im Besonderen – ist die, an einem solchen Ort zu enden. Seit ich dich auf dem Friedhof besuche, ist es natürlich noch schlimmer geworden. Vorher musste ich nur um meine Großeltern trauern. Ich litt jedes Mal, vor allem bei Louise, weil ich sie am besten gekannt hatte. Aber ihr Tod folgte dem Lauf der Dinge. Am Ende sagte meine Großmutter oft, sie sei müde, sie habe genug, sie wolle gehen. Du aber hättest nicht so früh sterben dürfen, und dennoch bist du tot.

Ich brauchte fast eine halbe Stunde, um die Allee 16 zu finden, meine Wangen waren schon rau vom Wind, und dann noch einmal eine Viertelstunde, um meinen Bruder zu entdecken. Endlich stand ich vor seinem von tiefgefrorenen Bäumen und Büschen umgebenen Grab, in dessen Granitstein ein niedlicher, aber etwas grotesker pausbäckiger Engel gehauen war.

AURÉLIEN BATAILLE

12.3.1977

Mögest du ein Engel unter Engeln sein.

Cora, du kannst dir nicht vorstellen, welche Wirkung das auf mich hatte. Mein Geburtsdatum auf diesem Stein, und mein Familienname! Es war so heftig. Am liebsten wäre ich weggerannt, aber ich musste bleiben und *körperlich* eine Information verarbeiten, die bis dahin eine reine Schimäre war. Da war der Grabstein. Da war sein Name. Da war sein Grab. Ich hatte einen Zwillingsbruder gehabt, und dieser Zwilling war noch vor der Geburt gestorben. Ihm mein Geburtsdatum als Sterbedatum zu geben, schien so etwas wie dichterische Freiheit zu sein, wahrscheinlich hatte niemand genau sagen können, wann sein Herz zu schlagen aufgehört hatte.

Um mich endgültig von der Realität dieser Tatsache zu überzeugen, legte ich die Hand auf die Marmortafel.

Au-ré-lien.

Aurélien, mein Bruder.

Er hatte in gewisser Weise gelebt. Nur kurz und in sehr primärem Zustand, doch er hatte gelebt. Plötzlich fragte ich mich, was genau da beerdigt lag. Hatte er schon Knochen? Fingernägel? Die Frage war so schrecklich, dass ich sie hastig verscheuchte, was mir aber nicht vollständig gelang. Ein eisiger Windstoß fuhr mir ins Gesicht, eine Parka-Schnur klatschte mir auf die Haut, schneidend wie ein Peitschenhieb. Ich drehte mich um: Ich hatte genug gesehen. Ich kehrte diesem Bruder, den ich nie gehabt hatte, den Rücken, ihm und dem Geheimnis und der Lüge.

Ich musste unbedingt mit jemandem sprechen. Aber mit

wem? Einen Freund, eine Freundin anrufen? Was würden sie davon verstehen? Ich müsste ihnen die Geschichte von Anfang an erzählen, man würde nach Details fragen, es gäbe *Ahs* und *Ohs* und »Das gibt's doch nicht, das ist ja verrückt!« – und all das wollte ich nicht. Als ich den Friedhof verließ, entschlossen, nie wieder einen Fuß dorthin zu setzen, kam mir ein verrückter Gedanke, der mir jedoch völlig naheliegend erschien.

Und mitten in diesem feindseligen Viertel voller Beerdigungsunternehmen und halb entkernter Siebzigerjahre-Gebäude nahm ich deshalb auf der Avenue Berthelot die Straßenbahn Richtung Stadtzentrum.

Grâce Marie Bataille,
11. November 1981, Wohnzimmer,
2 Uhr 30 auf der großen Standuhr

An Schlaf ist nicht zu denken.

Ich werde nie wieder schlafen, eine ewige Nachtwandlerin.

Es gibt keine Taktik oder Strategie mehr. Keine Hoffnung, kein Flicken – nur die unerträgliche Gegenwart.

Waffenstillstand? Von wegen.

Dein Bild verändert sich, Thomas. Es steht auf dem Kopf, es verzerrt sich. Sogar die Struktur deiner Sprache hat sich verändert. Du bist dabei, dich endgültig in eine andere Welt zu entfernen wie eine fliegende Untertasse, deren Blinken bald nicht mehr zu sehen sein wird.

Ich bin der Geist eines Geistes, der Schatten eines Schattens, die Spiegelung einer Spiegelung.

Mit welchen üblen Mitteln ist es euch gelungen, mich mit nur vierunddreißig Jahren so alt zu machen? Ich bin von einem Tag auf den anderen zu einem Ungeheuer geworden, als wäre ich bei einem Unfall entstellt worden.

Auch Fett war einmal schön, zu anderen Zeiten und an anderen Orten.

Es gab eine Zeit, da war die Seele alles, und der Körper nichts. Heute ist der Körper alles, und die Seele nichts.

Gott ist tot, und auch ich habe geholfen, ihn umzubringen.

Heutzutage muss alles *deutlich sichtbar* sein. Oberflächlich, äußerlich, bildschirmtauglich. Die Seele ist mit einem auf der Kosten-Nutzen-Rechnung basierenden System nicht kompatibel.

Ich räche mich am Leben, gierig schlucke und verschlinge ich Schokolade, Brot, Wein. Was macht es schon? Mit Wonne herunterkommen, solange es noch geht. Die ständigen Erfindungen meines Kopfes verfolgen mich. Irgendetwas muss ausgeschaltet oder zumindest in den Ruhezustand versetzt werden.

ON OFF ON OFF ON OFF ON OFF ON OFF ON OFF ON OFF ON OFF ON OFF ON OFF ON OFF ON OFF

Ich leide an Dysmorphophobie aus zweiter Hand, ich erkenne dich nicht mehr, du bist nicht mein Mann, sondern ein Hemd, zusammengenähte Streifen aus rauem Stoff, die nichts bedecken, diese Nase da, nie gesehen, diesen Mund, nie gesehen, diese Augen, nie gesehen.

Ich saß mit euch am Tisch, aber ich habe mich nie so fern gefühlt. Thomas, Christina, Lise, Nathan – ihr seid Super Constellation. Ich bin auf einem Inselchen am untersten Ende von unten, ich kann euch ansehen und bewundern. Aber ich werde nie wieder bei euch sein.

Eure Worte gehen durch mich hindurch, eure Stimmen, eure Wünsche. Für mich seid ihr Verletzungen mit Gesichtern.

Du – du hast immer gelebt, ohne dir Fragen zu stellen, *Tätig sein hindert am Denken,* du passtest in die Fächer, alles war bestens, Haus-Ehefrau-Job-Garten-Kind/Tochter-Kind/Sohn und ein totes Kind als Dosis Tragik, als exzentrisches Element in einem Leben, das so geordnet ist wie eine Gasrechnung.

Du schwadronierst, du machst Witze … Oh, du wirst rot, du Blödmann! Du hältst dich immer weniger zurück. Die Kleine hat mehr Anstand als du, mein Alter. Sie schafft es nicht, aber sie versucht es. Hin und wieder wird ihr Lächeln mühsam – sie ist meinem Blick begegnet.

Ja, Kleine, mach dir Vorwürfe. Mach dir ruhig Vorwürfe! Warte nur. Siehst du den Keramiktopf dort oben auf dem Regal? Die Digitalisblätter sind für dich bereit, trocken und knisternd, gerade richtig zum Ziehenlassen. Wenn du dir die Eingeweide herauskotzt, wirst du weniger sexy sein.

Dir, Thomas, hatte ich mein Leben im Voraus geopfert.

Ein Pisslieschen später, und alles ist zerstört.

Ich habe die Liebe in Begriffen der Ewigkeit gelebt, ich habe dich geliebt, wie es in den Büchern steht. Ich denke an die Natur, die so widerwärtig gut, auf so ironische Weise organisiert ist! Das Spermium – Kopf, Schwanz, kämpferische Geißel – und die Eizelle – rund, stabil, treu. Eins ist unterwegs, das andere wartet. Ich denke an den Hochgeschwindigkeitszug, den François Mitterrand neulich eingeweiht hat, der so orangefarben ist wie das Haar der Kleinen, diesen Zug, den du nehmen wirst, um wieder wegzugehen, schneller und weiter fort.

Bleiben/Gehen.

Ich habe mein Leben damit verbracht, auf dich zu warten, dabei hätte ich dich die ganze Zeit auf mich warten lassen sollen.

Immer irrt man sich.

OFF.

Grâce Marie Bataille,
8. Dezember 1981, Schlafzimmer,
23 Uhr 36 auf dem Radiowecker

Die Kleine ist krank.

Ich würde dir nicht weiszumachen wagen, ich hätte nichts damit zu tun. Ich hätte nie gedacht, dass es so leicht ist.

Sie muss empfindlich sein, ein dickes Baby … Die Digitalisdosen in einem hausgemachten Sud sind ziemlich gering, aber eine solche Substanz hätte ich nicht aus dem Krankenhaus mitgehen lassen können, ohne peinliche Nachforschungen zu riskieren.

Jedenfalls funktioniert mein Trank. Ich höre sie über mir erbrechen, wieder und wieder – armes Kind.

Wenn du bloß da wärst und es sehen könntest, Monsieur Thomas Bataille! Ihre Haut ist jetzt wächsern, die schönen Puppenaugen blutunterlaufen. Sie sieht aus wie eine alte Alkoholikerin.

Damit das klar ist: Ich weiß, dass es böse ist! Aber ihr habt angefangen. Auge um Auge, da ist nichts zu machen.

Schluss mit dem Mitgefühl der Krankenschwester.

Schluss mit dem Verständnis der Ehefrau.

Schluss mit der Sanftheit der Frau.

Die Eizelle ist hin. Schluss mit Warten.

Ihr habt den ganzen Sommer getanzt? Na gut, dann weint jetzt!

Ihr habt das aus mir gemacht, was ich bin. Ihr habt die Schergen vermehrt, Woche um Woche, Jahreszeit um Jahreszeit. Das Pisslieschen und du, ihr habt mich geschaffen.

»Ich glaube, das Klima bekommt dir nicht, Christina. Ich denke, du solltest nach Hause zurückkehren. Ich bin nicht deine Mutter, es ist nicht meine Aufgabe, mich um ein krankes Kind zu kümmern.«

Solange sie diesen Rat nicht annimmt, wird sie meinen Kräutertee trinken. Notfalls verabreiche ich ihn ihr mit dem Trichter. Sie wird ihn trinken, bis sie abhaut, bis sie aus unserem Leben verschwindet – noch vor deiner Rückkehr, hoffe ich. Die Kleine – nur vorübergehend bei uns, wie ein Käfer.

Ein Abschied zwischen ihr und dir? Ihr solltet euch voneinander verabschieden?! Lieber sterben. Weihnachten ohne sie, das ist meine Wette. Dieses Geschenk gönne ich mir, Chéri, wenn's recht ist.

Mein Trank macht sie alt, ihr Leiden macht mich jung. Das Rad dreht sich, heißt es …

Ich nahm ein Bad, während ich ihr beim Erbrechen zuhörte. Das letzte Mal, dass ein Bad mir derart gutgetan hat, war nach dem Ball am 14. Juli, als wir Sex miteinander hatten, hier, mitten im Badeschaum. Als wir jünger waren, liebten wir uns oft in dieser Wanne. Es war sogar unsere Lieblingsart, uns gegenseitig ins Nirwana zu schicken: unter Wasser.

Doch nach Nathan war es damit vorbei.

Und dann dieser 14. Juli …! Ein Feuerwerk, aber ein echtes. Du, ich, wir – wieder zusammen. Für immer, glaubte ich. Ich glaubte, ich hätte gewonnen. Die Schlacht, nicht den Krieg. In Wahrheit haben wir uns da zum letzten Mal geliebt.

Du hast mich schon fast sechs Monate lang nicht mehr angerührt, Thomas.

Ich werde euch nicht gewähren lassen.

Die Schergen arbeiten im Dunkeln, ich verstärke die Offensive.

Als ich gegen halb sechs Uhr abends in der Kneipe ankam, stand ein Mann ohne Unterleib hinter dem Tresen. Das heißt, eigentlich war es ein Mann ohne Gesicht. Nicht dass es entstellt gewesen wäre, es verschwand nur hinter einem Urwald aus Haar und Barthaar, eine Maske, die noch durch eine Brille mit großem dunklen Gestell abgerundet wurde. Wenn du, Cora, *zwei Augen, eine Nase und ein Mund* warst, dann war dieser Typ nur eine Nase. Krönender Abschluss des Ganzen war ein handgestrickter Pullover mit Schalkragen und peruanischen Mustern in schreienden Farben – was nicht zu sehen war, wagte ich mir gar nicht erst vorzustellen: karierte Shorts und Clownsschuhe?

Ich setzte mich auf denselben Hocker wie am Tag vorher. Es war ganz still. Die Kneipe war leer bis auf eine ältere Frau, die mit gesenktem Kopf weiter hinten saß und deren Schultern merkwürdig zuckten. Dann wurde mir klar, dass sie strickte: offensichtlich einen langen dunkelgrünen Schal oder aber einen Ärmel für den Pullover eines Riesen, jedenfalls erinnerte es mich an die Natter. Ich fragte mich, ob sie den Pullover des Barkeepers zu verantworten hatte. Der blätterte in einem Thailand-Reiseführer für weniger Betuchte und wandte mir jetzt einen vagen

Blick zu, seine vorquellenden blauen Augen wurden von den dicken Brillengläsern noch vergrößert.

»Möchten Sie was trinken?«

»Ein kleines Bier, bitte.«

»Ein kleines Bier, schon unterwegs.«

Er ging zum Zapfhahn, und ich zermarterte mir das Hirn, um einen Gesprächsanfang zu finden, der nicht allzu sehr nach einem Psychopathen klang. Das Bier wurde vor mir auf den schon vertrauten Heineken-Bierfilz gestellt. Ich trank einen Schluck, während sich der Clown ohne Unterleib wieder in seinen Reiseführer vertiefte. Ich trank einen zweiten und dritten Schluck, betrachtete die strickende Omi, und nach dem vierten Schluck endlich räusperte ich mich.

»Ach bitte ...«

Der Barkeeper hob den Kopf, sichtlich verärgert über die erneute Störung.

»Eigentlich wollte ich mit Claire sprechen.«

»Claire? Da haben Sie Pech, die arbeitet montags nicht.«

»Ach so. Wissen Sie, wie ich mit ihr Kontakt aufnehmen kann? Ich muss sie unbedingt sehen.«

Inmitten des Urwalds runzelte sich eine Stirn. »Wenn Sie sie kennen würden, wüssten Sie auch, wie Sie sie erreichen können.«

»Es ist ein bisschen kompliziert. Und eine wirklich lange Geschichte. Könnten Sie mir ihre Telefonnummer geben?«

Der Clown musterte mich, sein Blick wurde immer misstrauischer. Die alte Dame bekam einen kapitalen Hustenanfall, dessen raues Echo von den Wänden widerhallte.

»Ich habe ihre Nummer verlegt«, sagte ich etwas verschämt.

Der Kerl schien mit der Intelligenz einer Parkuhr gesegnet. Er kratzte sich den Schopf und legte schließlich den Reiseführer auf den Tresen.

»So, so. Wir machen Folgendes, mein Lieber. Ich rufe sie an, und dann werden wir ja sehen, was sie dazu sagt.«

»Okay, tun Sie das. Und danke.«

Er warf mir einen schrägen Blick zu, dessen misstrauischer Ausdruck durch die Flaschenbodengläser potenziert wurde, und griff nach dem Hörer. Mein Herzschlag begann sich zu beschleunigen. Ja, eben, was würde sie *dazu sagen*? Sie hatte mir so klar zu verstehen gegeben, dass sie den Kontakt nicht vertiefen wollte, dass ich mich auf eine verbale Ohrfeige gefasst machte. Anscheinend hatte sie abgenommen. Ich spitzte die Ohren.

»Hm, ich bin's. Stör ich? Nein, kein Aas. Ist noch zu früh. Hör mal, hier steht so'n seltsamer Typ, der behauptet, er müsste dich sehen … Hm? Wart mal.« Den Hörer zwischen Bart und Peru-Schulter geklemmt, wandte er sich mir zu: »Wie heißen Sie?«

»Nathan. Sagen Sie ihr, ich schulde ihr ein Bier. Es ist sehr wichtig.«

»Nathan. Er will dir ein Bier schulden. Scheint ihm ziemlich wichtig zu sein.«

Am liebsten wäre ich abgehauen. Ehrlich, Cora. Du hättest dich totgelacht, wenn du mich hättest sehen können. Ich bin ohnehin eher mäßig im Anbaggern, aber per Telefon und über einen Vermittler ist es einfach erbärmlich.

»Okay. Ach weißt du, ich … Genau. Bis morgen.«

Der Barkeeper hängte ein. Mein Blick war wohl ein derart sprechendes »Und???«, dass er die Spannung aus einer Art Bosheit heraus noch ein wenig andauern ließ. Er holte einen Notizblock unter dem Tresen hervor, kritzelte ein paar Wörter auf einen Zettel und gab ihn mir. Auch seine Hände waren behaart, klein und behaart, ganz anders als die von Claire.

»Sie ist zu Hause. Sie können vorbeikommen, hat sie gesagt.« Ich sah auf die Adresse, ein paar winzige Buchstaben auf einem Werbe-Post-it, das die Meriten eines Kammerjägers pries. Ein seltsames »Sesam, öffne dich!«, aber immerhin.

Rue Mazard 6. Code: 3726B. 6. Stock, Mitte

Sie wohnte jetzt fast genau dort, wo ich damals gewohnt hatte. Zur Zeit unserer gemeinsamen Nacht hatte sie noch bei ihren Eltern gelebt, weit draußen, wo genau, habe ich vergessen. Noch so ein Zufall. Die Zufälle wurden so zahlreich, dass man fast an einen Plan glauben konnte, den Gott weiß wer an Gott weiß welchem Ort zusammengebraut hatte. Idiotisch, aber eine Sekunde lang dachte ich, dieser Plan sei von dir. Ich bin eher skeptisch, was die Welt der Vorstellungen angeht – glaubte ich jedenfalls. Ich lasse Wände einreißen und Wände bauen, ich gestalte Räume, entwickle Strukturen; ich lebe im Konkreten, Handfesten, in Gips und Parkett. Doch seit ich nur vier Tage zuvor in diese Gegend gekommen war, war meine so stabile, fest zusammenhängende Welt in Bewegung geraten, war voller mitschwingender Bedeutungen, Zeichen und Schicksalsschläge. Ich trank mein Bier aus und dankte dem Clown, doch der nickte nur, in Gedanken längst wieder in Thailand.

Ich verließ die Kneipe.

Draußen war es dunkel und noch kälter als vorher. Ich ging in das Weingeschäft an der Place des Terreaux und kaufte eine Flasche Champagner. Schließlich war Weihnachten. Ich beschloss, zu Fuß zu gehen, statt mit der Metro zu fahren, obwohl es eine ganz schöne Strecke war, quer durch die ganze Innenstadt. Ich wollte nachdenken, mich beruhigen – ich war überreizt – und auch nicht zu früh kommen, damit sie nicht meinte, ich fiele über sie her wie ein Wolf über seine Beute. Ich stellte mir lauter verquere Fragen nach meinem Zustand. Warum war ich derart aufgeregt? Ich hatte fünfzehn Jahre zuvor mit diesem Mädchen geschlafen und sie danach nie wieder angerufen, dann hatte ich sie zufällig wieder getroffen und ein paar Worte mit ihr gewechselt – und nun sollte mich verspätet der Blitz der Liebe getroffen haben? Nein, wirklich, das hatte wenig Sinn. Natürlich war ich völlig durcheinander. Ich hatte das Grab eines Bruders besucht, von dessen Nicht-Leben ich gerade erst erfahren hatte, ich hatte meinen Vater nach dreißig Jahren wiedergesehen, meine Mutter führte mitten in der Nacht Selbstgespräche, und unsere Kinder erfanden Gespenster. Cora, meine Welt, die ich nach deinem Tod penibel geordnet hatte, ging in tausend Stücke. Ich konnte mich nicht mehr darauf beschränken zu *funktionieren*. Ich brauchte etwas anderes, ohne genau zu wissen, was. Die Begegnung mit Thomas Bataille war wie der Beginn einer neuen Seite, doch ich spürte, dass ich das letzte Kapitel noch nicht gelesen hatte.

Und wusste verdammt noch mal nicht, wie sehr ich davon entfernt war.

Von einem bösen Wind niedergebeugt, überquerte ich die Place Bellecour und bog in die Rue Victor Hugo ein. Die Geschäfte waren noch geöffnet, hell erleuchtet und mit ihren Weihnachtsdekorationen geschmückt. Eine Gruppe junger Mädchen führte Handtäschchen bekannter Modelabels aus – gleich auf den Kopf gehauene Weihnachtsgratifikationen. Ich dachte an unser letztes Silvester, nur wir beide in unserem Adlerhorst. Du warst schwanger bis zu den Ohren und musstest liegen, damit die Zwillinge nicht zu früh zur Welt kamen, du trankst ein alkoholfreies Bier und hattest dir eine Girlande als Boa um den Hals gewickelt und knallrosa Lippenstift aufgelegt, um dich festlich »herzurichten«. Du durftest weder Gänseleberpastete noch Meeresfrüchte noch Käse essen, und ich ließ dir das Wasser im Mund zusammenlaufen, indem ich mir einen Toast nach dem anderen einverleibte, den Champagner gleich aus der Flasche trank und am Fenster Kette rauchte. Ich ließ dir das Wasser im Mund zusammenlaufen, und du hasstest mich – *ich hasse dich, o wie ich dich hasse!* –, doch es war ein wohlwollender, neckender Hass, der hinreißende Hass der Liebe. In den ersten Monaten ging es dir zwar höllisch schlecht – und du musstest andauernd kotzen –, aber jetzt hatte dich eine Art Euphorie erfasst, auch wenn du dich selbst als Walfisch bezeichnetest, bloß damit ich dir sagte, du seist der schönste Wal, der je durch die Meere geschwommen sei. Und während ich so an dich dachte und an uns, an all die Silvester und Weihnachten, die wir nie zusammen feiern würden, ebbte meine Erregung langsam ab. Ehrlich gesagt, wäre ich sogar fast umgekehrt, als ich auf der Höhe der Rue Mazard angekommen war. Doch ich ging weiter; eine Art Instinkt riet mir weiterzugehen – *eher nach links als nach rechts*.

Ich fand die Tür, tippte den Code ein und stellte bestürzt fest, dass es keinen Aufzug gab. Ein glänzendes Schild im Hausflur verkündete: *Teufel sind im Treppen-*

haus verboten. Wobei mit diesen Teufeln treppentaugliche Sackkarren gemeint waren. Auch in dem Haus mit unserem Adlerhorst hing ein solches Schild. Als wir die Wohnung zum ersten Mal besichtigten, sagtest du zu mir: »Also mein Lieber, ich fürchte, du darfst hier nicht rein!« Beklommen stieg ich die Treppe nach oben. Auf dem Montmartre stiegen wir dauernd Treppen hoch. Eins in jedem Arm, trug ich die Babys sieben Stockwerke hoch, den Zwillingsbuggy hatte ich unter die Treppe geschoben und mit einem Schloss gesichert. Ich frage mich, woher ich, Tag für Tag, die Kraft dazu genommen habe. Wir sind stärker, als wir glauben … Wirklich, Cora, wir sind viel stärker, als wir glauben.

Atemlos kam ich auf der obersten Etage an, die schwere Flasche im Arm wie einst unsere Kinder. Ich wartete einen Augenblick. Als ich meine Atmung halbwegs erträglich fand, klingelte ich, und dabei schoss mir die Frage durch den Kopf, wie ich wohl nach Hause kommen würde. Vierzig Kilometer mit dem Taxi, das ging wohl nicht. Seltsamerweise hatte ich mir diese Frage vorher nicht gestellt. Ich stand auf einer Fußmatte, die *»Oh, no! You, again?!«* spottete, und versuchte, mir wieder Mut zuzusprechen: Gegen neun Uhr morgens fuhr ein Bus, und unser TGV ging erst gegen sechzehn Uhr. *Ich fahre morgen zurück. Alles in Ordnung. Ich muss nur anrufen …*

Claire hatte sich keinerlei Mühe mit ihrer Garderobe gegeben, sie trug einen weiten schwarzen Pullunder und eine Art Haremshose, die mit Makaken bedruckt war. Sie sah aus, als käme sie aus dem Bett, nur hübscher. Sagen wir, sie hatte das an sich, was an einem gerade aus dem Bett kommenden Mädchen das Hübscheste ist. Sie war barfuß, die perlmuttfarbenen Nägel waren in einem Nudeton lackiert, und ihre Füße waren genauso umwerfend wie ihre Hände. *Himmel noch mal*, dachte ich, *dieses Mädchen hat unglaubliche Hände und Füße.* Ihre ungeschminkten durchscheinend blonden Wimpern brachten die kastanienbraune Iris zur Geltung. Und was schließlich die kleinen Äffchen anging, die wirkten nett. Im Hintergrund lief Musik, ein etwas trauriger Pop, den ich nicht kannte.

»Na, dann komm rein«, sagte sie.

Es klang wie ein Befehl. Ich gehorchte und trat in eine kleine Mansardenwohnung, durch die sich dunkle Balken zogen.

»Ein Luftschloss«, murmelte ich.

»Wie bitte?«

»Ach nichts. Deine Wohnung sieht ein bisschen so aus wie das Schlafzimmer meiner Kinder. Sie nennen es ihr ›Luftschloss‹.«

Sie lächelte. Ich hielt ihr die in Goldpapier gewickelte Champagnerflasche hin. Sie ergriff sie mit ihren zarten Händen, und ich hatte plötzlich eine Vision, ein völlig ungewohntes pornografisches Bild vor Augen.

»Was gibt's zu feiern?«

Ich zog mit gespieltem Phlegma die Schultern hoch, in mir brannte es, mein Glied spannte sich unter dem Stoff der Hose.

»Wir finden schon was. Zum Beispiel die Äffchen auf deinen Schenkeln.«

Sie sah auf ihre Hose hinunter und hob den Blick dann wieder; sie schien nicht ganz zu wissen, was das heißen sollte.

Um jedem Missverständnis vorzubeugen, erläuterte

ich meinen Gedanken hastig. »Sie sind niedlich. Es sind superniedliche kleine Affen. Ich mag sie.«

»Du würdest nicht spotten, wenn du wüsstest, wie viele Trinkgelder mich diese Hose gekostet hat.«

»Ich spotte nicht. Ich finde sie toll. Ehrlich!«

Sie zog wieder ihr seltsames Gesicht, ihre wie von einem Faden schräg gezogenen Lippen. Wirklich eine sehr außergewöhnliche Mimik. Während ich meinen Parka auszog, öffnete sie einen Schrank in ihrer winzigen Küchenecke.

»Ich habe keine Sektgläser, es kommen selten Gäste. Geht auch ein Weinglas, oder ist das ein Sakrileg?«

»Und das bei dir, der Barkeeperin.«

»Ich hab gerade frei, Nathan. Übrigens rührt genau daher meine Gläserphobie. Sobald ich welche kaufe, gehen sie kaputt.«

Am liebsten hätte ich ihr gesagt, dass ich diesen Champagner auch gern aus ihren Schuhen, ihrem Bauchnabel oder aus einem Blumentopf getrunken hätte, ich begnügte mich jedoch mit einem Lächeln. Ich musste mich überwinden, sie jetzt schon allein zu lassen, doch ich bat sie, mich einen Augenblick zu entschuldigen, und hielt dabei mein Handy hoch. Sie zeigte auf eine schwarz gestrichene schmale Tür.

»Da ist das Badezimmer, falls du Ruhe brauchst. Etwas Besseres kann ich dir nicht anbieten.«

Ich nahm das Angebot an und setzte mich auf den Rand einer ebenfalls winzigen Sitzbadewanne, meine Stiefel standen auf einem altmodischen Kachelboden im Schachbrettmuster.

»Hallo, Maman? Ich bin's. Alles in Ordnung?«

»Ja, alles okay. Wir spielen Monopoly, und sie sind gerade dabei, mich zu rupfen.«

»Du, mir ist da gewissermaßen etwas dazwischengekommen. Ich bin in Lyon und kann heute Abend nicht zurückkommen. Ich übernachte wahrscheinlich im Hotel.«

»Ist es dieses Mädchen? Das Mädchen, dem du begegnet bist?!«

Die Stimme meiner Mutter war derart überhitzt, dass ich ihr die Genugtuung nicht gönnte.

»Mir ist ein alter Studienkollege über den Weg gelaufen. Wir wollen zusammen essen. Und da ich nicht motorisiert bin … Du verstehst also …«

»Natürlich. Du musst dich auch mal amüsieren, mein Junge. Ich freue mich, dass du Spaß hast.«

»Okay. Seht zu, dass ihr auch Spaß habt. Und keine Sorge, ich bin am späten Vormittag zurück. Bist du sicher, dass alles läuft? Nichts Außergewöhnliches?«

»Alles in Ordnung, Nathan, ich bin ganz sicher. Übrigens hat mich Édouard angerufen. Er hat das Messer untersuchen lassen. Natürlich waren keine Fingerabdrücke dran. Nicht einmal meine.«

»Die betreffende Person trug Handschuhe …«

»Das hat Ed auch gesagt.«

»Und die Reparaturen?«

»Es sind neue Scheiben in den Fenstern, aber die Kleinen werden wahrscheinlich im Schlafzimmer deiner Schwester bleiben.«

»Ja, das ist das Einfachste … Danke, Maman.«

»Aber wofür denn. Hab einen schönen Abend, mein Schatz.«

Ich legte auf. Und betrachtete einen Augenblick lang

die Kosmetika auf dem Glasbord über dem Waschbecken. Auch sie erinnerten mich an dich, Cora. In meiner neuen Welt gab es schon lange nicht mehr viel auf diesen Glasborden; nur noch zwei Zahnbürsten in einer Disneyfigur und Zahnpasta mit Erdbeergeschmack.

Ich seufzte und steckte das Handy weg.

Claire rauchte, sie saß auf dem Sofa – eigentlich waren es drei rote Sitze, wahrscheinlich aus einem Theater oder Kino – und hatte zwei einfache Weingläser mit Champagner auf einen ziemlich ausgefallenen Beistelltisch gestellt, ein im Origami-Stil gefaltetes Aluminiumblech, wahrscheinlich eine Kreation aus den Sechzigern. So klein die Wohnung auch war, sie war geschmackvoll eingerichtet und hatte Persönlichkeit, eine Mischung aus Vintage und neuen Stücken, wobei alles eher schräg war. Ich sage es nicht, um mich bei dir zu entschuldigen, Cora, aber es hätte dir sehr gefallen.

»Bitte entschuldige, ich musste mich um die Kinder kümmern.«

»Es ist immer gut«, sagte sie, »wenn man etwas hat, worum man sich kümmert.«

Ich setzte mich ihr gegenüber auf einen mit weißem Leder bezogenen Sessel. Claire hob ihr Glas, ich griff nach meinem, wir stießen an. Sie trank einen Schluck, sah einen Moment lang den Bläschen zu und dann den Rauchspiralen in der Luft.

»Was machst du hier, Nathan?«

Auf diese Frage hatte ich keine Antwort; ich wusste es selbst nicht so genau. Ich sah auf das riesige Bild über den roten Sitzen, ein Fisch, der einen Fisch fraß, der einen Fisch fraß – eine unendlich wirkende Folge identischer Bilder, die immer kleiner wurden.

»Ist das von dir?«

»Ach das?« Sie drehte sich kaum um. »Ja. Es ist alt.«

»Es ist gut. Sogar sehr gut.«

»Was verstehst du davon?«

»Ich kenne mich ein bisschen aus. Cora … Meine Frau. Sie war Antiquitätenhändlerin und Sammlerin. Ich merke es, wenn eine Arbeit gut ist, glaub mir. Außerdem kann ich mich an deine Zeichnungen erinnern. Die du mir damals gezeigt hast, an dem Abend, als … Du weißt schon.«

»Nein, weiß ich nicht. Wie ich dir schon sagte, ich kann mich kaum an dich erinnern. Damals trank ich sehr viel, hatte viel Sex und malte viel. Aber es ist nicht in ganz Frankreich bekannt, dass ich einen Stern auf dem Po habe, also …«

»Warum hast du nicht weitergemacht?«

Sie schien mich nicht zu verstehen.

»Mit dem Malen. Du warst sehr begabt … Wirklich. Du hättest was draus machen können.«

Sie trank noch einen Schluck, einen langen Schluck. Die Musik aus ihrem Computer wirkte jetzt noch trauriger. Es war ein englischer Text, aber es ging um verwüstete Straßen, verlorene Erinnerungen und verhinderte Liebe.

»Meine Eltern starben, ich musste mich durchschlagen. Ein Künstlerinnendasein ist ja ganz hübsch, aber ohne Mäzen bleibt der Kühlschrank leer. Ich habe alles Mögliche gemacht, und schließlich habe ich diese Kneipe gefunden. Ich bin da schon sechs Jahre. Ich find's nicht schlecht, man sieht andere Leute, und es sind nicht nur alte Schnapsnasen. Es ist anstrengend, und ich werde auch nicht jünger. Irgendwann muss ich mir wohl doch über einen Berufswechsel Gedanken machen. Hinter einem Tresen alt werden, ist derart …«

Sie fand das Wort nicht, oder sie wollte es nicht aussprechen – *erbärmlich*. Sie brach ab, drückte ihre Zigarette aus und trank ihr Glas leer. Ich leerte meins, damit wir gleichauf waren, und schenkte uns nach. Claire lebte nicht, sie funktionierte; diese Traurigkeit machte sie für mich unwiderstehlich. Am liebsten hätte ich sie in die Arme genommen, sie an mich gedrückt und getröstet, doch sie spielte die Rolle des Mädchens, das niemanden braucht, diese Rolle, die ich selbst nach deinem Tod gespielt habe. *Wozu das Risiko eingehen, noch einmal zu leiden? Es ist der Mühe nicht wert. Es tut zu weh, es ist der Mühe nicht wert* – ich konnte ihre Gedanken lesen. Und da sagte ich ganz laut: »Doch, natürlich ist es der Mühe wert!«

Sie fragte nicht, wovon ich sprach; sie wusste es. Sie trank ihren Champagner in einem Zug und griff nach der Flasche. Mein Blick verlor sich in den Regalen voller Bücher, Filme und Zeitschriften – Filme, die ich liebte, Bücher, die ich liebte. Zwischen Salingers *Fänger im Roggen* und Brautigans *Ende einer Kindheit* stand etwas Merkwürdiges, eine etwa dreißig Zentimeter hohe, leicht eiförmig gewölbte türkisblaue Blechdose mit einem dicken roten Schalter in der Mitte. Fast wie ein Kühlschrank aus den Fünfzigern, ein Einrichtungsgegenstand aus einem *american diner*, aber in klein.

»Was ist das denn für ein Ding?«

Sie trank noch ein wenig Champagner und lächelte. Es war das erste echte Lächeln, das ich an ihr sah; es erhellte ihr Gesicht wie ein Sonnenaufgang.

»Das ist meine Weltuntergangsmaschine.«

Mir fehlten die Worte, doch mein Blick muss die Frage hinreichend deutlich formuliert haben. Sie stand auf. Die Äffchen auf ihrer Hose erwachten zum Leben, und ihre nackten Brüste unter dem Pulli gerieten in Bewegung.

»Es ist so«, sagte sie und ging zu der Dose, »wenn ich einen höllischen Tag hinter mir habe, gehe ich zu dieser Maschine. Ich schließe die Augen, konzentriere mich und drücke auf den Knopf. Und stelle mir vor, das wäre das Ende der Welt. Hinter den Dachfenstern: nichts mehr da. Auf der Straße: nichts mehr. In der Kneipe: nichts mehr. Und morgen: nichts mehr. Es tut mir unheimlich gut.«

»Du bist unglaublich deprimierend.«

»Finde ich nicht. Erzähl mir nicht, du hättest nicht auch schon daran gedacht: nicht mehr da sein, und nach dir gäbe es auch nichts mehr.«

»Nicht mehr da sein, ja, das stimmt. Aber gleich die Apokalypse? Vielleicht liegt es an meinen Kindern. Ich kann ihnen doch nicht das Ende der Welt wünschen.«

Sie zuckte die Achseln.

»Verstehe. Diese Maschine ist was für Einzelwesen. Für Leute, die nichts mehr zu verlieren haben … Aber du wirst bemerkt haben, dass ich heute Abend nicht auf den Knopf gedrückt habe. Es ist wie bei gläubigen Christen, verstehst du? ›Du sollst den Namen deines Herrn nicht unnütz im Munde führen.‹ Damit ist es ähnlich. Man kann sie nicht einfach so aufs Geratewohl benutzen. Ich weiß, es klingt ziemlich verrückt, aber ich mache das sehr ernsthaft. Ich habe den Eindruck, dass irgendwo wirklich etwas geschieht, wenn ich auf den Knopf drücke.«

Ich stand auf, um zu ihr und der Maschine zu gehen, unwillkürlich streifte ich ihre Hand.

»Claire, ich möchte dir einen Deal vorschlagen.«

»Möchtest du einmal drücken?«

»Ja. Aber mit einer anderen Absicht. Deshalb bin ich doppelt auf deine Zustimmung angewiesen.«

Sie runzelte die Stirn. Ihre braunen Augen begannen zu glänzen, sie waren voller Reflexe, vermutlich weil sie allmählich betrunken wurde. Ich fand sie immer hübscher. Nicht so wie dich, Cora. Du warst eine echte Schönheit, das sah jeder, es war nicht zu leugnen. Bei Claire ist es anders; ihre Schönheit verlangt eine gewisse Lehrzeit. Ich muss dir gestehen, dass ich sehr schnell lernte.

»Hm.« Ihre Zunge glitt über ihre Lippen wie bei einem Raubtier oder einer Katze. »Bisher hat sie noch niemand anders angerührt … Aber ich nehme an, dass mein persönlicher Gebrauch nicht infrage gestellt wird, wenn jemand anders sie in anderer Weise nutzt.«

»Heißt das ja?«

»Ja was?«

»Heißt das, ich habe deine Erlaubnis?«

Sie machte eine Art Wechselschritt nach links und machte mit ihrer wunderschönen Hand eine einladende Geste.

»Be my guest.«

Ich baute mich vor der türkisblauen Dose auf und starrte auf den roten Knopf. Allerdings, ein seltsames Ding. Ich fragte mich wirklich, wo sie sie gefunden hatte und, vor allem, wozu sie ursprünglich bestimmt gewesen war. Später habe ich sie gefragt, doch sie wusste es nicht. Sie hatte sie im Internet gekauft, und der Verkäufer hatte ebenfalls nicht die geringste Ahnung. Die »Maschine« war zwar für sie auf optimaler Höhe, aber ich musste mich hinunterbeugen. Claire war klein, gerade mal einen Meter sechzig, und ich musste mich regelrecht bücken, um den Knopf auf Augenhöhe zu bekommen. Ich konnte sie nicht sehen, aber ich spürte ihr unterdrücktes Lachen hinter meinem Rücken. Ich schloss die Augen und konzentrierte mich. Anfangs hatte ich nur einen Scherz vorgehabt, um sie zu verführen, wie man es als Jugendlicher gemacht hätte, doch nun hatte ich mich selbst auf das Spiel eingelassen. Ich meine damit, dass auch ich mich sehr ernsthaft konzentrierte. Mit einem Mal war es kein Spiel mehr, ich glaubte an das, was ich jetzt tun wollte, ich war wirklich *beteiligt*. Ich öffnete die Augen wieder und drückte auf den Knopf. Stille. Claire schien hinter mir den Atem angehalten zu haben.

Schließlich drehte ich mich zu ihr um. »Voilà«, erklärte ich.

Ihr Gesicht war voller Erwartung, Neugier und vielleicht auch Erregung.

»Für dich ist das eine Weltuntergangsmaschine. Ich habe sie anders interpretiert.«

Sie holte sich ihr Glas und trank einen Schluck. Ich sah an ihrem Verhalten, dass sie eine Spur gereizt war, und das machte mich sehr stolz. Ich hatte das Gefühl, sie aufgeweckt zu haben, so wie der Prinz schließlich Dornröschen zum Leben erweckt.

»Für mich ist es eine Wunschmaschine.«

Sie lachte.

»Du hast dir etwas gewünscht?!«

»Genau. Ich habe die Augen geschlossen und mich konzentriert. Aber statt mir etwas Schreckliches vorzustellen, habe ich mir das gewünscht, wonach ich mich in diesem

Augenblick am meisten sehne. Dann habe ich die Augen wieder aufgemacht und gedrückt.«

Auch ich holte mir mein Glas. Sie hob wieder ihr Glas, als wollte sie anstoßen, und wir stießen an. Jetzt machte sie sich offen über mich lustig.

»Du hast deine Technik eindeutig verbessert«, sagte sie.

»Wie bitte?« Ich lächelte halb und stellte mich dumm.

»Nein wirklich, ich gratuliere. Du bist viel kreativer geworden, wenn du mit einem Mädchen ins Bett willst!«

»Ich dachte, du könntest dich an nichts erinnern.«

Das schiefe, wie mit einem Faden gezogene Lächeln. Ich fing an, diese herrlich verrückte Art Schmollmund zu mögen. Diese verzogenen Lippen enthielten alles, was ich erhoffte, alles, was ich wissen musste, alles, was das Leben mir noch zu bieten hatte. Dieses Lächeln hatte, wie eine Laterna magica, etwas von einem Wunder.

Claire setzte sich wieder in einen roten Sessel, in den in der Mitte.

»Das ist ja alles sehr hübsch, Nathan, aber in deinem Plan gibt es einen gewaltigen Haken.«

»Nur zu, erzähl. Ich bin Architekt, Haken in Plänen sind mein täglich Brot.«

»Tatsächlich, du bist Architekt? Komisch ... Das heißt ... Das passt zu dir. Du bist die Art Typ, der die Welt in Form von Infrastrukturen neu erschafft.«

»Wirke ich derart verklemmt?«

»Nein, nicht verklemmt ... Rechteckig. Das ist ein Kompliment.«

»Na schön.«

»Ehrlich.«

»Na schön«, wiederholte ich.

Ich trank mein Glas aus, die Bläschen kitzelten mich am Gaumen.

»Ich bin übrigens Innenarchitekt. Ich baue weder Brücken noch Häuser. Meine Strukturen sind solche in kleinem Maßstab, daher wage ich zu hoffen, dass ich nur ein ganz kleines bisschen rechteckig bin. Gerade nur so viel wie nötig, könnte man sagen.«

»Wäre es dir recht, wenn ich dich als Spat bezeichnete?«

»Als rechtwinkliges Parallelflach?«

»Abgemacht!« Sie lachte.

»Sehr schön, dürfte ich, nachdem wir diese heikle Frage geklärt haben, erfahren, welchen Haken mein Plan hat?«

»Der Haken ist folgender: Wenn ich mit dir schlafe, könntest du glauben, dass deine Maschine funktioniert. Wir wissen jedoch beide, dass sie nicht funktioniert.«

Eine Stunde später schlief ich mit ihr.

Grâce Marie Bataille,
15. Dezember 1981, Christinas Zimmer,
10 Uhr 12 auf ihrem Wecker

Bei der Kleinen zu Hause hat General Jaruzelski das Kriegsrecht verhängt, die Militärs sind an der Macht. Schluss mit den Streiks. Schluss mit den Gewerkschaften. Schluss mit Lech Wałesa. Alle Hoffnungen auf eine Liberalisierung des Regimes sind dahin. Knebel und Ausgangssperre sind jetzt polnischer Alltag.

Gestern hat Christina derart geheult, dass ich ihr erlaubt habe, ihre Mutter von unserem Telefon aus anzurufen, »eure« Telefonzelle ist noch nicht wieder repariert worden … Ich selbst hätte Lust, eine Flasche Champagner aus dem Keller zu holen: Vielleicht hat das Gör mit der Auflösung von Solidarność endlich einen Grund, zu seiner Familie zurückzukehren.

Beim Betrachten des Fotos an der Wand ihres Zimmers bemerke ich, dass Wałesa denselben Blick hat wie du. Das war mir noch nie aufgefallen. Hat sie sich deshalb in einen Kerl verliebt, der ihr Vater sein könnte? Handelt es sich um eine Art vom Wege abgekommenen oder Stellvertreter-Ödipus-Komplex? Dieser Jaruzelski mit seinem kahlen Glühbirnenkopf, der öligen Haut und der viel zu großen Brille stößt mich ab. Manche haben wirklich das passende Gesicht zu ihrem Job. Aber wie du weißt, interessiere ich mich nicht für Politik. Schon hier bei uns fällt es mir schwer. Und dann noch am anderen Ende der Welt …

Ausnahmsweise hat die Kleine die Kinder im Bus zur Schule begleitet, sie wollte ein bisschen durch die Stadt bummeln, um auf andere Gedanken zu kommen.

Ich nutze die Gelegenheit, weil ich heute nicht arbeite: Ich schnüffle. Ich schäme mich dafür, aber ich schnüffle. Ich finde nichts.

Ich setze mich auf ihr Bett und frage mich, wie oft ihr hier miteinander geschlafen habt, dann kratze ich mir die Haut auf, damit es woanders wehtut.

Es muss doch greifbare Beweise für eure Liebesbeziehung geben. Fotos von euch, wenigstens von diesem Sommer, und vielleicht kleine Briefe. Geschenke, die du ihr vielleicht gemacht hast, Mitbringsel von deinen Reisen … Aber ich finde nichts außer ihren Höschen und BHs, all diese Spitze, die du wegreißt, isst, leckst und was weiß ich.

Ich denke daran, ich schreibe es auf – und alles geht wieder los.

Der Hass. Das Brennen.

Ich fühle mich schuldig wegen meiner bösen Gedanken und meiner bösen Taten. Es gibt immer zwei Versionen derselben Geschichte, doch keine der beiden ist wirklich zufriedenstellend. Also muss jeder von seinem Standpunkt aus urteilen.

Wenn sie zurückkommt, werde ich ihr einen Kräutertee machen.

»Hier, Kleine. Das wird dir guttun. Dein Land schafft es schon noch, glaub mir. Dein Held sitzt zwar im Gefängnis, aber er ist nicht tot. Wo Leben ist, ist auch noch Hoffnung!«

Sie wird ihre Tränen trocknen, und dann werden wir mit unseren Teebechern auf Lech Wałesa anstoßen.

Sie wird ihren Tee trinken. Ich meinen nicht.

Als ich am Morgen aufwachte, brauchte ich einen Augenblick, bis ich wusste, wo ich war. Erst dachte ich wegen des Dachfensters über meinem Kopf und dem dicken braunen Balken an der Decke, ich sei in Paris, im Schlafzimmer der Kinder. Dann sah ich Claire neben mir – Claires Gestalt, die untere Hälfte ihres Körpers war in die Decke gewickelt. Als ich eingeschlafen war, war sie nackt gewesen, schweißgebadet und glitschig wie ein Fisch; doch inzwischen hatte sie ihren Pulli angezogen. *Ein Frauentick*, dachte ich. Ich hatte die Frauenticks vergessen. Ich streckte mich leise und sah auf den Radiowecker: sechs Uhr fünfundvierzig. Alles in Ordnung, ich hatte noch genug Zeit. Es war noch dunkel, doch die Lampe in Form eines kleinen Bären war noch an; das orangefarbene Licht tauchte den Raum in eine frühlingshafte künstliche Morgenröte. Claire war ein Bild für sich allein, ihr Kopf lag auf den verschränkten Armen, ein zerzaustes blondes Rechteck auf dem marineblauen Kopfkissenbezug, und ihre herrlichen Hände krallten sich in das Kissen, wie sie sich am Abend zuvor in meine Hüften gekrallt hatten. Die Szene tauchte in kurzen hellen Bildern vor mir auf – ihre weißen Hände, die sich an meiner Haut festhielten, meine Haut streichelten, die Haut meines Gesichts, die Haut meines Oberkörpers und die Haut meines Geschlechts, unsere verschränkten Hände, unsere feuchten Handflächen, die sich aneinanderpressten und verschmolzen. Eine Sekunde lang hatte ich geglaubt, den Blitz an ihrem Handgelenk funkeln zu sehen, bläulich und fantastisch, als hätte mir das Universum eine Botschaft geschickt, für die ich nun endlich bereit war.

Der erste Kontakt zwischen zwei Körpern ist im Allgemeinen eher eine Katastrophe, daher auch war die Sexualität meiner Jugend kein großer Gewinn. Selbst mit dir war das erste Mal ziemlich holperig, Cora. Wir waren beide sturzbetrunken, und du trugst dieses unglaubliche Kleid mit geschnürtem Oberteil, das dir umwerfend gut stand, aber höllisch schwer auszuziehen war. Mit Claire hingegen war alles fließend, einfach und natürlich gewesen, wie ein Bad in einem ideal temperierten See unter einem makellosen Sommerhimmel. Aber es war ja eben auch nicht unser erstes Mal gewesen, wie mir jetzt einfiel. Allerdings waren fünfzehn Jahre vergangen, unsere Körper und unser Seelenleben hatten sich erneuert. Heute waren wir zwei neue Personen in einer ebenfalls neuen Hülle. Ich lag reglos da und diskutierte stumm mit mir selbst – *ist diese Nacht als erstes Mal zu betrachten oder nicht?* –, als Claire die Augen aufschlug, als hätte mein Gehirn wie ein Glöckchen geklingelt, als es sich mit dieser absurden Frage herumschlug. Sie sah mich schläfrig an.

»Hey«, sagte ich zu ihr.

»Hey«, antwortete sie.

Wir lächelten wie zwei geistig Minderbemittelte, glaube ich. Ich näherte mich ihrem Gesicht und drückte einen Kuss auf ihre vollen Lippen. Und da verschloss sich Claire. Alles in ihr verschloss sich. In der Nacht hatte ich eine

Mauer niedergerissen. Und binnen einer Sekunde hatte sie sich wieder aufgebaut, als hätte auch sie gerade verstanden, wo sie war und was sie getan hatte, und wäre zu dem Schluss gekommen, dass ihr diese Situation letzten Endes überhaupt nicht recht war. Sie setzte sich auf, tastete über den Fußboden, fand ihre Zigaretten und zündete sich eine an. Von dieser jähen Wandlung erschreckt, setzte ich mich ebenfalls auf. Fast hätte ich ihr eine Kippe geklaut, aber ich beherrschte mich. Eine einzige Zigarette hatte gereicht, um mein Ungeheuer wieder zu wecken. *Schläfere es wieder ein*, sagte ich mir. *Lass es um der Kinder willen weiterschlafen.* Lise hatte recht gehabt: Nur der Kinder wegen habe ich aufgehört.

»Was hast du, Claire?«

»Nichts.«

Plötzlich erschien sie mir kindlich, zart und zerbrechlich wie eine Porzellanfigur. Sie stand auf, um dem Gespräch auszuweichen, und ich sah, dass sie auch die Haremshose mit den Äffchen wieder angezogen hatte.

»Ich mache uns Kaffee«, sagte sie, als sie das Zimmer verließ.

Einen Augenblick lang saß ich da und überlegte, was ich falsch gemacht hatte, ob ich sie in der Nacht einfach erschreckt hatte mit all den vertraulichen Mitteilungen – die Vorgänge im Haus, die Begegnung mit Thomas Bataille, mein toter Bruder, und du, Cora, von dir habe ich ihr auch erzählt. Mir wurde klar, dass ich sehr viel geredet hatte, viel zu viel. Vor lauter Mitteilungsbedürfnis hatte ich sie nach nichts gefragt. Was hatte ich nur angestellt?! Was für ein Depp ich doch war! Ich war genau wie die Männer, die meiner Schwester so auf die Nerven gingen. Von Panik erfasst, stand ich auf und zog mich hastig an, während Kaffeeduft durch die Wohnung zog. Ich lief ins Wohnzimmer.

»Pardon.«

»Pardon?«

»Bitte entschuldige, dass ich dich derart überschüttet habe. Mit meinen Toten, mit meinen Leerstellen, mit meinen Problemen. Bitte verzeih mir, Claire.«

Sie lächelte mir schweigend zu, ein bleiches, müdes Lächeln – wir hatten kaum geschlafen. Sie holte zwei durchscheinende kleine Tassen aus dem Schrank.

»Zucker?«

Ich schüttelte den Kopf. Als ich sie in dieser Küche, die es nur dem Namen nach war, sah, so schmal und so blond, beschleunigte sich mein Herzschlag. *Sechs Jahre Leben ohne Herz*, dachte ich. *Sechs Scheißjahre*. Wahrscheinlich gingen meine Gefühle mit mir durch, all das ging zu schnell. Aber es hatte etwas Schwindelerregendes, mich so lebendig zu fühlen. Ich trat zu ihr, um ihr die Tasse abzunehmen, die sie mir hinhielt, und sie warf einen Blick auf die Uhr, die an der Wand tickte. Der Kaffee war stark, schwarz und stark, er passte zu ihr.

»Du musst dich beeilen«, sagte sie, »sonst verpasst du noch deinen Bus.«

Ich in Paris, sie in Lyon. Sie Kellnerin, ich Architekt. Ich untröstlicher Witwer, sie verhärteter Single. Sie frei wie die Luft, ich Familienvater. Ich konnte ihre Gedanken ebenso gut lesen wie am Abend zuvor – sie schwebten geradezu dreidimensional im Raum. Ich musste etwas sagen. Ich hatte schon zu viel geredet, aber *das* musste ich sagen. Ich war mir nicht sicher, dass ich es dachte, aber was machte das schon. Worin kann man sich je sicher sein? Ich war wie der Bungee-Springer am Rande des Abgrunds, der sich schließlich sagt, dass er es sein ganzes Leben lang bereuen würde, wenn er den Sprung nicht wagte.

»Du …«

Sie versuchte, mich mit einer Geste zum Schweigen zu bringen, doch ich griff heftig nach ihrem Arm, heftiger als gewollt jedenfalls, und erstickte den Blitz an der Innenseite ihres Handgelenks. Überrascht hielt sie inne. Ich spürte, wie ihr Puls lauwarm gegen meine Handfläche schlug.

»Bitte hör mir zu. Mir fehlen Informationen, ich weiß. Mein ganzes Leben ist eine Baustelle, ich selbst bin eine Baustelle. Aber aus einem nicht erklärlichen Grund bin ich in dich verliebt. Ich hätte nicht gedacht, dass mir so etwas passieren könnte, glaub mir. Nur ist es eben passiert. Vielleicht geht es so schnell vorbei, wie es gekommen ist, das weiß ich nicht, aber im Augenblick ist dieses Gefühl da, und ich muss es dir sagen, denn wir alle können von einem Tag auf den anderen sterben.«

In ihren Augen leuchtete etwas wie Ironie auf.

»Ja, keine Angst, ich nehme meinen Bus, ich fahre nach Paris zurück. Aber ob es dir gefällt oder nicht, ich bin in dich verliebt. Ich bin ein Spat, und ich bin in dich verliebt.«

Ich ließ ihr Handgelenk los, meine Finger hinterließen rote Abdrücke auf ihrer Haut. So befreit, nahm sie ihre Tasse, trank ihren Kaffee und zündete sich eine Zigarette an. Ich konnte ihren Blick nicht mehr deuten, ich hatte nicht die geringste Vorstellung von dem, was sie dachte. Ich wusste nicht, ob ich wieder eine kleine Bresche in die Mauer geschlagen hatte; plötzlich befielen mich Zweifel. Für mich war diese Nacht wunderschön gewesen – aber für sie? Ich hatte in sechs Jahren vier Mal Sex gehabt, wahrscheinlich war ich ein erbärmlicher Liebhaber; Claire hingegen war die reinste Reklame für das Single-Dasein.

»Möchtest du noch einen Kaffee?«, fragte sie nur.

Ihr Verhalten machte mich wütend, aber ich nickte. Sie füllte meine Tasse. Ihre Hände zitterten nicht – diese Hände, die ebenso starrköpfig waren wie sie.

»Weißt du, Nathan, ich bin mir nicht sicher, ob es sich lohnt, auf mich zu warten.«

Ich trank den Espresso in einem Zug und zog meinen Parka über. Ich nahm meine Brieftasche heraus und aus der Brieftasche eine Visitenkarte. Ich legte sie auf das Aluminium-Origami.

»Mein Leben besteht daraus, auf etwas zu warten, das nie kommen wird. Fühl dich also völlig frei. Aber wenn du mich anrufst, werde ich da sein.«

Sie zog wieder ihre spezielle Schnute und deutete dann ein Lächeln an. Auf dem Weg zur Tür zeigte ich mit dem Kinn auf das Fisch-Bild.

»Wenn du nicht anrufst, dann mal wenigstens. Wirklich, Claire, du hättest nie damit aufhören dürfen.«

Zu meiner großen Überraschung lehnte sie sich mir entgegen. Wir küssten uns auf der Schwelle, lange. Sie schmeckte nach Tabak, Zucker und Kaffee. Ich mochte ihren Geschmack. Sie beendete den Kuss, viel zu früh für mich. Ich ging hinaus und zwang mich, mich nicht noch einmal umzuwenden. Hinter mir fiel die Tür ins Schloss. Ich ging die sechs Stockwerke mit dem Gefühl hinunter, sämtliche Galaxien auf meinem Nacken zu tragen. *Teufel sind im Treppenhaus verboten*. Ich blieb stehen. Hatte eine Idee. Lief wieder nach oben. Kam außer Atem an.

Ich wartete einen Augenblick und klingelte dann. Claire

machte die Tür auf. Ihre Augen glänzten, Tränen, die ich durch mein Wiederkommen störte.

»Ich hab was vergessen«, sagte ich.

Ich ging hinein, durchquerte das Wohnzimmer und baute mich vor der Maschine auf. Ich drückte auf den roten Knopf.

»Ich wette, dass sie funktioniert.«

Ich machte kehrt und ging nun wirklich.

Thomas,
du, meine Liebe,
trotz allem.

Das sind jetzt die letzten Seiten. Ich werde nie wieder schreiben. Kein Wort mehr. Ich werde diese Zeilen auch nicht noch einmal lesen. Keine davon.

Aber ich werde alles behalten, absolut alles, damit ich mir nie den Glauben gestatte, es sei nichts geschehen; ich werde die Wahrheit nie mit den Lumpen der Fiktion verbrämen.

Es ist etwas geschehen, das ich nicht rückgängig machen kann.

Etwas, das ich mir wünschte, Thomas, so sehr wünschte.

Man muss sich vor den Wünschen hüten – manchmal gehen sie in Erfüllung.

Eben beim Nachmittagsimbiss hat mir die Kleine den Pulli gezeigt, den sie in Villefranche gefunden hat, ein mauvefarbenes Acrylgestrick mit großem weichen Rollkragen, einfach scheußlich. Dennoch schien sie dieser Kauf seelisch aufzurichten. Der Pulli schmiegte sich eng an ihre Brüste – ich machte noch einen Kräutertee.

Sie hat ihn getrunken. Ich nicht.

Ich fuhr zur Schule, um Lise und Nathan abzuholen. Wir machten einen Abstecher nach Lyon, sie wollten Schaufenster gucken, zwecks Vorbereitung der Weihnachts-Wunschzettel. Wir haben einen langen Bummel gemacht – die gedämpften Geräusche unserer Schritte im Winter, die begeisterten Blicke der Kinder, ihre jugendliche Gier. Es war kalt, aber die Straßen glitzerten, es war hübsch. Die beiden haben selten etwas von der Stadt, weißt du, außer wenn sie bei ihrer Großmutter sind. Dieses Jahr sind wir nicht einmal zum Lichterfest am 8. Dezember gefahren, dabei lieben sie es. Es ist, wie alles andere auch, meine Schuld. Ich bin nicht mehr ich selbst.

Am 8. Dezember habe ich, statt der Jungfrau von Fourvière zu huldigen, Kräutertee gekocht.

Die Schergen haben mich ganz und gar in der Hand, Thomas. Ich bin durch und durch schwarz.

Gegen zwanzig Uhr kamen wir zurück. Die Kinder waren ausgehungert, ich sagte ihnen, sie sollten sich schon waschen, während ich etwas zu essen machte. Ich rief Christina, damit sie mir half, doch sie kam nicht.

Ich suchte sie überall, ich schimpfte dabei auf sie und murmelte hasserfüllte Verwünschungen vor mich hin. Ich durchsuchte das Haus, wie ich vorher ihr Zimmer durchsucht hatte.

Und dieses Mal fand ich etwas.

Ich fand sie in der Badewanne. In meiner Badewanne. Unserer Badewanne. Der einzigen im Haus.

Diese Badewanne – der Ort, an dem wir beide uns zum letzten Mal geliebt haben.

Wahrscheinlich war ihr schlecht vom Digitalis. Ich war nicht da, und sie dachte sicher, ein Bad würde ihr guttun, es sei kein Risiko, nur für eine halbe Stunde, bis es ihr besser ginge.

Sie ist ertrunken, Thomas.

Vermutlich hat sie das Bewusstsein verloren und ist ertrunken.

Ich wollte sie mit eigenen Händen töten, doch ich habe ihren Tod nur ausgelöst. Aus der Ferne, wie eine Hexe. Nicht einmal der Mord ist mir gelungen. Ich habe es nicht gewagt. Hatte nicht den Mut.

Ich ließ das Wasser aus der Wanne ablaufen, es war schon ganz kalt.

Ich zog die Vorhänge zu und schloss unser Schlafzimmer ab.

Ihr Gesicht, ihr nackter Körper, ich kann es nicht ertragen. Jetzt möchte ich sie retten. Tot sieht sie aus wie ein Kind.

Sie haben nach ihr gefragt, musst du wissen. Ich habe ihnen erzählt, sie habe ganz plötzlich in ihr Land zurückreisen müssen, weil ihre Mutter krank geworden sei. Dir werde ich vermutlich dieselbe Geschichte erzählen.

Nathan hat geweint, Lise hat verstanden.

Ich weiß nicht, was sie genau verstanden hat, jedenfalls, dass etwas passiert ist. Sie stellte keine Fragen, aber ich kenne meine Tochter.

Unsere Tochter.

Wir drei haben zu Abend gegessen, als wäre nichts geschehen, Putenfilet und Bratkartoffeln. Es war das grauenhafteste Abendessen meines Lebens – dabei hat es an grauenhaften

Abendessen nicht gefehlt, bei denen ich zusehen musste, wie ihr mich betrogt, du und die Kleine.

Ich habe die ganze Nacht in ihrem Zimmer auf dem Bett gesessen, das ihr befleckt habt, und nachgedacht.

Digitalis lässt sich nachweisen, Thomas.

Auf ihrem Schreibtisch stand die alte Remington, diese schwarze Riesenschabe mit dem stählernen Maul.

Alles, was sie schrieb, schrieb sie auf dieser verdammten Maschine.

Nudelmaschine. Eismaschine.

Lügenmaschine.

Ich kenne ihren Stil, ich habe ihn ja lange genug gehört. Studiert. Gehasst. Mein Vater war letzten Endes Fälscher. Wie der Vater, so die Tochter.

Nein: Es gibt keine Generation ohne Krieg.

Ich habe einen Abschiedsbrief getippt – den ich tausend Mal neu angefangen habe, ich tippte immer daneben – und ihn in einem Umschlag mit deinem Namen darauf auf die Remington gelegt.

Auch dieses Zimmer habe ich abgeschlossen.

Ich habe alle ihre Sachen ins Feuer geworfen. Das Acryl hat im Kamin beim Verbrennen scheußlich gestunken. Doch bei Morgengrauen war von *ihr*, von Christina Raziewicz, nichts mehr übrig.

Nur noch ihre Leiche, immer noch in der Badewanne.

Ich habe eine Decke gesucht, die schönste, die in Pastelltönen bedruckte Kaschmirdecke. Wenigstens im Tod wird sie gut angezogen sein.

Heute Morgen habe ich die Kinder zu meiner Mutter gebracht.

Louise: »Und die Schule? Ich kann sie nicht zur Schule bringen! Grâce, also wirklich, du weißt doch, dass ich nicht mehr Auto fahre!«

Inmitten ihrer Grünpflanzen – völlig aufgelöst.

Grâce: »Dann schwänzen sie eben, was macht das schon? In drei Tagen fangen die Ferien an.«

Louise: »Aber warum in aller Welt? Was ist los?«

Grâce – *improvisiert*: »Ich will etwas umbauen. Eine Überraschung für Thomas. Ein Weihnachtsgeschenk. Bei dir hier haben sie es ruhiger.«

Auch Louise hat irgendetwas verstanden; auch sie stellte keine Fragen mehr.

Sie kochte Kakao.

Ich stehe in unserem Badezimmer vor dem Spiegel. Mein Spiegelbild bedeutet nicht mehr als gar kein Spiegelbild.

Das bin nicht ich in diesem Spiegel. Das ist Grâce Marie Bataille.

Bataille ist dein Familienname, aber in meinen Ohren klingt er nicht gut. Wenn du mich verlässt – und ich weiß, dass du mich verlassen wirst –, nehme ich wieder meinen eigenen Namen an.

Bresson. Mein Name. Der eines Helden.

Wenn ich das nicht schreibe, woher werde ich dann wissen, dass das die Wahrheit ist?

Es ist wie ein Albtraum, der sich als Realität ausgibt.

An meinem Nacken sind wieder die weißen Stellen.

Das Weiß macht sich an die Schläfen heran, breitet sich aus, verwurzelt sich. Ich bin ein von Schimmel befallener Weinstock.

Die Kleine ist tot, und ich altere immer noch.

Ich kam zu früh am Busbahnhof an. Müde und verkrampft beobachtete ich die Leute, Männer suchten nach Frauen, und Frauen suchten nach Männern – ein großer Gärbottich ständig sich bewegender Vereinigungen, so sah ich die Welt, ein durch das Prisma meiner Nacht ins Sinnliche verzerrte Bild.

Gegen zehn Uhr kam ich im Haus an und begegnete dem Briefträger und dessen rot glühender Nase – eine Begegnung, die leider noch von Bedeutung sein sollte. Während der ganzen Busfahrt hatte ich mich in einem geistesabwesenden Zustand befunden und nicht gewusst, ob ich nun irrsinnig glücklich oder völlig niedergeschlagen war. In meinem Kopf drehte sich ein Kreisel, ein Kinderspielzeug mit Holzpferdchen und Zirkuszelten.

Weißt du, Cora, meine One-Night-Stands bescherten mir alle ein böses Aufwachen – dieses Mal war es anders. Ich fühlte mich weder traurig noch schuldig. Ich war stoisch, doch mein Schatten auf dem Bürgersteig tanzte befreit wie ein aufgeregter Hampelmann über den Asphalt.

Die Zukunft nahm endlich die Gestalt einer Zukunft an.

Auf der Samtbank spielten die Zwillinge »Die Sieben Familien«: *Ich möchte die Mutter. Hab ich nicht.* Ich küsste sie einen nach dem anderen auf die Stirn. Sie waren sanft und kühl wie immer.

»Na, Kinder, alles gut?«

»Klar.«

»Klar.«

Offensichtlich störte ich.

Am Tag darauf, am Mittwoch, dem 29. Dezember, hätte ich sie zu deinen Eltern nach Châteauroux bringen sollen. Seit deinem Tod war es so geregelt: Weihnachten mit mir, Silvester mit deinen Eltern. Die Anwesenheit der Zwillinge nimmt ihnen ein wenig von ihrem Schmerz; Soline und Colin sind etwas von dir – du bist nicht umsonst gestorben. Das sagt deine Mutter jedes Mal, wenn sie die Kinder sieht: *Mein einziges Kind ist nicht umsonst gestorben.* Dein Vater hingegen wird es nie verwinden. Ihnen gegenüber bin ich so kühl wie Grâce mir gegenüber, eine Distanz, die von nichts je überwunden werden wird. Weißt du, ich verzeihe ihr. Auch unsere Kinder verzeihen.

Maman saß am Tisch und beendete ihr Frühstück. Sie sah mich einen Moment lang aufmerksam an und versuchte, das Geheimnis meiner Flucht zu ergründen.

»In welchem Hotel hast du übernachtet, Chéri?«

»Bei meinem Kumpel, er hat ein Gästezimmer.«

Sie lächelte verstohlen, ich achtete nicht darauf und schenkte mir einen Kaffee ein. Sie wirkte müde, die Schatten um ihre aluminiumfarbenen Augen wurden immer tiefer, ihre Züge immer ausgezehrter. In ihrer sonst so perfekten Frisur waren einige deutliche Wirbel, an ihrem Hals Kopfkissenspuren, die schon seit Stunden hätten verschwunden sein müssen. *Aufgeribbelt.* Dieser eigentlich völlig unpassende Begriff kam mir in den Sinn: Grâce war aufgeribbelt wie ein zu langer Schal unter den knotigen Händen einer kranken alten Dame.

»Und heute Nacht?«, fragte ich leise, während die Kinder weiterspielten.

Sie schüttelte den Kopf.

»Ich glaube, die Dinge kommen zur Ruhe. Ein kleiner Weihnachts-Albtraum, das ist alles … Du hast recht, man wollte mir Angst einjagen. Aber es hat nicht geklappt.«

In ihrer Stimme klang Stolz mit. Zorn, aber auch Stolz. Ich legte ihr die Hand auf die Schulter und streichelte ihr über den Rücken. Diese zärtliche Geste schien ihr unangenehm zu sein. Sie entzog sich und wurde hart und kalt wie Tiefkühlfleisch; sie war wieder so zu mir, wie ich sie kannte.

»Jetzt, wo du da bist, Nathan, hole ich mal die Post, in Ordnung?«

Ich nickte, trank meinen Kaffee aus und strich mir Butter auf ein großes Stück Baguette. Mit diesem Brot in der Hand sah ich gedankenverloren aus dem Fenster, in das stellenweise noch verschneite, stellenweise dunkelrot aufglühende Tal mit seinen buschigen Tannen und kahlen Pappeln und dem spitzen Riesenkirchturm. Schwarz glitt ein dichter Spatzenschwarm über den weißen Himmel.

Die große Standuhr schlug elf.

Ich möchte die Großmutter. Hab ich nicht.

Der Sage nach sind Sperlingsvögel Mittler zwischen zwei Welten, der Welt der Lebenden und der Welt der

Toten. Später würde ich von Claire erfahren, dass Raben in Schweden die Geister der Ermordeten symbolisieren, und in Deutschland die Seelen der Verdammten. Ich für meinen Teil sah nur einen Vogelschwarm, ein in dieser Region nicht ungewöhnlicher Anblick. Dennoch hatte ich ein ungutes Gefühl: Maman kam nicht zurück. Ich beschloss nachzusehen, was sie da trieb. Zehn Minuten, um die Post aus dem Kasten zu holen? Ich hatte beim Hereinkommen bemerkt, dass sich auf der Treppe Glatteis bildete, und fürchtete deshalb, sie könnte hingefallen sein.

»Ich bin gleich zurück«, sagte ich zu den Zwillingen.

Sie hoben nicht einmal den Blick, sie waren wirklich konzentriert. Ihre Autonomie ist natürlich was Feines … Aber weißt du was, Cora? Manchmal treibt sie mir die Galle hoch.

Ich ging hinaus, ich war außerordentlich besorgt und verstand selbst nicht, weshalb.

Grâce lag unten vor der Treppe, umringt von Briefumschlägen. *Guter Gott*, dachte ich, *sie ist wirklich hingefallen!* Ich stürzte los, rutschte ebenfalls aus und hätte mir fast das Steißbein gebrochen.

»Maman!«

Ich wusste es noch nicht, aber ich redete sie zum letzten Mal an. Als ich bei ihr ankam, atmete sie nicht mehr. Ihre rechte Hand war um ein Stück Papier gekrallt, worauf ich jedoch im ersten Augenblick nicht weiter achtete. Ich holte vielmehr in panischer Hast mein Handy aus der Tasche, um den Rettungsdienst zu rufen.

Ich, aufrecht vor dem blassen Himmel und bis auf die Knochen durchgefroren, zu meinen Füßen die Leiche meiner Mutter, deren Leben so abrupt geendet hatte wie ein Film, der reißt … Dieses Bild betrachtete ich, ohne seinen Inhalt zu begreifen, in einem Museum der Stille vor einer Nebelwand schwebend. Ich stampfte mit meinem Stiefel auf den Boden, um Hartes, Reales zu spüren. Ich war nicht mehr in der Lage, die Wahrheit vom Entgleisten zu unterscheiden – in mir war alles zerbrochen, lauter zerstreute Fragmente. Ich versuchte, diese Tatsache zu begreifen – *meine Mutter ist gerade gestorben* –, doch es gelang mir nicht. Dabei wusste ich, dass auch der Rettungsdienst sie nicht ins Leben zurückholen konnte. Es war aus, auch Grâce würde nie mehr zurückkehren. Eine dichte Wolkenbank zog über uns hinweg. Wie am Tag deines Todes war die Realität zum Fossil geworden – vergessen, vergraben, überholt. Die Luft rings um mich schien eine gelartige Konsistenz angenommen zu haben, es war still wie auf dem Meeresgrund. Ich senkte den Blick, und da bemerkte ich den zerknitterten Brief in der blauen Hand, die schon nicht mehr menschlich wirkte. Ich zögerte – *meine Mutter!* Das war meine Mutter da auf dem vereisten Stein, sie war meine Mutter, und sie war tot. Wann wäre endlich Schluss mit alledem?

Bald hörte ich die Sirenen. Wieder hatte ich keine Kontrolle mehr über die Dinge – eine Choreografie von Uniformen, rot, gelb, blau –, Leute sprechen mit mir, ich antworte nicht, ich höre sie eigentlich nicht, ich reagiere erst, als ich die Zwillinge oben auf der Treppe entdecke: *Geht wieder rein, geht sofort wieder rein!*

Grâce war nicht ausgerutscht, sie hatte einen Herzinfarkt erlitten. Ein Mann zog ihr den zerknitterten Bogen Papier aus der Hand, ich wandte mich dabei ab. Der Mann warf einen Blick auf den Brief und hielt ihn mir dann hin. Nach kurzem Zögern nahm ich ihn.

Der Brief war mit der Maschine geschrieben, auf demselben an den Rändern vergilbten Papier wie der Brief, den Thomas aufbewahrt hatte.

Meine Augen tränten von der Kälte, ich konnte ihn nur mit Mühe lesen.

Moje Kochanie,

wann kommst Du zurück?

Ich schreibe Dir, aber es gibt keinen Ort, an den ich den Brief schicken kann in Deiner briefkastenlosen Welt; Deine Reisen, Deine Arbeit, ich weiß ja, aber heute Abend muss ich mit Dir sprechen. Eben habe ich im Bett gesprochen, ich habe mit Dir gesprochen, wie man mit Gott spricht, aber es ging nicht. Jedenfalls ist es gut für mich, wenn ich Dir in Deiner Sprache schreibe, bis wir richtig miteinander sprechen können. Ich schreibe auf der alten Remington, ich liebe das Geräusch, es passt gut zum honigfarbenen Stein des Hauses, es hallt darin wider, und ich komme mir vor wie ein Schriftsteller in einem amerikanischen Film.

Ich schreibe Dir, weil ich das Gefühl habe, dass etwas geschehen wird, ein schlechtes Gefühl. Ich spüre die Dinge immer kommen. Als Kind wusste ich, dass Großvater sterben würde. Bevor er starb, ganz kurz vorher, fast im selben Moment, spürte ich eine große Kälte, und mir war, als würde ich erwürgt, ich fühlte zwei Hände um meinem Hals, genauso deutlich, wie ich Deine Hände auf meiner Haut fühle, wenn Du kommst und mir ganz nah bist; ich glaube, ich wusste es, weil Dziadek und ich wie zwei Finger einer Hand waren. Ich spüre die Kälte, und dieses Mal geht es um mich. Sie weiß es. Sie hat nichts gesagt, nichts gezeigt, aber ich bin sicher. Sie weiß es.

Werden wir es tun? Werden wir fortgehen? Werden wir?

Hier ist alles in Ordnung. Ich mag Deine Kleinen sehr, obwohl mir Lise, das habe ich Dir schon gesagt, manchmal Angst macht mit ihren großen Augen wie Silbermünzen.

Ich warte auf Weihnachten, weil Du dann da sein wirst, weil Du zurück sein wirst, und ich frage mich, ob all die Leute, die Du auf Deinen vielen Wegen triffst, all diese Dinge brauchen, die Du verkaufst. Mein Vater, bei mir zu Hause in Polen, war Schreiner. Die Sachen, die er verkaufte, dienten zu etwas. Wir alle brauchen Stühle für unseren Po, damit wir nicht die ganze Zeit stehen müssen, und Tische zum Essen und Fliegenschränke und Bänke und sogar Schaukelpferde. Er hat mir eins zu meinem sechsten Geburtstag gemacht, mit einer Bindfadenmähne. Er hatte graue Flecken auf das fuchsrote Fell gemalt, doch die Nüstern waren blau, als wollte er verhindern, dass ich es für ein echtes Pferd halte, als wäre ich ein kleiner Dummkopf gewesen. Eines Tages hat der Nachbarjunge es kaputt gemacht, indem er sich daraufstellte, Jungs machen so etwas; Nathan macht auch Sachen von Lise kaputt, und Lise manchmal seine, nur dass Nathan es nie absichtlich tut, aber Lise immer.

Deine Tochter und Deine Frau ähneln sich, das Aschblond und der metallische Blick.

Wann kommst Du zurück? Du hast gestern angerufen, ich weiß, aber natürlich konnte ich nicht fragen. Wenn sie doch bloß nicht zu Hause gewesen wäre, wenn ich abgenommen hätte und nicht sie ... Seit die Telefonzelle kaputt ist, ist es, als würde ich jeden Abend vor Kummer schmelzen, in dem Moment, in dem ich sonst dorthin ging, um auf das Klingeln in den Glaswänden zu warten, und ich hörte Deine Stimme, und Du brachtest mich zum Lachen, und danach war alles möglich und fröhlich, bis Du wirklich wieder da warst. Als Ersatz schreibe ich nun. Wenn alles gut geht, wirst Du diesen Brief nicht lesen. Aber ich schreibe, weil ich die gleiche Kälte spüre wie damals bei Dziadek und weil ich mich krank fühle. Wenn ich nicht hier bin, wenn Du zurückkommst, dann hatte ich recht, und ich lasse diesen Brief in unserem Versteck zurück, Du weißt schon, wo, ganz sicher wirst Du daran denken, dort nachzusehen, ich hoffe es, und dann weißt Du, dass ich Dich nicht verlassen habe.

Vielleicht rede ich Unsinn, vielleicht entgleise ich wie ein Zug, denn Du fehlst mir zu sehr, es ist sehr kalt, und ich bekomme eine Krankheit, ich bin »ausgewrungen«, wie Du immer sagst, das bringt mich zum Lachen, ich stelle mir Dich als großes Laken vor, das ich mit meinen Händen auswringe, und weißt Du, es ist ja so dumm, aber ich denke daran, wenn wir es tun, wenn sich unser Schweiß vermischt, ich schließe die Augen, und Du wirst zu einem ganz weichen Laken in meinen Händen, und ich wringe es, immer stärker, ich packe es und wringe es, und Dein Schweiß ist eine Lauge in Form der Liebe.

Werden wir es tun? Fliehen?

Wenn Du nicht da bist, werden all die Dinge, deren ich sicher bin, wenn Du da bist, zu Zweifeln und Schatten, zu großen schwarzen Vögeln über meinem Bett, die mir ins Gesicht hacken.

Morgen rufst Du hoffentlich noch einmal an, und dann werde ich drangehen, denn sie wird beim Friseur sein, um sich für Deine Heimkehr schön zu machen.

Ich werde für Deine Heimkehr nichts Besonderes vorbereiten. Ich werde einfach hier sein und auf Dich warten.

Kocham cię

C.

C.

Christina. Cora. Auch du hast so unterschrieben: C.

Dieses C. macht mich fertig.

»Was ist das?«, fragte der Feuerwehrmann, während meine Mutter auf eine Trage gelegt, zugedeckt und wie eine Mumie hinten in den Krankenwagen geschoben wurde.

»Ich weiß nicht«, sagte ich, ohne ihn anzusehen, der Brief zitterte in meiner Hand. »Ich bin mir nicht sicher.«

»Nun ja, man könnte meinen, das habe sie getötet.«

Feuerwehrleute retten die Welt, aber sie sind nicht immer diplomatisch.

Der Wagen fuhr los, ein rotes Leuchten auf dem Asphalt, und verschwand schließlich in den Kurven. *Déjà-vu.* Ich hätte es wirklich nötig gehabt zu schreien, doch ich war dazu völlig außerstande. Selbst ein Wort über die Lippen zu bringen, schien mir unvorstellbar. Ich faltete den Brief wieder zusammen, strich ihn an den Kanten glatt und steckte ihn in meine Tasche. Ich blieb noch einen Augenblick wie erstarrt stehen, dann erschienen wieder die Kinder im Türrahmen, meine Beine setzten sich mechanisch in Bewegung und trugen mich die Treppe hinauf. Ich konzentrierte mich darauf, die Füße ordentlich abzusetzen, weniger wegen des Glatteises, als um mich zu vergewissern, dass diese Schritte real waren, und aus diesem Treppenaufstieg eine Rückkehr in die Wirklichkeit zu machen. Mich der Sache zu stellen, um der Zwillinge willen. Mit hängenden Armen standen sie dicht beieinander, fast wie angewachsen, und beobachteten mich wortlos. Um ihretwillen musste ich meine Stimme wiederfinden, unpassende Worte finden und aussprechen, denn passende Worte gibt es in solchen Situationen nicht. Schließlich kamen sie mir zu Hilfe, wie sie es immer schon getan haben.

»Ist Omi tot?«, fragte Soline und bohrte den Blick ihrer grünen Augen, die noch intensiver waren als sonst, so tief in meine, dass ich ihm nicht ausweichen konnte.

Ich hockte mich vor unsere Tochter und sah sie unverwandt an.

»Ja. Wisst ihr, Omis Herz war schon lange schwach. Und heute ist es stehen geblieben.«

»Hatte sie Schmerzen?«, murmelte Colin mit brüchiger Stimme, er ist so viel sensibler als seine Schwester.

»Nein, Coco. Es ging ganz schnell, wahrscheinlich hat sie es gar nicht bemerkt. Als wäre sie eingeschlafen, verstehst du?«

Er nickte, machte einen Schritt nach vorn und fiel mir in die Arme. Einige Augenblicke darauf tat seine Schwester es ihm nach. Dieses eine – das erste – Mal war er derjenige, der das Beispiel gab. Ich drückte unsere Kinder an mich, sie waren ja noch so klein, zwei an meine Brust gepresste Federgewichte. Aber sie weinten nicht, beide nicht. Der Tod war ihnen vertraut; sie waren noch keine sechs Jahre alt, und der Tod war ihnen schon vertraut.

Als ich vorschlug, ins Haus zu gehen – es war unter null Grad, und wir hatten alle nichts Warmes an –, rückte Colin etwas von mir ab und flüsterte: »Wir haben dir ja gesagt, dass es ein Unglück geben würde.«

Mir wurde kalt im Rücken. Tatsächlich, sie hatten es mir ja gesagt, aber in einem Traum. Nun konnte ich gar nicht mehr erkennen, was real war und was nicht.

»Hallo?«

Am anderen Ende brummte es.

»Lise? Was ist das für ein Lärm?«

»Ich rasiere meinen Pullover.«

»Wie bitte?«

»Im Kaufhaus haben wir einen genialen kleinen Apparat, der nennt sich ›Pilling-Rasierer‹. Ein ähnliches Gerät wie der elektrische Rasierapparat, mit dem du deinem Bart zu Leibe rückst; nur ist der hier für Wolle. Damit halte ich schon seit drei Jahren den Kaschmirpulli fit, den du mir geschenkt hast – weißt du noch, der marineblaue?«

Ich wusste nicht, was ich sagen sollte. Die Mitteilung, die ich ihr machen musste, passte wenig zu einer solchen Gesprächseröffnung.

»Brüderchen? Bist du noch dran?«

»Lise …«

»Spuck's aus! Meine Pause ist gleich um.«

»Maman ist gestorben.«

Das Brummen hielt noch einen Augenblick an, dann verstummte es. Die Stille wechselte die Seiten.

»Was ist passiert?«

»Sie hatte einen Herzinfarkt.«

»Aber wann? Und wie? So plötzlich! Sie nahm doch ihre

Pillen, oder? Das verstehe ich nicht … Es muss etwas passiert sein!«

Ihre Stimme klang erstickt. Sollte ich ihr von dem Brief erzählen – *dem anderen Brief?* Oder abwarten? Sie schien völlig am Boden zu sein. Das war gar nicht ihre Art, nicht einmal, wenn das Unglück ihre Angehörigen traf. Cora, bei deiner Beerdigung hat sie einen der Totengräber angebaggert und mir gerade so eben ihr Mitgefühl ausgesprochen. Ich beschloss abzuwarten.

»Es ist vor einer Stunde passiert. Sie ist nach draußen gegangen, um die Post zu holen, und weil sie so lange wegblieb, bin ich nachsehen gegangen. Sie lag auf der Erde, und … und … Es war nichts mehr zu machen. Wir wussten es, Lise. Wir wussten, dass so etwas geschehen konnte.«

Erneutes Schweigen, brunnentief.

»Aber so sehr habe ich es nicht für möglich gehalten. Niemals. Sie war so … Weißt du …«

»Zäh.«

»Ja. Ehrlich, ich dachte, sie würde mich noch beerdigen … Nathan, ich glaubte wirklich, sie würde mich überleben!«

Bei diesen Worten brach ihre Stimme und wurde unhörbar. Einige Sekunden darauf legte sie auf. Ich kannte sie immerhin gut genug, um sie auf ihre Weise mit unserer Tragödie umgehen zu lassen, daher rief ich sie nicht noch einmal an. Dieses kurze Gespräch hatte mich wieder ins Gleis gebracht: Ich wusste, was mich erwartete. Formalitäten, Beisetzung, Notar, dieses Haus, das wir würden leer räumen und verkaufen müssen. Maman war tot, und in ihrem Kielwasser tauchte eine ganze Karawane von Problemen auf. Es mag unanständig wirken, aber solche Gedanken ersparten mir andere Gedanken.

In den Wochen darauf dachte ich also nur noch in Begriffen der Logistik.

Die Welt versinkt im Chaos, Japan wurde von Erdbeben zerstört und von Tsunamis überflutet. Wir führen Krieg mit Libyen, eine radioaktive Wolke wandert über die Erde, und in den arabischen Ländern wird Revolution gemacht.

Unsere Kinder haben den Sprung in die Grundschule geschafft und schlagen sich da bestens, insbesondere um den Platz des Klassenersten. Wahrscheinlich gewinnt Soline.

Zu meinem vierunddreißigsten Geburtstag habe ich zwei Geschenke bekommen. Diese beiden absolut gegensätzlichen Geschenke haben mich dazu bewogen, diesen Bericht zu schreiben. Zu deinem Gedenken, Cora, und zum Gedenken noch anderer. Da ahnte ich noch nicht, was ich gerade erfahren habe … Aber alles zu seiner Zeit, du hast mir meine Ungeduld oft genug vorgeworfen.

Mein Tsunami ist innerlich. Die Verwüstungen sind weniger sichtbar, aber sie sind da.

Am 12. März 2011 klingelte es an meiner Tür, als ich gerade an den Plänen für die Renovierung des alten Kinos arbeitete – Mauerschäden, eingedrungene Feuchtigkeit, fehlender Stuck, Kakerlakenbefall – das ganze Programm. Der Bote legte zwei flache Pakete an meiner Tür ab, ein kleines und ein riesiges. Auf dem kleinen erkannte ich die Handschrift meiner Schwester, es kam aus dem Ausland.

Einige Wochen nach der Beisetzung unserer Mutter war Lise verschwunden. Ich meine, schlicht und einfach verschwunden, wie von einem Strudel verschluckt. Wir hatten gerade das Geld aus der Lebensversicherung ausgezahlt bekommen; wir hatten nicht gewusst, dass Maman eine hatte, und waren beide verblüfft, als der Notar davon sprach. So viel Vorsorge bei einer Frau mit beträchtlichem Immobilienvermögen und keinerlei Geldproblemen bewies, dass sich Grâce Bresson gefährdet fühlte. Nach ihrer Angina pectoris hätte ich dergleichen vielleicht verstehen können, aber diese Vorsichtsmaßnahme war älteren Datums: Sie hatte die Police dreißig Jahre zuvor unterschrieben, als unser Vater fortgegangen war. Wie auch immer, wir erhielten beide fast hunderttausend Euro. Zugleich fand sich ein Interessent für das Haus, und einige Tage später wurde der Vorvertrag unterzeichnet. Lise würde endlich keine Geldprobleme mehr haben. Dennoch habe ich sie noch nie so düster erlebt wie beim Verlesen des Testaments. Ihr roter Haaransatz war weiß marmoriert, sie war ungeschminkt und nachlässig in abgewetzte Jeans und ein unförmiges Sweatshirt gekleidet. Maître Marceau, ein untersetzter kleiner Mann im maßgeschneiderten Anzug, teilte uns mit, Grâce habe einen Brief für uns hinterlassen, den wir nur öffnen dürften, wenn es absolut nötig sei, diese Bedingung habe einen »wichtigen Grund«, den auch wir als solchen anerkennen würden. Meine Schwester schrie und tobte, sie schlug sogar gegen die Wand – Marceau ließ sich nicht erweichen. Er legte den Brief in die Akte und forderte uns auf, sein Büro zu verlassen. Ich glaubte schon, Lise würde ihn umbringen.

Kaum hatte sie ihren Scheck eingelöst, verschwand

meine Schwester von der Bildfläche. Gab ihre Wohnung und ihre Arbeit auf, leerte ihr Bankkonto und kündigte die Telefonanschlüsse. Als ich ihr Paket erhielt, auf dem ein brasilianischer Poststempel prangte, hatte ich schon fast zwei Monate nichts mehr von ihr gehört, obwohl ich sämtliche gemeinsamen Bekannten, die Galeries Lafayette, die Krankenhäuser und sogar die Leichenhallen angerufen hatte. Wir standen uns zwar nicht sonderlich nahe, aber Lise hatte es noch nie versäumt, am 7. Februar anzurufen und unseren Kindern zum Geburtstag zu gratulieren. Jetzt hatte sie es zum ersten Mal getan, und das war der Tag, an dem ich mir ernsthaft Sorgen zu machen begann und daran dachte, bei der Polizei eine Vermisstenanzeige aufzugeben, wobei ich mir schon vorstellte, wie sie mich in die Wüste schicken würden: *Ihre Schwester ist reichlich alt genug, auf sich selbst aufzupassen.* In diesem Alter und in einer solchen Situation verschwinden die meisten Leute freiwillig.

Jedenfalls fing ich bei ihrem Paket an und riss gierig die Verpackung auf – *was zum Teufel hat sie in Brasilien zu suchen?!* Das Päckchen enthielt ein in braunes Leder gebundenes Büchlein, das Tagebuch unserer Mutter. Ein dreißig Jahre altes Tagebuch, das sie geschrieben hatte, als sie im selben Alter war wie ich jetzt. Zudem fand ich einen handgeschriebenen Text, den Lise »Erläuterung« nannte. Tatsächlich enthielt diese Erläuterung eine Reihe von Erklärungen. Zum Glück saß ich, als ich sie las.

Ich hatte mich aufs Sofa gesetzt – es ist immer noch dasselbe, Cora, dein Arne-Jacobsen-Sofa, das zu verkaufen du nie übers Herz brachtest, auch nicht, als unsere finanzielle Situation nicht so rosig war. Ich hatte in Mamans Tagebuch geblättert, aber schnell damit aufgehört, erschrocken über die Wahrheit, die ich aus den Fetzen zu erahnen begann. Erschrocken auch über einen Satz: *Lise ist mein Liebling.* Ich wusste es natürlich, aber so schwarz auf weiß war es schlimm.

Dann machte ich mich an die »Erläuterung« meiner Schwester, deren Gekritzel nur mühsam zu entziffern war.

Brüderchen.
Herzlichen Glückwunsch zum Geburtstag.

Ja, ich lebe noch. Tut mir leid, falls du dir Sorgen gemacht hast. Andererseits, so schlimm war es auch nicht, es ist ja erst ein paar Wochen her … Nun ja, ich kenne dich: Du regst dich immer gleich auf. Es tut mir also wirklich leid.

Ich musste weg. Ich bin Mamans wegen dageblieben, aber jetzt musste ich weg, möglichst weit weg, wo niemand etwas weiß, wo mich niemand kennt, wo ich vielleicht jemand anders werden kann oder ganz einfach jemand.

Was ich dir zu erzählen habe, wird deinen Stress nicht gerade verringern, trotzdem muss ich es sagen. Denn auch wenn's nicht danach aussieht, ich liebe dich. Du bist mein Bruder, und du hast darunter gelitten, auf andere Weise als ich, aber du hast auch gelitten. Wir verstehen uns nicht, aber eins wenigstens haben wir gemeinsam: den Schmerz.

Ich frage mich, was du von dem hältst, was Weihnachten passiert ist, von den Geschehnissen im Haus. Ich muss dir von vornherein sagen, dass ich viel damit zu tun habe.

Als Maman letztes Jahr ihre Angina pectoris hatte, war sie eine Woche lang im Krankenhaus. Ich habe mich um sie gekümmert, weil du nicht da warst, weil du dein eigenes Leben hast – und das freut mich für dich, auch wenn's nicht immer so aussieht. Mehrmals habe ich ihr Klamotten zum Wechseln und Waschsachen geholt. Ich war vorher noch nie allein in diesem Kasten gewesen. Das klingt unglaublich, aber es ist wahr. Stell dir mal vor, Nathan. Es war immer entweder Maman oder Papa oder Omi oder ein Babysitter da. Vielleicht bist du dort einmal allein gewesen, nachdem ich ausgezogen war. Aber ich, nein, ich war niemals allein in diesem Haus gewesen; und das war mir irgendwie unheimlich, aber ich fand es auch aufregend.

Ich bin ein Mädchen, und ich ähnele unserer Mutter – wie sehr, wirst du noch sehen –, also habe ich herumgeschnüffelt. Wer schnüffelt, der findet. Das ist wie mit den Männern – wer sucht, der findet: Geliebte, Verrat, Schweinereien. Man findet immer etwas. Wer in Frieden leben will, darf nicht suchen; aber ich kann nicht anders. Alles hat angefangen, weil ich vor dreißig Jahren meine Nase in Angelegenheiten gesteckt habe, die mich nichts angingen. Und aus demselben Grund ist alles aus.

Als sie im Krankenhaus lag, fand ich dieses Tagebuch in einem Durcheinander anderer alter Sachen auf dem Speicher. Ich sage Durcheinander, aber das Tagebuch war gut weggeräumt – gut versteckt: in einem ungebrauchten Karton ohne Aufschrift, in dem sich auch Fotoalben aus derselben Zeit befanden und deine Bilder, Nathan, die Bilder, die du wie besessen von Christina gemalt hast, immer nur von ihr.

Ich kann mich genau an den Tag erinnern, an dem sie mit einem Mal verschwand, ganz plötzlich, wie von den Wänden aufgesaugt. Ich erinnere mich an Maman kurz vor Weihnachten, Weihnachten 1981. Du warst noch ein Kind, doch ich begriff. Ich wusste, dass etwas zwischen Papa und diesem Mädchen war. Einmal habe ich sie sogar beim Sex ertappt. Maman war arbeiten, du schliefst; und sie hatten Sex. Sie haben mich nicht gesehen, aber ich wusste von da an, wie Männer sind.

Du bist anders, ich weiß. Du bist die Ausnahme, die die Regel bestätigt. Das Sensibelchen, das die Regel bestätigt. Letzten Endes ist es eben doch ein Kompliment.

Wir waren bei Omi, kannst du dich nicht mehr daran erinnern? In jenem Jahr waren wir ganz kurz vor Weihnachten bei Omi. Du bist auf dem Parkett, das sie gerade frisch gebohnert hatte, auf die Nase gefallen und hast geblutet wie ein Schwein. Daran erinnere ich mich noch ganz genau.

Und als wir nach Hause zurückkamen, war alles umgebaut.

Ich weiß nicht, was Grâce mit der Leiche gemacht hat. Vielleicht hat sie sie im Garten vergraben … Das vermute ich. So hätte ich es gemacht.

Ja, Brüderchen, all die Jahre haben wir auf einer verdammten Leiche gespielt.

Als ich von Papas Auftauchen erfuhr, war Maman in einer solchen Verfassung, dass ich auf die Idee kam, Motive aus ihrem Tagebuch aufzugreifen und ihr Angst zu machen: Weissagungen, Gespenster, Voodoo-Puppen. Das Timing war einfach zu günstig! Sie, die völlig verstört in die Vergangenheit zurückkehrte, und ich mit dem, was ich wusste.

Ich hatte Lust, es zu tun. Wie ich Lust hatte zu schnüffeln, ich konnte nicht widerstehen. Ich tat es, damit sie das Haus verkaufte, und auch, um ihr Scherereien zu machen. Dieses Tagebuch in meinem Kopf, diese Wörter, schneidend wie eine Migräne. Und wir kaum erwähnt, fünftes und sechstes Rad am Wagen.

Ihre Eifersucht hat dieses Mädchen getötet, Nathan, und der Tod dieses Mädchens hat uns getötet.

Auch ich bin eifersüchtig. Das war ich immer, auf Maman, auf dich, auf die ganze Welt. Auf der Schule war ich eifersüchtig auf meine Freundinnen, die einen Vater hatten, und später auf all diese Menschen, die eine Begabung für das Glück hatten. Ich versuche nicht, mich zu entschuldigen, aber sie – Grâce und Thomas Bataille – haben mein Leben ruiniert und mein Potenzial zerstört. Sie noch mehr als er, sie war oberflächlich und verschroben und unfähig, ihn zu halten. Papa ist fortgegangen, Papa hat uns verlassen. Ich habe die Schule geschmissen, ich habe allen möglichen Mist gemacht und mein Leben verpfuscht. Wenn Thomas nicht mit diesem Mädchen geschlafen hätte, wenn Grâce dieses Mädchen nicht getötet hätte, wenn wir eine normale Familie gewesen wären, wäre ich ein anderer Mensch.

Seit zwanzig Jahren schlage ich mich mit dem Mindestlohn oder einer vergleichbaren Summe durch, ich werde nie ein Kind, eine Familie haben. Du, du hast es geschafft. Maman sagte es oft genug – »Ich bin ja so stolz auf Nathan, er war immer schon so begabt!« –, während ich an der Stech-

uhr stempelte wie eine Fabrikarbeiterin und nach Chanel, Dior und Mauboussin stank … Du hast es geschafft, weil du nichts wusstest. Du hast es geschafft, weil du damals noch keine voll ausgebildete Persönlichkeit warst, weil es das Böse für dich noch nicht gab.

Sie haben es in mich gesät, sie alle drei. Und es ist all die Jahre in mir gewuchert wie der Teufelszwirn, der eine ganze Ecke im Garten unbenutzbar gemacht hat.

Ich wollte dieses Leben nicht mehr, verstehst du? Und Maman, die sich weigerte, den alten Kasten zu verkaufen … Eine Vermögensübertragung zu ihren Lebzeiten, das wäre doch so einfach gewesen! Und dann diese Lebensversicherung! Sie hätte mir helfen können, aber nein, ich musste bis zu ihrem Tod warten. Wie idiotisch … Sie erzählte mir was von »Erfüllung«. Sie sagte, meine Schufterei würde früher oder später zu einer Einsicht, zu einer Neuorientierung führen, ich würde meinen »Weg« finden. So redete sie mir zu, und ich formulierte im Kopf Beleidigungen, die ich nie aussprach.

Ich habe sie sicher enttäuscht. Ich war sicher nicht die Tochter, die sie sich erhofft hatte. Als Kind war ich ihr Liebling, sagte sie. Mag sein. Aber seither hat sich die Lage verändert, glaub mir.

Grâce liebte mich nicht. Grâce liebte niemanden mehr. Außer vielleicht deine Zwillinge, sie kamen ja erst nach der Katastrophe zur Welt.

Ich war verliebt und wollte Geld, ich wollte anfangen zu leben. Ich habe den betreffenden Mann inzwischen verlassen, weil er den Einfluss eines Gurus auf mich hatte und weil mir bei Mamans Tod einiges klar geworden ist. Denn ich lasse nie zu, dass die Männer mich aussuchen, ich suche sie mir aus, und zwar schlecht.

Kurzum, so war es eben.

Doch zu Weihnachten wollte ich fortgehen. Mit ihm fortgehen, alles hinter mir lassen, die Zähler auf null stellen. Ich wollte diesem beschissenen Leben entfliehen, in dem ich mich geparkt fühlte, ihretwegen, wegen Grâce, Thomas und Christina.

Das tue ich jetzt gewissermaßen, auch wenn es komplizierter ist als gedacht. Ich habe zum allerersten Mal einen Pass stempeln lassen, kannst du dir das vorstellen? Wenn das keine Erfüllung ist – nach vierzig Jahren endlich auf einen anderen Kontinent zu reisen!

Verzeih, ich kann nicht gut schreiben, ich komme vom Hölzchen aufs Stöckchen.

Du bist der Intelligentere von uns beiden, du verstehst es auch so.

Ich hatte den Schlüssel, es war einfach. Ich habe die Vorhänge aufgezogen, bin auf den Hocker gestiegen und habe das Messer – mit einem lederumwickelten Hammer, damit es nicht zu laut wurde – in die Decke geschlagen. Maman war derart weggetreten von ihrem Schlafmittel, dass sie nicht hätte protestieren können. Ich war es, der mit Steinen auf die Fenster geworfen und die kostümierte alte Barbiepuppe ins Puppenhaus gesetzt hat. – Und natürlich musstest du sie finden! Man kann nicht alles planen. Ich hatte übrigens auch nicht geplant, dein Geschenk in den Ofen zu werfen. Es war eine Augenblickseingebung. – Was das Schmeißen mit Kohle angeht, dafür hatte ich die Söhne Fargeot engagiert. Verrückt, was Jugendliche für drei Stangen Zigaretten zu tun bereit sind … Aber beim Steineschleudern sind die beiden Dummköpfe auch nicht geschickter als ihr Vater: Ich hatte ihnen gesagt, sie sollten auf das große Wohnzimmerfenster zielen, und sie haben das Fenster der Zwillinge eingeworfen. Ich habe übrigens am Weihnachtstag mit ihnen gezankt. Am Telefon, vielleicht erinnerst du dich … Schließlich fand ich, dass die Dinge zu weit gingen. Deine Kinder sind noch klein, sie haben es nicht verdient, Angst zu haben und zu frieren. Bitte verzeih mir das, wenn du kannst. Ich bin ein Teufelszwirn, das ja, aber mir ging's trotzdem den halben Tag dreckig.

Dabei schien das Universum auf meiner Seite zu sein: diese Häufung von Missgeschicken, der Rabe, die Glasscheibe im Wohnzimmer … Die Sache mit dem Boiler im Bad hat mir wirklich Angst eingejagt, weil es eine Verbindung gab, das wusste ich. Als würde Christina mit mir unter einer Decke stecken … Nach der Schlange habe ich endgültig damit aufgehört. Zumal Grâce zwar ziemlich außer sich war, aber kein bisschen eher dazu bereit, das Haus zu verkaufen. Eigentlich war ich verängstigter als sie. Ich werde mich immer fragen, ob ich nicht einen Dämon geweckt habe. Ob Christina nicht wirklich dabei war.

Ich war elf und beobachtete alles. »Das Tratschweiblein«, sagte Maman immer … Seit ich sie ertappt hatte, spionierte ich ihnen möglichst oft hinterher. Ich wusste, dass Papa und Christina ein Versteck hatten. Da hinterließen sie sich gegenseitig irgendwelche Kleinigkeiten, einen Zettel mit einer Liebeserklärung, Blumen – dieser ganze Krempel, von dem er uns erzählt hat.

An dem Tag, als Papa von seiner Reise zurückkehrte, an jenem 22. Dezember, schloss Maman Christinas Zimmer wieder auf – es war leer, aber ich habe den Brief auf der Remington gesehen. Ich wusste, dass etwas passiert war. Ich wusste, dass dieser Brief von Maman war und nicht von Christina: Ich hatte gesehen, wie sie ihn getippt und in den Umschlag gesteckt hatte. Also nahm ich ihn und ging nach oben, um ihn in ihr Versteck zu legen.

Doch im Speicher lag schon ein Brief hinter dem losen Stein. Ein anderer, ein echter Brief, den ich die ganzen Jahre aufbewahrt habe. Als Kind hatte ich ihn gelesen und nichts kapiert.

Heute verstehe ich alles. Jedes Wort.

Im Grand Café habe ich ihn Papa gegeben. Ich wollte die Wahrheit wiederherstellen, diese Wunde verbinden, die mich seit meiner Kindheit juckte. Wenn ich als Kind nicht so gehandelt – und die Briefe vertauscht – hätte, hätte Papa die Geschichte von der überstürzten Abreise sicher nicht geglaubt. Es hätte vielleicht eine Untersuchung gegeben, eine richtige … Damals war mir nicht klar, wie schwerwiegend meine Tat war und welche Folgen sie haben würde. Ich glaubte, Christina sei wirklich fortgegangen, und ich wollte Maman helfen.

Das war natürlich eine Dummheit, die Dummheit eines kleinen Mädchens, das zu begreifen glaubte und nichts begriff.

Wenn eine arme polnische Immigrantin, ein entwurzeltes Mädchen, verschwindet, kümmert das niemanden. Es ist traurig, aber es kümmert niemanden. Mehrere Monate, nachdem Papa uns verlassen hatte, kam die Polizei zu uns ins Haus, weil Christina bei uns gearbeitet hatte. Aber was kam dabei heraus? Nichts.

Ja, Maman war zäh. Ich weiß nicht, ob sie die Verantwortung für ihre Tat nicht übernehmen wollte oder ob sie uns beide beschützen wollte … Was wäre aus uns geworden, wenn sie im Gefängnis gesessen hätte? Vielleicht wären wir glücklicher gewesen, aber das ist eine andere Geschichte.

Ich habe nie ihren Tod gewollt, Nathan. Das schwöre ich dir. Ihr Tod ist schrecklich für mich.

Vermutlich verdiente sie ihn. Man tröstet sich, wie man kann.

Nur dass …

Papa hat Christinas Brief an Maman geschickt; den echten Brief, aus dem hervorging: »Grâce hat mich getötet.«

Und Maman ist gestorben. Meinetwegen.

Nicht wegen der blöden Streiche mit Steinen, dem Messer und der Kette im Ofen. Wegen dieses Briefs, der mit dreißig Jahren Verspätung bei seinem Empfänger ankam.

Maman und ich wollten beide jemanden aus diesem Haus vertreiben.

Mit dreißig Jahren Abstand sind wir beide zu Mörderinnen geworden.

Ich saß völlig niedergeschmettert da, Cora, die »Erläuterung« noch in der Hand. Ich nahm mir ein Glas und machte mir um elf Uhr vormittags einen Whisky on the rocks, dann las ich Mamans Tagebuch von Anfang bis Ende.

Frauen sind verrückt. Frauen empfinden Dinge, die ich nicht verstehen, die ich mir nicht einmal vorstellen kann.

Das dachte ich nach dem Lesen dieser Schriftstücke.

Und meine Schwester, gütiger Himmel … Welch eine Schauspielerin! Welch erfindungsreiche Schauspielerin! Lise hat ihren Weg nie gefunden; dabei war ihr einer vorgezeichnet. Ich nehme an, sie wird bald Starlet in einer Telenovela sein oder, gut gebräunt, ihre verfluchten Liebhaber beweinen.

Meine Mutter war in jenem Jahr vierunddreißig. So alt wie du, als du starbst, so alt wie Claire, so alt wie ich. Wie kann man sich in diesem Alter derart verfallen fühlen?

Die Achtzigerjahre waren die Anfangszeit der Supermodels und des verschärften Körperkults, der ständigen Dressur durch die Modezeitschriften, der Standardisierung der Covergirls, der Werbebotschaft als Religionsersatz. Es war der Boom des Massenkonsums, und um in Massen konsumieren zu können, musste man jung, schön, sportlich und produktiv sein. Was Thomas noch war und Christina werden würde.

Was meine Mutter nicht ertragen hat.

Ich weinte. Seit deinem Tod hatte ich nicht mehr so geweint. Es waren Weinkrämpfe, die nie enden zu wollen schienen.

Natürlich endete das Weinen. Es endet immer, wie die Sümpfe, die austrocknen.

Dann öffnete ich das zweite Paket, es kam von einer anderen C.

Es war ein Bild von Claire, von der ich seit der seltsamen Nacht bei ihr nichts mehr gehört hatte. Hier gab es keine Erläuterung, nicht einmal ein kleines Kärtchen.

Es war eine sehr schön gerahmte riesige Schwarz-Weiß-Zeichnung und zeigte einen Engel von hinten. Einen Mann in strengem Anzug, dessen Schulterblätter jedoch Flügel hatten. Es erinnerte an Ernest Pignon-Ernest, war aber roher und düsterer. Von ferne sah man nur das – den Businessman-Engel. Bei näherer Betrachtung erkannte man, dass die Flügel aus Vögeln bestanden; jeder Flügel war ein Schwarm anderer schwarzer Flügel in sich unendlich wiederholenden Fraktalbildern. Ich hatte gerade von den »Schergen« meiner Mutter gelesen, und das Bild hatte dieselbe Wirkung auf mich wie mein Geburtsdatum auf dem Friedhof. Ich ließ es auf den Boden fallen, das Glas splitterte, und der große Bogen teuren Papiers ging zu Boden wie ein Tapetenstreifen.

Freund, hörst du den schwarzen Flug der Raben über unseren Ebenen …?

Auf der Rückseite des Bildes standen neben Claires Signatur der Tag seiner Entstehung – der 28. Dezember, der Tag, an dem Grâce gestorben war – und ihre Telefonnummer. *Hören wir auf zu sterben.* Das hatte sie geschrieben, oder aber es war der Titel des Werks.

Natürlich rief ich sie an.

Es war der Titel des Werks, aber das Werk war für mich.

Für April ist das Wetter in Paris sehr schön, sehr warm, eigentlich Augustwetter. Ich sitze in kurzen Hosen auf den Café-Terrassen, das Klima ist aus dem Takt gekommen. Dennoch sehen alle Autos aus wie Leichenwagen.

Am 1. April morgens erhielt ich einen Anruf. Der leider alles andere als ein Aprilscherz war.

Seit einigen Wochen sind im Haus Umbauarbeiten im Gange, auf Veranlassung der neuen Eigentümer, eines jungen Paares mit einem Baby. Der Anruf kam von Édouard Francannet, seine Kollegen hatten ihn damit beauftragt, weil er mehr oder weniger ein »Freund der Familie« war.

Im Betonsockel des Küchentresens haben die Arbeiter ein Skelett gefunden. Das Skelett einer Frau von neunzehn oder zwanzig Jahren, das dort, in eine Decke eingewickelt, mehrere Jahrzehnte gelegen haben muss.

All die Jahre, Brüderchen, haben wir auf einer verdammten Leiche gespielt.

Francannet fragte mich, ob ich eine Ahnung hätte, wessen Leiche es sein könne. Es trat eine lange Stille ein, ein großes Stück Packeis. Natürlich hatte ich eine Ahnung. Mehr als das – eine Gewissheit. Ich überlegte, ob ich lügen sollte. Doch wozu? Maman war tot. Thomas war vielleicht schon von seinem fernen Italien in den Kosmos aufgebrochen; und selbst wenn er noch in der Lage wäre, es zu verstehen – er hatte immer nur die Wahrheit gewollt. Und was Lise anging, die nach Rio Ausgewanderte, so ließ ihre »Erläuterung« darauf schließen, dass ich sie nicht so bald wiedersehen würde. Ich schuldete es Christina und ihrer Familie, wenn sie noch irgendwo eine hatte. Ich schuldete es mir: Ich wollte bei einer so schlimmen Sache nicht länger

Komplize sein. Was kümmerte mich die Familie Bresson? Was kümmerte mich der Heroismus?

»Ja, ich glaube ja. Ich denke, es handelt sich um Christina Raziewicz.«

»Wen?«

»Christina Raziewicz. Sie war Au-pair-Mädchen bei uns, als ich klein war. Wir dachten immer, sie sei fortgegangen … Ich bin nicht sicher, Herr Kommissar, aber ich denke, sie könnte es sein.«

Schweigen.

»Und könnten Sie sich auch vorstellen, wann sie gestorben ist?«

Ich holte tief Luft.

»1981. Am Dienstag, dem 15. Dezember 1981.«

5 + 1 = 6. Mir drehte sich der Kopf, Cora.

»Ich kann mich an das Mädchen erinnern … Verdammt, Nathan, damals war ich Ihr Nachbar!«

»Ja, ich weiß.«

»Entschuldigen Sie, Nathan, aber wie können Sie sich derart sicher sein? Wenn ich mich nicht irre, waren Sie damals … vier, fünf Jahre alt?«

»Meine Mutter hat uns ein Tagebuch hinterlassen. Ein Tagebuch, das sie im Jahr 1981 geführt hat.«

»Haben Sie es noch, dieses Tagebuch?«

»Ja.«

»Wir werden es brauchen. Um den Fall abzuschließen. Sie verstehen?«

»Natürlich. Soll ich es Ihnen per Einschreiben schicken?«

»Ja, bitte! Noch heute.«

»In Ordnung. Heute. Ich lege auf und gehe los.«

»Danke, Nathan.«

»Kann ich es hinterher wiederbekommen?«

»Ich weiß nicht. Wir werden sehen, was sich machen lässt.«

Ich legte auf, nahm das Lederbüchlein und ging aus der Wohnung.

Ich tat genau das, was ich Édouard versprochen hatte; nur machte ich noch einen Umweg über einen Kopierladen, denn ich war nicht sehr davon überzeugt, dass ich das Tagebuch zurückbekommen würde. Und genau wie Grâce möchte ich mir bewusst halten, was geschehen ist. Nie so tun können, als sei nichts passiert.

Wieder zurück in meiner Wohnung, schenkte ich mir noch einen Whisky ein, um mir Mut zu machen, und rief dann Maître Marceau an. Ich erzählte ihm die ganze Geschichte, und er seufzte, noch bevor ich ihn um etwas gebeten hatte.

»Gut. Ich werde Ihnen den Brief Ihrer Mutter entsprechend ihrem Wunsch zukommen lassen.«

Derzeit muss die Post viele Gespenster befördern.

Heute Morgen titelten gewisse Zeitungen: *Grausiger Fund in einer Villa im Beaujolais.* Immer war es nur eine kurze Meldung zwischen den großen Katastrophen auf der Welt, ein paar schlecht zusammengeschusterte Zeilen zum Gedenken an eine Polin, die vor dreißig Jahren gestorben ist.

Alles erscheint mir so wirr, Cora … Mich umgeben viele Tote, mehr als ich gedacht hätte. Die, die ich kannte: meine Großeltern und du. Die, von denen ich erst erfahren musste: Aurélien, Christina. Meine Geschichte ist fast buchstäblich voller Leichen im Keller, wir haben mit einer in einer Wand versteckten Leiche zusammengelebt. Wie hat Grâce das aushalten können? Aus welcher Verirrung heraus hat sie uns das angetan? Wir haben an diesem Küchentresen gespielt, getrunken, gegessen! Wir haben über Christina gelebt, wir alle, du, ich, Lise, die Zwillinge – und schon bei diesem Gedanken wird mir schlecht.

Nein, meine Geliebte. Ganz ehrlich, ich habe nie etwas *gespürt*. Das einzige Anzeichen für diese Toten, all diese Geheimnisse und verblichenen Knochen, war für mich die Einsamkeit, diese abgrundtiefe ständige Einsamkeit, die ich, so kommt es mir heute vor, immer empfunden habe. Ich könnte meine Aversion gegen dieses Haus auch anders erklären, aber von einem streng rationalen Standpunkt aus gesehen, war mein Hass eher auf die Spannung zwischen diesen Mauern zurückzuführen als auf ein intuitives Wissen um einen unentdeckbaren Mord. Dennoch glaube ich, dass manche Menschen so etwas spüren können. Unsere Kinder haben es gespürt, weil sie Kinder sind oder weil sie ohne dich auf die Welt kamen, oder aus beiden Gründen. In den letzten Monaten haben sie hin und wieder »Tina« erwähnt, im Wesentlichen ging es um Tina in Träumen. Doch irgendetwas sagt mir, dass sie diesen Namen von heute an nicht mehr aussprechen werden. Von nun an ist Christina eine Tote, »die ihren Frieden hat«. Christina wird, nachdem sie endlich gefunden wurde, erkannt, identifiziert, begraben und mit Gebeten verabschiedet. Der Gerechtigkeit wird, soweit möglich, Genüge getan.

Tote, die ihren Frieden haben, brauchen die Lebenden nicht zu stören.

Hoffe ich jedenfalls.

Grâce Bresson,
22. Dezember 2010, Wohnzimmer,
21 Uhr 30 auf der großen Standuhr

An meine Kinder Lise und Nathan.

Ihr wisst es nicht, aber vor fast auf den Tag genau neunundzwanzig Jahren habe ich geschworen, nie mehr eine Zeile zu schreiben. Ich habe mich daran gehalten. Neunundzwanzig Jahre lang habe ich lediglich Formulare ausgefüllt und Verträge, Schulzeugnisse, Schecks und Einschreibeformulare unterschrieben.

Von mir habe ich kein Wort mehr gesagt.

Ich war keine Person mehr, nur noch ein rechtlicher Status.

Ich fange wieder an zu schreiben, weil seit Kurzem etwas im Gange ist. Thomas ist zurückgekehrt. Und mit ihm Christina.

Mit ihnen beiden kehre auch ich für einige Stunden, einige Tage zurück.

Ich habe Vertrauen zu Maître Marceau: Wenn ihr diesen Brief lest, dann bin ich tot. Dann ist die Wahrheit endlich ans Licht gekommen. Oder sagen wir, ein Teil der Wahrheit, soweit es überhaupt eine einzige Wahrheit geben kann, was ich bezweifle.

Heute Abend versuche ich, in die Zukunft zu sehen.

Wenn ich sterbe, verkauft ihr das Haus. Wenn das Haus verkauft wird, wird es renoviert. Wenn es renoviert wird, wird die Vergangenheit vermutlich aus den Wänden auftauchen.

Ich habe Christina getötet. Man könnte es als traurigen Unfall betrachten, aber ich für meinen Teil weiß wohl, dass es keiner ist. Ich habe Christina getötet, und nun will Christina mich töten. Ihr Geliebter taucht wieder auf, und sie wird aus der Asche wiedergeboren. Ich weiß, dass sie dazu imstande ist – o ja. Es ist nie zu spät dafür, zurückzukehren und sich zu rächen.

Doch all das hat sich in einer Zwillingswelt abgespielt. Es war nicht wirklich hier, es war in einem Parallel-Haus, in einer Parallel-Wirklichkeit. Ich war in jenem Jahr eine Parallel-Grâce. Ich wusste, dass sich diese dunkle Welt eines Tages auftun würde; nun habe ich schon dreißig Jahre Aufschub. Dreißig Jahre gestohlenes Leben – für euch gestohlen.

Heute beginnt mein Ende. Ich nehme an, es war an der Zeit.

Ich leugne meine Schuld nicht, damit das klar ist. Ich habe Christina für die Auflösung unserer Familie verantwortlich gemacht. Sicher hatte sie nicht viel damit zu tun; ich leistete auf diesem Gebiet auch allein ziemlich viel. Ich träumte davon, meine Schönheit wie in Bernstein aufzubewahren, erstarrt und ewig wie das fliegende Insekt aus einer entschwundenen Zeit. Die Jugend wurde zur Besessenheit, die Suche nach ihr zum Wahn, ihr Verlust zur Krankheit.

Schönheit ist Entfremdung, denn man kann sie nicht intakt halten. Mein früheres Aussehen war der Grund für all mein Leid, für all euer Leid, für all das Leid dieses jungen Mädchens, das ich zwar nicht unschuldig nennen würde, das aber natürlich so etwas nicht verdient hatte.

Versteh es nicht falsch, Lili, Chérie, aber ich bin froh, dass du nicht so bist: schön. Schönheit ist ein Fluch, glaub mir. Christina und ich haben den Preis dafür gezahlt, sie war der Sündenbock für meinen Verfall.

Indem ich die Leiche verschwinden ließ, ließ ich das Verbrechen verschwinden. Das glaubte ich damals. Das wollte ich glauben. Natürlich hat es nicht funktioniert. Nichts ist verschwunden außer mir. Die Falten haben sich unerbittlich weiter eingegraben; wie die Risse in den Wänden, die mit der Landschaft verschmelzen, haben sie sich in mein Gesicht und meinen Körper eingegraben. Nach Freud ist das »Haus« der Ort, wo sich die Vergangenheit wiederholt. Ja, ihr habt es verkauft, das habt ihr gut gemacht. Früher oder später muss man Tabula rasa machen. Ich konnte es nicht. Das Haus zu verkaufen, hätte bedeutet, mich auszuliefern.

Anfangs dachte ich daran, sie im Park zu begraben. Aber es war mitten im Winter, der Boden war gefroren. Außerdem hätte ich sie im Garten vergessen können, wie wir dort all die Hamster, Goldfische und Kanarienvögel in ihren Schuhkartons vergessen haben.

Christina passte nicht in einen Schuhkarton.

In vierundzwanzig Stunden seid ihr wieder hier, und wir feiern Weihnachten, doch ich werde schon in einer vom Wind fortgewehten Plastiktüte sein, die bald einen Kaktus mitten in der Wüste zieren wird.

Was man auch tut, die Wüste dringt vor.

Sie dringt bis zu mir vor, überdeckt mich, lähmt mich, verschlingt mich.

Ich habe besudelt gelebt. Ich habe euch mit meinen besudelten Händen aufgezogen und berührt. Ich habe euch kontaminiert. Dieser Akt, der meine Handflächen durchtränkt hat, ist der Ausgangspunkt einer Reihe von gebrochenen Herzen.

Auf unserem Haus liegt kein Fluch, die alte Chapelle hatte nicht recht. Der Fluch liegt auf mir.

Was werdet ihr heute davon verstehen? Ihr seid beide erwachsen, mit einer eigenen Vergangenheit, Schicksalsschlägen, Tragödien. Seid ihr in der Lage zu hören, was ich kurz vor dem Tod sage?

Aber – was macht es schon.

Freut euch, meine Kinder.

Grâce hat keine Angst mehr, Grâce braucht keine Hilfe mehr, Grâce hört nicht mehr zu, Grâce spricht nicht mehr, Grâce leidet nicht mehr, Grâce altert nicht mehr.

Grâce ist nicht mehr – aber sie liebt euch trotzdem. Diese der Justiz entrissenen Lebensstücke habe ich euch gegeben.

Ich liebe euch, Lise, Nathan, die Babys. Schütze sie, mein Sohn. Schütze sie vor meiner Vergangenheit, vor dem Untergang meines Lebens. Sie haben mit ihrem genug zu tun.

Ich habe keine Hoffnung, keinen Traum mehr. Seit fast dreißig Jahren warte ich auf das unvermeidliche Vergehen der Zeit. Warte ich auf eine Befreiung, die nie kommen

wird. Ich hoffe nicht auf Verzeihung oder Vergebung.
Ich weiß, dass es danach nichts gibt.
Nicht für Menschen wie mich.

Trotz allem
eure Mutter.

Dieses Mal ist das Kapitel abgeschlossen.

Ich werde meine Krücken abstellen und diese orthopädische Welt verlassen, um mich, so weit wie möglich, an das Leben anzupassen, wie es ist.

Ich bin in einer Rehabilitation, Cora.

Ich wollte dir diese Geschichte erzählen, oder zumindest meine notgedrungen parteiische Sicht von ihr, die zwar dem Ablauf der Dinge ehrlich folgt, aber aus der ich die Fiktion nicht heraushalten kann. Diese Geschichte geht dich etwas an, sie geht unsere Kinder etwas an. Unsere Kinder haben sogar in gewisser Weise zu ihr beigetragen. Ich weiß nicht, ob ich dir Unglück gebracht habe, ob wir dich auch kontaminiert haben, ich, meine Familie, das Haus, das auch du nicht mochtest, ohne einen Grund dafür nennen zu können.

Dieser Winter hat mich stärker verändert, als ich zu erklären vermag.

Ich war keine Person mehr, nur noch ein rechtlicher Status.

Heute geht es mir gut.

Du warst nicht eifersüchtig, dafür warst du zu stolz, und du hattest recht: Ich wage zu glauben, dass du meine Wiederauferstehung gut aufnehmen wirst. Paradoxerweise haben mir all diese Katastrophen geholfen, meine Trauer um dich abzuarbeiten, als hätten sie eine Art Erklärung enthalten. Ich war mit dir rundum glücklich, es war ein Glück, das man sich *in Wirklichkeit* nicht vorstellen kann, ein Glück wie im Märchen. Wahrscheinlich hat sich die Welt deshalb gerächt: Die Welt erträgt nichts Abgerundetes, sie liebt nur das Chaos. Aber ich habe gelernt, dass man hier unten nicht alles steuern kann. Ich habe gelernt, dass dort oben nichts unmöglich ist. Also letzten Endes vielleicht. Vielleicht werden wir uns eines Tages wieder finden.

In der Zwischenzeit teile ich mit Claire eine andere Art Glück, ein rechteckiges, dreieckiges, achteckiges oder formloses Glück, das manchmal sanft und erholsam ist, manchmal auch brüsk und schneidend wie eine Rasierklinge. Du warst das Gleichgewicht selbst, Cora, Claire ist ein Ungleichgewicht in sich, deprimiert, hinreißend, belastet, umgänglich, eiskalt, witzig, unerträglich, rührend. Ich nehme an, das ist es, was ich an ihr liebe; ich bin nicht mehr stabil genug für ein ganz und gar rundes Glück.

Über der Café-Terrasse, auf der ich sitze, hat die Sonne sich so gedreht, dass auf dem Resopal der Tischplatte nicht nur der Schatten meines Glases, sondern auch die Schatten der Bläschen in meinem Glas zu sehen sind: wie eine sternenschimmernde Fontäne, die aus dem Bierdeckel entspringt. Es kommt mir so vor, als sähe ich dieses Schauspiel zum ersten Mal. Das ist sicher nicht der Fall, aber so kommt es mir vor – etwas ganz Neues. Weißt du, wenn man älter wird, werden die Premieren immer seltener.

Die Zwillinge sitzen mit mir am Tisch, sie malen die Bürgersteige und die Bäume und Springbrunnen im Park nebenan. Die Landschaft unter ihrem Stift ist außerordentlich leicht zu lesen, alles Schlechte und Überflüssige fehlt, Sonne und Horizont, Kreise und Linien; ich betrachte ihre Bilder, um die Welt zurechtzurücken, ich sehe sie durch ihre Augen, mit einem Mal so klar, so einfach, und in ihren Händen werde ich endlich wieder Teil der Menschheit, mein Engel.

Danksagung

Für dieses Buch danke ich

meinen Eltern,
meinem Onkel Claude,
Karina Hocine, Caroline Laurent,
Eva Bredin, Lettres frontières,
Oliver, Thibault, Lise, Jean-Luc, Lauren, Matthieu,
den Horrorfilmen, ohne die
meine Sonntage keinen Sinn mehr hätten.